JAROSLAV RUDIŠ
VOM ENDE DES PUNKS IN HELSINKI

JAROSLAV RUDIŠ

VOM ENDE DES PUNKS IN HELSINKI

Aus dem Tschechischen
von Eva Profousová

Roman

Luchterhand Literaturverlag

Die Handlung und die Figuren dieses
Romans sind frei erfunden. Jegliche Ähnlichkeit
mit lebenden oder realen Personen
wäre rein zufällig.

Wie in der tschechischen Originalausgabe
Konec punku v Helsinkách
folgen Orthographie und Interpunktion
in den Tagebuchpassagen »Tal der Hohlköpfe«
nicht den Regeln.

Für Christine

*E*s muss ganz in der Nähe sein. Ich folge einer schmalen Waldstraße. Damals hat es hier keinen Asphalt gegeben, nur Schotter und feuchte Erde, im Dickicht am Straßenrand lagen riesige abgeholzte Baumstämme. Keine Wegmarkierungen. Wer hätte auch damals in dieser Gegend wandern wollen.

An einer Kreuzung bleibe ich stehen, Grün und Gelb weisen in den dunklen Wald hinein, einmal nach rechts und einmal nach links. Ob es das Flurkreuz schon damals gegeben hat? Ob der Jesus schon damals keinen Kopf hatte? Rot bleibt auf dem Asphaltweg. Die Richtung muss es gewesen sein.

Ich habe Durst. Vor allem aber würde ich gerne eine rauchen, was für ein Unsinn, gerade aufgehört zu haben, ausgerechnet jetzt. Das hätte ich später machen können, zu einer anderen Zeit. Ich gehe weiter, über dem Wald breitet sich Stille aus, nur aus der Ferne höre ich eine Motorsäge und später einen Trecker tuckern.

Auf einmal ein furchtbares Getöse. Fünf Radfahrer sausen vorbei. Eine schnelle Wespeneinheit, die sich hierher verirrt hat. Muskulöse Waden schneiden den Weg synchron in Scheiben. Der letzte Fahrer macht die perfekte Choreographie zunichte, als er für einen Moment aufhört zu treten und in die Blaubeersträucher spuckt. Die glänzenden Körper tauchen zwischen den Bäumen unter.

Ich bin mir immer noch nicht sicher, ob der Weg richtig ist, das Ganze liegt immerhin zwanzig Jahre zurück. Ich habe zwar eine Landkarte im Rucksack, bin aber zu faul, sie herauszuholen. Damals haben wir auch eine gehabt und uns trotzdem verlaufen. Weil wir uns durch den Wald schlugen, anstatt die Straße entlangzulaufen. Dazu hatten wir viel zu viel Schiss. Heute gibt es dafür keinen

Grund mehr. Eine Schlange schießt im Zickzack über den Asphalt. Eine Natter.

Ich gehe weiter und höre dem Wind zu, der die Baumkronen schüttelt, fast alles Nadelbäume, nur vereinzelt Birken oder Espen. Auf einmal bekomme ich Angst. Dass ich damals Angst hatte, das kann ich verstehen. Aber warum jetzt, wo doch nichts mehr auf dem Spiel steht? Wo man nicht hinter jedem Baum Soldaten mit geladenem Maschinengewehr fürchten, im Gebüsch keine Spürhunde vermuten muss? Mein Kopf dröhnt. Der Wind pfeift und treibt mich aus dem Wald.

Endlich unter offenem Himmel. Mein Blick schweift über die Lichtung, die sich vor mir auftut, über die hundertjährigen Bäume. Warum haben die mir bloß einen solchen Schrecken eingejagt, sie sind doch schon immer da gewesen, und es wird sie auch nach mir geben. Bäume sind, was man Unendlichkeit nennt. Ich müsste dringend eine rauchen. Verdammt. Wo ist meine Notschachtel geblieben?

Die Sonne scheint mir direkt in die Augen. Vor mir breiten sich die sanften, allmählich ansteigenden Kurven der Grenzhügel aus. Das muss Deutschland sein. Der Berg dort, der muss schon in Bayern liegen – haben wir das damals nicht auch so gesagt?

Ich gehe weiter und sehe mich um. Eine weite Sommerwiese, im Wind sieht sie wie wogende Meeresoberfläche aus. Die Scheune, in der wir damals übernachtet haben. In der ich zum ersten Mal mit einer Frau geschlafen habe. Ein niedriger Zaun, ein grob behauenes Blockhaus mit leuchtend rotem Blechdach, unter den kleinen Fenstern stapelt sich Brennholz. Auf der Südseite eine Satellitenschüssel. Das Dach glänzt in der Sonne, das Haus sieht aus, als wäre es einem Märchen entsprungen. Bestimmt haben es irgendwelche Städter als Wochenendhaus gekauft. Weit und breit kein Mensch.

Ich gehe auf das Haus zu und dann erblicke ich ihn. In der Hand hält er die Sense und mäht Gras. Für einen Moment bin ich mir nicht sicher, ob es wirklich derselbe Mann ist. Es wird aber schon stimmen. Er ist älter geworden, sein Rücken ist noch krummer als damals, die linke Schulter steht höher als die rechte. Er dürfte schon über achtzig sein, die Sense hält er immer noch genauso fest und sicher wie damals, als er uns auf einen Schluck Wasser eingeladen hat, als seine Frau uns Brot, Speck und Bier serviert hat. Unter den Schwüngen der Sense fällt das Gras willig hin, es sperrt sich nicht gegen den Tod, folgt ihm ruhig und ergeben ins Jenseits.

Dann hält der knochige Greis inne. Er richtet sich auf, streckt sich, blickt in die Sonne. Mit dem Ärmel seines karierten Flanellhemdes wischt er sich den Schweiß von der Stirn, zieht einen Wetzstein aus der Hosentasche, spuckt auf ihn und schärft das Sensenblatt nach.

Erst dann bemerkt er mich.

Wir sehen uns an. Ziemlich lange. Der Wind zaust seine restlichen grauen Haare auf, er wischt sich die Lippen mit dem Hemdärmel ab, in der Linken hält er die Sense. Seine Augen sind blau und verwaschen, seine Zähne gelb und verfault. Ich lasse meinen Rucksack fallen. Weder er noch ich sagen ein Wort. Wir sehen uns nur an. Das hohe Gras wogt im Wind, und ein schwerer, mit Holz beladener Laster tuckert über die Straße.

Damals ging der Sommer zu Ende, jetzt fängt er gerade an. Ich muss eine rauchen.

ZIGARETTENSCHACHTELN

Er wirft eine Tablette gegen den Tod ein, zieht den Reißverschluss an seiner Jacke bis zum Kinn, steckt sich eine an und marschiert los. Die Straße liegt menschenleer und öde vor ihm, wie eine Wüste. Der Wind tost, unter den Rohren wälzen sich Dünen aus buntem Laub. Karge Baumkronen stützen mit grauen Ästen eine rissige Decke aus dunklen Wolken.

Ole überlegt kurz, ob er den Herd ausgemacht hat, und versichert sich zehn Mal hintereinander, ihn ausgemacht zu haben. Auch wenn weder er noch Prager seit Monaten gekocht haben, will die Unsicherheit nicht weichen. Er läuft weiter. Das Laub unter seinen Füßen raschelt, und Ole versucht, sich daran zu erinnern, wann er eigentlich zum letzten Mal eine warme Mahlzeit zubereitet hat, aber sein Gedächtnis lässt ihn im Stich.

In den verbogenen Rohren über seinem Kopf rauscht es. Einen kurzen Moment lang hat er das Gefühl, die Rohre würden bald platzen. Und dann denkt er, es ist sein Kopf, der platzen könnte. Nicht über ihm rauscht es, sondern in ihm. Er wäre nicht der Erste, der in dieser aufgerissenen Stadt meschugge würde. Hier gehört es irgendwie dazu.

Jetzt steht er auf der Hauptstraße. Er könnte drei Stationen mit der Straßenbahn fahren, aber morgens geht er gerne zu Fuß. Außerdem könnte er dann nicht rauchen. Beim Gehen muss er rauchen. Eine Hand in der Hosentasche, in der anderen eine Zigarette, so zieht er weiter, den Blick auf die scharfen Spitzen seiner abgetretenen Lederboots gerichtet.

Ein schwerer, mit Erde und Sand beladener Laster schnaubt vorbei. Noch vor dem Krieg wurde um die Stadt herum eine Autobahn gebaut, die Arbeiter freuten sich, dass sie endlich Arbeit hatten. Dass der Arbeitgeber sie unmittelbar darauf irgendwo in Russland würde erschießen und vor Hunger krepieren lassen, wie den Bruder von Oles Opa zum Beispiel oder dessen Cousin und viele andere, wussten sie noch nicht. Jetzt wird unter der Stadt eine neue Autobahn gebuddelt, und aus dem Kreis wird ein Halbkreis. Und auch jetzt freuen sich die Arbeiter über Arbeit.

Die Ingenieure haben vor, später noch einen Tunnel zu bauen, um Oles Stadt wie eine Pizza zu zerstückeln. Keiner weiß, wie lange die Arbeiter schon unter der Erde stecken. Vielleicht seit drei Jahren, vielleicht seit zehn, vielleicht seit zwanzig. Und keiner weiß, wie lange sie dort noch bleiben werden.

Die Ingenieure haben Pläne ausgebreitet, die Arbeiter die Erde aufgerissen, aber keiner von ihnen hat an die Unmengen von Wasser gedacht, auf denen die Stadt wie eine riesige Insel schwebte. Jetzt muss das Wasser in Rohren aus dem Untergrund gejagt werden, damit die Tunnel nicht einbrechen, damit die Stadt nicht im Boden versinkt. Ole geht weiter und folgt der Linie, die von den Rohren vorgegeben wird. Er raucht und erinnert sich daran, dass dort früher ein Pelzgeschäft gestanden hat, daneben wiederum hat es einen Friseursalon gegeben und gleich daneben einen kleinen Lebensmittelladen mit einer Tante im blauen Kittel am Ladenpult. Vor seinen Augen tauchen all die früheren Läden auf, an deren Stelle sich heute nur Boutiquen drängeln oder diese neuen, bemüht entspannt-lauschigen Nichtraucherrestaurants.

Ole geht weiter, und die Stadt unter ihm wird in die Länge gezogen und ächzt. Ole stellt sich vor, er könnte sie von oben sehen, könnte einen Blick über sie werfen, die Stadt als ein Netz von orangefarbenen und blauen Rohre erfassen. Die entblößten bunten Adern, die aus dem Inneren der Stadt gerissen wurden, so, wie bei einer Transplantation das Herz aus dem Körper herausgeholt wird.

Er passiert eins der vielen neuen Wohnhäuser, die heute das Gelände einer ehemaligen, einst berühmten kleinen Fahrradfabrik einnehmen. Einer Fabrik, die bis dahin jedes Regime überlebt hatte. Bis jetzt. In diesem Haus kann man mit dem Aufzug das Auto direkt vor die Wohnungstür hinauffahren.

Am Hauseingang steht ein kahlköpfiger Typ im grauen Ballonseidemantel und fotografiert etwas. Drei rote Farbkleckse, frisch auf der neuen Fassade gelandet. Sein Gesicht wirkt abgespannt. Eine etwa dreißigjährige schmucke frische Biofrau mit einem Baby redet auf ihn ein.

»Das nächste Mal kann so was in unserem Fenster landen«, sagt sie. Der Typ nickt stumm. Wenn er auf den Auslöser drückt, zieht sich seine linke Gesichtshälfte zusammen.

Ole läuft weiter und steckt sich die nächste Zigarette an. Danach wird er einen feinen Druck auf der Lunge spüren, als wäre ihm jemand auf den Brustkorb getreten. Er ist froh, wenn er etwas spürt. Unterwegs zur Arbeit raucht er immer drei weg. Manchmal denkt er, seine Zeit wird nicht von einer Uhr, sondern von der Zigarettenmenge bemessen. Von Zigarettenschachteln. Stangenweise gerauchte Zigaretten einer alten Marke, die seit dem Krieg existiert. Wenn er zurückblickt, sieht er keine Hauptstraße hinter sich, sondern einen riesigen Berg von zerknüllten Zigarettenschachteln, über den die Sonne vergeblich zu klettern versucht, um die Wolken zu vertreiben.

Kreuzung. Jetzt nur noch den breiten Boulevard überqueren, sich vor den Straßenbahnen in Acht nehmen, und schon ist er da. In Helsinki.

DAS IST KRIEG

Als Allererstes knipst er die hübsche Italienerin an, die er in Raten abstottert. Er wartet, bis sich die Maschine warmgelaufen hat, und in der Zwischenzeit raucht er die nächste Zigarette. Davon muss er husten, diesmal ordentlich, aus dem Druck auf der Lunge ist ein Stechen geworden.

Die Tür geht auf. Ein Windstoß leckt ihm kalt die Wange ab, und Ole weiß, wer gekommen ist. Im Helsinki taucht er ein paarmal im Monat auf, häufig als Erster noch vor zwölf, der offiziellen Öffnungsstunde. Ole hört, wie er direkt die Bar ansteuert. Seinen schwerfälligen Gang würde er auch als Blinder wiedererkennen.

Er fasst der Italienerin an die Hüfte. Sie hat die richtige Temperatur. Ole füllt Kaffee in den Filter, schiebt ihn hinein, stellt zwei Tassen darunter und drückt auf den Knopf. Erst dann dreht er sich um.

»Hallo Frank.«
»Hallo Ole.«
»Wie sieht's aus?«
»November.«

Hätten sie gerade August gehabt, hätte Frank August gesagt, und im April April. Das kennt Ole schon. Jetzt haben sie aber November.

Eine Weile schweigen sie beide. Ole entgeht nicht, dass Frank in den letzten Monaten ziemlich alt geworden ist. Seine

Geheimratsecken haben eine weitere Menge Haare vertilgt, und die schwarzen Ringe unter Franks Augen sehen aus, als würde er sie jeden Morgen mit einem dicken Filzstift nachziehen. Außerdem sind seine Wangen eingefallen. Als würden sie von einem Staubsauger in Franks Kopf hineingesaugt. Und noch dazu seine Augen, besser gesagt die geschwollenen Schlitze, hinter denen man die Augen vermuten kann. Seine ewig müden blassen Augen, denn Frank schläft nicht. Seit Jahren nicht. Das kommt von seinen Experimenten. Das kommt von dieser Stadt.

»Du siehst aber ganz schön fertig aus«, zerreißt Frank die Stille.

»Ich?«

»Ja, du. Deine Haare sind grau geworden, mein Lieber. Und dein Gesicht ist richtig eingefallen. Isst du überhaupt was?«

»Schon.«

»Kuck dich mal im Spiegel an ... Total fertig. Ringe unter den Augen, Stirnfalten, Geheimratsecken. Alles hängt mit allem zusammen. Wetten, du kannst nicht einschlafen.«

»Geheimratsecken? So was hab ich nie gehabt.« Ole fährt sich mit den Fingern durch die Haare und starrt Franks Geheimratsecken und sein blasses, eingefallenes Gesicht an.

»Sag niemals nie. Nun ja, jünger werden wir nicht mehr.«

»Wie läuft's mit deiner Weltgeschichte, immer noch in Bewegung?«

»Bin dran«, lächelt Frank, aber so lustig ist es gar nicht, denn die Weltgeschichte, die in Franks Kopf hin und her rollt, ist sein Ein und Alles. Sie ist der Anfang von seinem Ende. »Bin bald fertig.«

»Das hast du schon vor ein paar Jahren gesagt.«

»Die Weltgeschichte ist kein Furz!«

Auf einmal ertönt ein starker, dumpfer Schlag. Die Erde

unter dem Helsinki erzittert, die Gläser in den Regalen bewegen sich aufeinander zu und geben sich einen klirrenden Kuss.

»Das ist Krieg, Mann«, sagt Ole.

Im Tunnel unter der Stadt wird gesprengt. Daran merkt Ole, dass es Mittag geschlagen hat. Seine Zeit wird nicht nur in Zigaretten, sondern auch in unterirdischen Sprengungen gemessen. Er macht Musik an. Der Kaffee ist längst fertig. Er nimmt beide Tassen und stellt sie auf die Bar, eine vor sich, die andere vor Frank. Dazwischen schiebt er einen Aschenbecher, bietet Frank eine Zigarette an und gibt ihm Feuer.

»Das gefällt mir. Heutzutage haben fast alle aufgehört zu rauchen, aber hier wird noch gequalmt. All den Kinderwagen zum Trotz«, sagt Frank, und Gabi, die in der Küche arbeitet, bringt ihm das Frühstück.

»Eine Kinderportion Soljanka, wie immer«, sagt Ole, und Frank murmelt etwas und brockt sein Brötchen in die dampfende Suppe. Er isst langsam, bei jedem Bissen pustet er kräftig. Ole fällt auf, wie grob und rau seine Finger sind.

»Gibt es bald wieder Kino?«, fragt Frank, nachdem er aufgegessen hat.

»Ich sag dir Bescheid.«

»Man sieht sich! Pass gut auf, dass du was Ordentliches zu essen kriegst, du siehst wie ein Gerippe aus.«

»Du kannst mich mal.«

»Du meldest dich!«

»Falls dich deine Weltgeschichte bis dahin nicht platt gewalzt hat.«

Beim Hinausgehen dreht sich Frank um und sagt: »Wenn wir uns nie wiedersehen sollten: Es war schön mit dir.«

Draußen auf der Straße kommen Lena und Ulrike auf dem Fahrrad auf das Helsinki zu. Sie machen einen Bogen um den müden Frank, der wie ein Tollpatsch mitten im Weg steht und in den schweren Himmel über seinem Kopf starrt, als würde er in ihm lesen.

Lena und Ulrike stellen ihre Fahrräder ab, und auch heute kann sich Ole nicht erinnern, ob er mit Lena geschlafen hat oder nicht. Aber das spielt nun keine Rolle mehr, er hat genug davon, es hat gereicht.

Vor einiger Zeit hat er beschlossen, sich aus Frauen nichts mehr zu machen, weil er keinen Bock mehr auf Sackgassen oder irgendwelche blöden Weiberspielchen hatte. Er hat sowieso immer alles falsch gemacht. Hauptsache, Lena schüttet ihm heute nicht wieder ihr Herz aus. Mein Gott, bestimmt wird sie wieder plappern wollen. Woher nehmen diese durchsichtigen Frauen überhaupt die Energie dazu? Und warum müssen sie immer nur ihm das Herz ausschütten?

Lena stellt ihre Kamera auf den Tisch, und Ole fragt sich, wie viele von ihren beknackten Fotos sie während der Woche, in der sie sich nicht gesehen haben, wohl geschossen hat. Beide Frauen bestellen einen Kaffee und eine Soljanka, mehr zu essen gibt es hier nicht. Nachdem Gabi die dampfenden Teller gebracht und Ole die beiden Tassen Kaffee auf den Tisch gestellt hat, hört er Lena sagen: »Je besser ein Typ aussieht, desto labiler ist er. Finger weg von.«

»Richtig, Finger weg von Labilfleisch«, nickt Ulrike.

Verdammt, was für ein Fleisch schon wieder? Meinen sie ihn? Oder Frank? Oder geben sie sich bloß gegenseitig Ratschläge, wie man den nächsten Flop vermeiden kann, und sprechen über Männer an sich? Vielleicht hat Lena recht. Aber vielleicht gilt das auch für Frauen. Je hübscher eine Frau, desto labiler. Finger weg von.

Ole ist froh, dass er sich nichts mehr aus Frauen macht. Dass er nach jahrelangen Ausflüchten, Versuchen und Irrtümern endlich die grundsätzliche Entscheidung getroffen hat, die grundsätzlichste von allen, nämlich die, dass ihm Frauen schnuppe sind, weil er das Leben nicht mehr verkomplizieren will, weil es ihm mit sich allein am besten geht. Und überhaupt, falls seine Flops Gründe haben – und die haben sie, denn alleine kann er unmöglich die ganze Schuld tragen, das wirklich nicht –, dann sind das die Frauen.

Die Entscheidung war ihm nicht leichtgefallen, aber er ist froh, sie getroffen zu haben. Später hat er außerdem herausgefunden, dass es sich ohne Frauen viel besser leben lässt. Man braucht nicht aufzuräumen. Man braucht sich nicht um Frühstück zu kümmern. Er muss kein gefühlvolles Verständnis für die Sentimentalität und Gereiztheit aufbringen, von denen ihre unberührbaren Tage umsponnen waren, diese Tage, die von ihnen gleichzeitig gehasst und im gleichen Atemzug besonders geheiligt werden... Er muss nicht rücksichtsvoll sein, wenn er es nicht selber will. Nicht ständig um Witzchen bemüht. Nicht dafür sorgen, dass sie sich gut unterhalten fühlen, denn das wollen sie am meisten. Aber woher soll ein Mann immer wissen, was er sagen soll?

Also kann Ole jetzt tagelang schweigen. Kratzbürstig und ätzend sein. Seine Slips und Socken im Badezimmer auf den Fußboden pfeffern. Im Bett rauchen, im Stehen pinkeln und so lange auf dem Klo hocken, wie er will, an nichts denken und seine Krimis lesen.

Außerdem kann man ohne Frauen auch andere tolle Dinge erleben, die ihm jetzt partout nicht einfallen wollen oder die er erst entdecken würde, weil die wichtigste Entscheidung der letzten Jahre, die vielleicht wichtigste Entscheidung seines Lebens, gar nicht so alt ist.

Lena und Ulrike lächeln ihn an, dann stecken sie wieder die Köpfe zusammen und tuscheln irgendein sibyllenhaftes

Zeug, um schließlich einen Orangensaft zu bestellen. Am liebsten würde er sie zum Teufel jagen, das Helsinki ist kein Wartezimmer, in dem Frauen die Zeit absitzen können, bis in ihrem Leben endlich was passiert. Dieser Typ Frau wartet immer auf etwas, das nie kommen wird. Sie sind aber beide irgendwie mit ihm und dem Helsinki befreundet, außerdem haben sie auch ihre hellen Momente. Daher lächelt Ole sie an und als er den Saft vor sie hinstellt und draußen gerade der Regen einsetzt, sagt er etwas verwirrt, ein schöner Tag heute.

Die beiden Frauen sehen ihn an, als wäre er vom Mond gefallen.

Draußen auf dem Gehsteig starrt Frank immer noch in den Himmel. Er hat wohl wirklich einen Riss in der Schüssel. Eine alte tschechoslowakische Straßenbahn rattert an ihm vorbei, sie sieht wie eine zu groß geratene Hornisse aus und entsprechend laut dröhnt sie auch. Eine Tatra.

GLASSPLITTER

Ulrike schwingt sich aufs Fahrrad und verschwindet im Regen. Sie arbeitet im Museum für moderne Kunst, dem neuen Betonwürfel in der Innenstadt, der sich genau dort befindet, wo früher ganze drei Plattenbauten mit einer legendären Konditorei im Erdgeschoss gestanden haben, und in dem Ole bis heute noch nicht gewesen ist.

Lena muss nirgendwohin. Sie arbeitet nur manchmal, weil sie seit fünf Jahren an einer Doktorarbeit über den Einfluss der Vogelmotivik der Maya-Mythologie auf den deutschen Expressionismus schreibt.

Sie holt sich bei Ole die Karte für den Zigarettenautomaten und geht hinaus für eine Schachtel Light, auf dem Rückweg lässt sie ihren Tisch links liegen und setzt sich an die Bar. Oh weia, denkt Ole, geht das jetzt wieder los, warum immer nur ich.

Ohne dass Lena etwas sagen muss, schenkt Ole ein Glas Rosé ein und stellt es vor sie hin.

»Darf ich dir was erzählen?«

»Wenn es nicht zu lange dauert.«

»Leck mich.«

In einem Zug trinkt sie das halbe Glas leer.

»Lena, ich meine nur, das hier ist eine Bar und keine Beratungsstelle...«

»Ich hab doch gesagt, leck mich.«

»Du wirst es mir trotzdem erzählen, ich kenn dich. Aber ich frage mich natürlich manchmal, warum ich es mir immer anhören muss.«

»Weil es dich interessiert.«

»Mich soll das interessieren? Ich interessiere mich für andere Dinge.«

»Zum Beispiel?«

»Ich meine ... Haufenweise anderes Zeug.«

»Da bin ich gespannt, du brauchst mir nur eins von diesen Dingen zu nennen.«

Ole poliert ein Glas und denkt nach. Musik? Die alten Filme, die er in seinem Geheimkino zeigt? Die Frauen, mit denen er mal zusammen gewesen ist? Krimis? Er zapft sich ein Schnittbier, trinkt einen Schluck, sieht Lena an und sagt nichts.

»Ich brauche kein Beratungsgespräch, ich will dir einfach nur was erzählen.«

»Und warum ausgerechnet mir?«

»Weil im Moment außer dir keiner da ist.«

Er weiß nicht, warum er bei ihr nie Nein sagen kann. Vermutlich ist eine Deprivation aus der Kindheit daran schuld. Oder diese kaputte Stadt, die auch nie Nein sagen konnte und mehrmals fast vollständig im Staub versunken ist. Auch Prager möchte ihm gerne ständig etwas erzählen, in einem fort textet er Ole zu, aber auch hier hat Ole keine Lust zu reden, jedes Gespräch landet sowieso immer gleich bei Kochrezepten oder bei Pragers Problemen mit Frauen.

»Mir fallen häufig Dinge ein, an die ich mich nicht vollständig erinnern kann. Leise Andeutungen sind das, sie tauchen kurz auf, und ich muss richtig aufpassen, um sie nicht gleich wieder zu verlieren, um die Erinnerung heil zurückzuholen«, schießt Lena los, nachdem er das zweite Glas Rosé vor sie gestellt hat. Und Ole denkt, meine Güte, leise Andeutungen … Was hab ich damit zu tun.

Lena sitzt an der Bar. Ein Bein über das andere, den rechten Arm auf den Nebensitz gestreckt, als würde sie jemanden umarmen, aber neben ihr sitzt keiner. Sie nippt an ihrem Glas.

»Mein Papa hatte einen weißen Wartburg. Wartburg Tourist, das billigste Modell, wie geschaffen für unsere Reisen an die Ostsee oder in die Berge. Heute weiß ich, dass ihm das Auto mehr bedeutet hat als meine Mutter oder ich. Ein paarmal habe ich ihn erwischt, wie er in der Garage mit dem Auto geredet hat, während er es mit Hirschleder auf Hochglanz polierte. Ist echt wahr.«

Lena bläst den Rauch aus ihrer Lunge nach oben. Die grauen Schwaden sind noch dünner als Lenas schlanke Finger und brechen jäh in sich zusammen, sobald sie die Decke erreichen. Dann, als sie exakt die Hälfte der Zigarette geraucht hat, drückt Lena die Zigarette aus, das macht sie jedes Mal so, weil sie dadurch das total abwegige Gefühl hat, sie habe ihr Rauchen unter Kontrolle, sei nicht abhängig und würde daher nicht so früh sterben müssen.

Ole ist da anderer Meinung, aber er schweigt lieber und poliert weiter die Gläser. Bis er doch nicht anders kann und sagt, so ungewöhnlich sei das nicht, der Wartburg von seinem Vater hätte Honecker geheißen. Und sein Vater hätte das Auto über alles in der Welt geliebt, weswegen er es jedes Jahr ganz auseinandergenommen und dann wieder aufgebaut hätte. Auch Honeckers Nachfolger hätte er heiß und innig geliebt. Die Liebe zum eigenen Pkw sei wohl eine merkwürdige deutsche Krankheit, fügt Ole hinzu, eine Krankheit, die sich wie ein seltsamer deutscher Virus von Deutschland in die ganze Welt ausbreitet, weit gefährlicher als die Vogel- oder Schweinegrippe, aber vermutlich nicht genetisch vererbbar, denn ihn, Ole, hätte diese Krankheit zum Beispiel nicht erwischt. Das alles erzählt er und lächelt gar dabei, aber Lena hört ihm nicht zu. Wie immer.

Sie dreht sich sogar für einen Moment von ihm weg und starrt aus dem Fenster. Dann streichelt sie die kleine höckerige Vase aus grünem Ton, in der Blumen stecken, die Gabi jeden Morgen von irgendwoher zaubert.

Die Erde unter dem Helsinki bewegt sich im Verborgenen, von unten kommt ein dumpfes Dröhnen, die Gläser auf der Bar geben sich einen klirrenden Kuss, und Ole sagt, verdammt, schon wieder. Tief unter der Stadt wurde der nächste Felsbrocken gesprengt, aber Lena schenkt dem keine Aufmerksamkeit und redet weiter.

»Papa hat sogar kleine Kissen angeschafft, allerdings nicht für uns, sondern für den Schlitten aus Eisenach. Er sagte immer wieder, der Zweitakter hat eine Seele. Für diese seine große Liebe führte er auch ein Tagebuch, dort notierte er den Verbrauch, die Kilometerzahl und jede Stadt, jedes Schloss und jede Burgruine auf, die wir besucht hatten, auch das, was wir dort zu uns genommen haben, in erster Linie allerdings was der süße Warti gemampft hatte. Er nannte ihn übrigens Karl. Wegen Opa, der war Geschichtslehrer und qualmte wie ein Zweitakter. Als er seinen Schülern zeigen wollte, wo die Furt gewesen war, die einmal Karl IV. genommen hatte, ist er in der Elbe ertrunken. Bist du schon mal in Tangermünde gewesen?«

»Wie?«

»Hörst du mir überhaupt zu?«

»Ja. Klar. Bloß muss ich nebenbei auch arbeiten, aber red ruhig weiter«, sagt Ole und spült den Berg Biergläser ab, der sich hier seit gestern Abend türmt.

»Also bist du da gewesen, oder nicht?«

»Nein.«

»Hast nichts verpasst. Mama hat mich mal gezwungen mitzukommen, damit ich weiß, wo Opa gestorben ist. Wir sind höchstens fünf Minuten dort stehen geblieben, es war total windig. Ostdeutsche Pampa halt. JWD.«

»Wo sich mal Karl IV. herumgetrieben hat.«

»Geschichte und JWD schließen sich nicht aus. Im Hinblick auf das nahende Ende der Welt erlangen solche Orte temporäre Bedeutung.«

Ole ist sich nie sicher, ob er sie richtig versteht. Temporäre Bedeutung, mein Gott, das ist sie, die temporäre Klugscheißerin und unvergängliche Schönheit, was sie auf jeden Fall als eine klare Loserin prädestiniert. Noch dazu ihre baltischen Augen ... Er nickt, von wegen, dass alles klar ist.

Eigentlich weiß er nicht einmal, was Lena schon seit Jahren studiert. Geschichte, Kulturwissenschaft, Kunstgeschichte oder Philosophie. Aber vielleicht all das zusammen und noch ein paar andere Fächer dazu.

»Bei dieser Auffassung ist auch diese Stadt eine Art JWD. Was vermutlich auch sogar stimmt«, sagt Ole nach einer längeren Pause.

»Das hat mit der Geschichte, die ich dir erzähle, überhaupt nichts zu tun.«

»Ich habe lediglich versucht, einen temporär bedeutsamen Gedanken hervorzubringen.«

»Ich verstehe nicht.«

»Ist schon okay. Du wolltest wissen, ob ich jemals dort gewesen bin, wo Karl IV. die Elbe überquerte. Nein, bin ich nicht. Aber ich weiß, wer Karl IV. gewesen ist. So blöd bin ich auch nicht.«

»Sag mal, willst du überhaupt wissen, wie es weitergeht?«

»Nein. Aber du wirst es mir so oder so erzählen.«

Ole stellt zwei etwas arg späte Frühstückssoljankas vor zwei Gäste, die sich in eine Ecke des Helsinki gesetzt hatten, und auf dem Rückweg wischt er die Resopaltische sauber, die er aus einer alten Schulkantine gerettet hat. Lena zündet sich eine neue Zigarette an, und er denkt schon wieder darüber nach, ob sie miteinander geschlafen haben oder nicht. Nicht, dass er das tun möchte, solche verträumten romantischen Frauenmodelle im Wartemodus kennt er zur Genüge, und zwar gleich in mehreren, eigentlich aber immer gleichen Ausführungen, aus denen nichts geworden ist – aber aus welcher Beziehung ist bei ihm jemals etwas geworden! Er möchte es einfach nur wissen. Obwohl angesichts seiner Entscheidung, künftig frauenlos durchs Leben zu streifen, er es gar nicht zu wissen braucht. Aber warum kann er sich bloß nicht erinnern? Und warum regt es ihn so auf? Vielleicht hat er einfach nur Angst, dass ihn sein Gedächtnis allmählich im Stich lässt.

»Lüften durften wir nur, wenn wir einen Berg runterfuhren, beim Hinauffahren erhöhte das Lüften den Verbrauch, außerdem ging davon der Motor kaputt. Also haben wir in den Serpentinen vom Thüringer Wald wie die Deppen vor uns hin geschwitzt, aber Papa war happy, weil der Karl so gut lief. Und dann war es passiert.«

Draußen vor dem Helsinki donnert eine halb leere tschechoslowakische Straßenbahn nach der anderen vorbei. Oles Vater nannte die Tatras Husáks Rache, weil sie mit ihrem Gewicht die Gleise beschädigten. *Automat* hat darüber einen Song gemacht. Harte street industrial music, ein zuverlässiges Mittel, das Trommelfell kaputt zu kriegen.

Dichter grauer Regen hüllt die Stadt ein und macht sie weicher. Drei alternde Rocker am Ecktisch bestellen eine Runde Nachmittagswodka. Ole heftet seine Augen auf Lenas kleine Brüste, die sich unter ihrem lockeren dunkelblauen

T-Shirt leicht hin und her bewegen. Ob er sie mal gestreichelt hat? Blödes Gedächtnis. Ob es dagegen auch irgendwelche Tabletten gibt?

»Hörst du mir zu?«

»Ja, klar. Ich höre dir zu.«

»Ach so, dann ist es mir nur vorgekommen, als hättest du meinen Busen angeglotzt.«

»Ja, das hab ich.«

»Soll ich jetzt beleidigt wegrennen, oder wie?«

»Mach, was du willst, du bist doch volljährig, oder? Noch eins?«

Lena nickt.

»Es war im August. 1987. Eine richtige Urlaubsstimmung. So ein Moment, den du am liebsten einfrieren würdest, damit er für immer so bleibt. Wir flogen eine abschüssige Straße bergab, unser Auto war leicht wie ein Segelflugzeug. Ich kuckte aus dem Fenster. Wolken am Himmel, Wald, Felsen, eine alte Mühle, und plötzlich gab es einen Rumms, und alles blieb stehen. Nur die Wolken flogen weiter, das sehe ich bis heute noch. Ein anderer Warti nahm unserem Karl die Vorfahrt, es war das gleiche Tourist-Modell mit der gleichen DDR-Family drin, so habe ich es später im Krankenhaus erfahren. Meine Mama hat von dem Unfall immer noch Glassplitter im Arm. Sie sagt, diese Splitter, die sie nicht loswerden kann und die sie immer noch spürt, das ist ihre private Deutsche Demokratische Republik. Ihr Leben darin.«

Für eine Weile ist es ganz still. Die Stadt löst sich im Regen auf, und die nächste Straßenbahn rattert den Boulevard herunter.

»Was sagt dein Vater dazu?« Ole parkt das nächste Glas Rosé vor ihr. Ein paar Tropfen kullern langsam den Glaskörper herunter. Er nimmt den Aschenbecher mit halb gerauchten Kippen in die Hand und sieht in Lenas große graublaue Augen, die die gleiche Farbe haben wie die Ostsee. Ole erzählt Lena, dass sein Vater die Ostsee gerne Specksee nannte, wegen der vielen fetten Tschechen, die dort früher hingefahren waren. Doch Lena antwortet nicht. Sie steckt sich eine neue Zigarette an, der schmale Rauchfaden schießt gegen die Decke, wo er plötzlich aufgehalten wird und sich auflöst. Lena fährt sich mit der Hand durch die langen, feinen Haare. Ganz langsam tut sie es, das bekommt Ole noch mit, danach wird das Helsinki auf einen Schlag voll. Viele Leute sind da, Ramone, Tom und Cindy auch, alle bestellen Bier oder Kaffee, manche auch Wein oder Gabis Soljanka.

Lenas Platz an der Bar ist auf einmal leer, auch ihr blauweißes altes Fahrrad steht nicht mehr da. Aus irgendeinem Grund bekommt Ole Gänsehaut am Arm. Vielleicht liegt es aber nur daran, dass in der Ecke ein Fenster offen steht. Ole macht das Fenster zu. Luftzug ist echt Scheiße, wenn man auf die vierzig zugeht.

GLASSPLITTER UND ANDERE SCHERBEN

Als Ole lange nach Mitternacht endlich einschläft, bekommt er Bauchschmerzen.

Er träumt von Glassplittern, die durch die verwinkelten Straßen seiner Stadt wandern, die in den Schlagadern seines Körpers nach dem Herzen suchen. Vielleicht trägt jeder Mensch seine eigenen Glassplitter in sich, das wird schon so sein, so zumindest erzählt es ihm die Ärztin, die er im Traum mit seinem peinvollen Problem aufgesucht hat.

Sie sieht aus wie Lena, und es soll wohl auch Lena sein. Sie tastet seinen Bauch ab, der einst so flach und mager war, dass die Mama dachte, Ole hätte einen Bandwurm, und ihn zum Arzt schickte. In letzter Zeit wird sein Bauch rund, wie eine Birne wölbt er sich nach vorne, ein Bandwurm wäre jetzt vielleicht nicht verkehrt. Die Lena im Traum trägt nur ein durchsichtiges blaues T-Shirt und einen Slip unter ihrem offenen weißen Kittel, mehr hat sie nicht an.

Ole versucht, sich gegen den Traum zu wehren, mein Gott, ich will nicht vom beknackten Sex mit einer Frau Doktor träumen, mir ist gar nicht nach Sex, denkt er, ich will etwas über die Glassplitter in meinem Körper erfahren. Er setzt an, es der Ärztin zu erklären, doch sie hört nicht zu und erzählt ihm von sich aus etwas, er kann sie aber nicht verstehen. Sie streichelt ihm den Bauch und fasst die Stellen an, an denen Splitter aus seinem Körper ragen. Mit Ultraschall untersucht sie Oles Bauch und Brustkorb und zeigt ihm auf dem Bildschirm eine riesige Glasscherbe in seiner immer größer werdenden Bauchhöhle, aus der einen Scherbe werden plötzlich viele, und alle tun sie weh. In dem Moment verändert sich die Ärztin, sie sieht nicht mehr wie Lena aus, sondern wie Connie. Und dann nicht mal das, Ole sieht Gesichter von vielen anderen Frauen, womöglich von allen, mit denen er jemals geschlafen hat oder wenigstens schlafen wollte. Mit denen er zusammen und dann nicht mehr zusammen war, die er betrogen hat und die ihn betrogen haben. All die Frauen drehen sich wild um ihn herum, und Ole wünscht, sie mögen ihn endlich in Ruhe lassen, und schreit, er wolle nie wieder mit einer Frau zusammen sein.

Der Traum, der vielleicht auch kein richtiger Traum ist, verliert an Geschwindigkeit, und bleibt am Antlitz eines Mädchens hängen, das Ole höchstens drei Tage lang gekannt hat. Ole liegt schweißgebadet da und spürt, dass diese Geschichte dem größten Splitter in seinem Bauch gleicht, einer scharfkantigen Scherbe, die ihn seit dem Moment, als er das Mädchen sterben sah, verfolgt und ihm Höllenschmerzen zufügt. Er spürt, wie der Splitter wächst, durch das Fleisch schneidet und nach draußen drängt. Mein Gott, wie das brennt.

Endlich verschwindet das Mädchen, stattdessen taucht das Gesicht seiner Tochter auf, die er seit einem Jahr, wenn nicht seit zwei oder fünf Jahren, nicht gesehen hat. Seit jenem großen Krieg der Gefühle, als er sie seiner damaligen Freundin vorstellte, wie hieß die denn verdammt noch mal, Sandra vielleicht oder doch Kristin?, und die es irgendwie in den falschen Hals bekam. Das Brennen breitet sich aus, wird stärker. Im Bauch, im Hals, in ihm.

Ole wacht auf. Sodbrennen. Das kommt von dem billigen Ungarnfusel, den er versehentlich nach der Rückkehr aus dem Helsinki heruntergekippt hat, gemeinsam mit Prager, der ihn schon wieder mit seinen Problembeziehungen zugetextet hat. Eigentlich müsste er ihn rausschmeißen, der Junge soll sich etwas anderes zur Untermiete suchen, Ole braucht Ruhe.

Ein Blick auf sein Handy sagt ihm, dass es vier Uhr morgens ist. Ein Polizeiauto rast durch die Straße, dicht von der Feuerwehr gefolgt. Das Blinklicht reißt leuchtend blaue und orangefarbene Löcher in die Nacht, die sofort wieder von Schwarz zugeschüttet werden.

Er wischt sich den Schweiß ab, nimmt das Handy und tippt eine SMS für seine Tochter ein. *Ist alles in Ordnung bei dir?*, fragt er. Auf einmal weiß er nicht, ob sie siebzehn, achtzehn oder immer noch sechzehn ist. Verdammt, wieso kann er sich nicht einmal an so etwas erinnern? Welches Jahr haben wir? Gut. Ganz ruhig bleiben. Sie ist siebzehn, bald wird sie achtzehn. Ob sie schon mit jemandem geschlafen hat? Hat sie vielleicht ein Kind im Bauch? Was macht sie denn eigentlich? Sie geht aufs Gymnasium, stimmt. Aber sonst? Wann haben sie sich zum letzten Mal gesehen? Einmal ist sie im Helsinki vorbeigekommen. Sie hat sich zwei Hunderter schenken lassen, einen Kaffee getrunken und ist gegangen.

Ole schläft wieder ein. Eine halbe Stunde später piept sein Handy. Die Tochter fragt, ob bei ihm alles in Ordnung ist oder ob er durchdreht oder gar einen sitzen hat. Er braucht sich keine Sorgen zu machen, sie ist kein Kind mehr. Ole möchte sie um Entschuldigung bitten, er tippt ein, dass er auf einmal Angst um sie hatte, am Ende löscht er aber alles, er möchte nicht lächerlich wirken. Schließlich schreibt er *Ich würde dich gerne sehen*. Nach kurzem Nachdenken schiebt er zwischen *gerne* und *sehen* das Wörtchen *mal*. Diesmal bleibt eine Antwort aus.

Er geht zum Fenster, zündet sich eine Zigarette an und starrt in die Dunkelheit. Er bläst den Rauch hinaus, und das nächste Polizeiauto rast die Straße entlang, das Blaulicht hackt die Nacht wie scharfe Hubschrauberblätter in Stücke.

Ole legt sich wieder hin, schließt die Augen, aber dann öffnet er sie wieder, weil es in seinem Ohr saust. Das kommt von den blöden Konzerten. *Automat.*

Dann endlich ist morgen, und er hat Kopf- und Rückenschmerzen. Also schluckt er als Erstes eine Tablette gegen den Tod.

TAL DER HOHLKÖPFE
Januar

Ich heiße Nancy. Ich bin 16. Ich komme aus Freiwaldau. Altvatergebirge. ČSSR. Sudetenland. Das ist mein Tagebuch. Achtung Geheim! Hab *angst*, dass ich nen Braten in der Röhre hab. Wenn ja, dann bring ich Helmut um, weil er nicht aufpasst, auch wenn er immer sagt er passt auf. Null Ahnung, ob das stimmt, einen Fratz hat er schon, aber er sagt damals hätte er das so gewollt. Wenn ein Vater nicht bei seinem Kind bleibt dann hat er es eher nicht gewollt. Fakt ist aber, dass seine Echse schon auf den ersten Blick wie ne eingebildete Schnepfe aussieht, die kriegt nicht mal die Zähne auseinander um Hallo zu sagen, also kann ich verstehen dass er sich verpisst hat. Wenn ich wirklich nen dicken Bauch krieg, dann ist hier echt die Kacke am Dampfen, Mutti reißt mich in Stücke, das halt ich nicht aus.
Was sonst Neues: Richtig gut verkatert, Tonnen von Neuschnee. Gestern Mittwoch und Silvester, 1986 ging zu Ende und 1987 fing an und ich hab nicht zu Hause gepennt sondern bei Helmut in der Hütte, wir haben Apfelwein mit Alpa, dem Franzbranntwein gesoffen. Helmut nennt das Alpenwodka, ist aber ne echte Giftbrühe. Obwohl mit den Nerven runter hab ich ihn wieder rangelassen, auch wenn ich nicht glaube dass er mich liebt, wo er schon mal verheiratet war.
Mein zweiter Silvester mit ihm. Mutti hab ich erzählt, ich fahr mit Maruna und den anderen aus meiner Klasse nach Weißbach zu Marunas Eltern, die würden ja aufpassen, also brauchte ich null angst zu haben. Mit dabei waren: Chaos, Typhus, Haschkarla, Funus, Ulknudel und noch ein ganzer Stapel Leute die ich gar nicht kannte, aus Zuckmantel und Sandhübel, sogar aus Prag kam einer. Auch der Schwarze war dabei, der Urpunk von Freiwaldau, obwohl

er schon richtig lange weg ist, aber jeder musste seinen Senf zu ihm abgeben, von wegen wo er jetzt lebt und ob überhaupt. Obwohl keiner wirklich was weiß. Für'n Moment hat's mich voll traurig gemacht. Alle haben sich total besoffen, zum Rauchen gab's auch was, Chaos hat aus'm Fenster in Neuschnee gekotzt und als Haschkarla das gesehen hat, musste sie auch kotzen, und als ich das gesehen hab, musste ich auch kotzen.

Nach Hause hab ich's dann schon alleine geschafft, rechtzeitig zum Mittagessen, Muttis Typ hat Eisbeinsülze gemacht, da wo er herkommt ist es Tradition, hat er gesagt, aber so was Schwabbeliges krieg ich nicht runter, Brot mit Butter und Senf taten's auch. In der Glotze quasselte Husák und Muttis Typ meinte wie interessant, dass der Herr Präsident zwar Tschechisch und Slowakisch auf einmal redet und trotzdem nichts Ordentliches rausbringt, dann sagte er noch, das ist keine Neujahrsansprache sondern Husákgelaber. Der Husák laberte weiter und mir drehte sich der Magen, also hab ich mich hingelegt. Hab Mutti nicht gesagt dass da vielleicht ein Ableger am Start ist, von dieser meiner *angst* erzähle ich ihr nie.

Außerdem hab ich ständig Halsschmerzen, das ist wegen Tschernobyl, das im letzten Jahr bei uns mehr als anderswo gewütet hat, fast alle haben Probleme von und stopfen sich irgendwelche Pillen rein. Zu Silvester hab ich auch zum ersten Mal mein Fotogerät ausprobiert das ich unterm Lichtergerippe gefunden hab, hat mir Muttis Typ geschenkt. Mutti hat ihn ganz doll lieb und eigentlich ist er schon nett.

Das Gerät heißt Zenit und kommt aus Russland. Helmut sagte dass die das Ding von den Deutschen abgekupfert haben, weil der Russe erfindet nie was selbst, sondern kopiert alles was ihm unter die Hand kommt, das hat man dort schon immer gemacht, sagte er, sogar den Kommunismus hätte Lenin mit dem Zug ins Land geholt, von Marx kopiert. Als ich herumgeknipst hab, wollte Chaos gleich ein Bild haben, wie er Ulknudel die Titten küsst, also hab ich's fotografiert, jetzt weiß ich nicht, wo man davon Abzüge macht.

Ach ja, ein Tag vor Silvester sind wir bei Oma in Adelsdorf gewesen. Sie wohnt in so ner Hornzie direkt überm Dorfbach und wir reden deutsch miteinander, obwohl Mutti es nicht will, weil sie's peinlich findet Deutsche zu sein, und mein Doppelbruder, der mein Zwilling ist, auch. Der paukt lieber brav Russisch. Der Typ von meiner Mutter kann auf Deutsch nicht mal Bahnhof sagen und dabei heißt er Müller. Mir ist das nicht peinlich, mir ist das völlig Rille und ich rede natürlich deutsch, auch die Ortsnamen sage ich auf Deutsch, ist ja hier doch alles auch deutsch gewesen früher, und außerdem kann man damit die anderen gut ärgern. Deutsch ist punk. Die einzige Lehrerin auf unserer Schule, die mich mag, ist übrigens die Deutschlehrerin. Hab von Oma nen Hunni zugesteckt bekommen. Jetzt bin ich müde und geh schlafen.

Alle Tagebücher sind wahrscheinlich geheim, das hätte ich gar nicht reinschreiben müssen. Oder sie sollten geheim sein. Oder auch nicht. Ich weiß es nicht. Aber das hier ist auf jeden Fall geheim. Also lass ich es so drin und sollte Doppelbruder es anfassen, dann schnippel ich ihm höchstpersönlich die Eier ab. Im Übrigen brauche ich ein Tagebuch, weil ich in letzter Zeit komische Dinge sehe und keiner es mir glauben will und Helmut sogar über mich lacht. Also schreibe ich es auf.

Dieses Jahr werde ich siebzehn, aber erst am 15. September. Ich freue mich schon. Mein Name kommt von Helmut, wegen der scharfen Nancy, der Braut von Sid von den *Sex Pistols*, das ist unsere Lieblingsband. Die beiden haben sich ganz doll geliebt und

dann hat er sie in einem Hotelzimmer umgebracht. Helmut meinte, so was nennt man Schicksalsliebe, das wäre bei uns auch so, auch er würde mich lieber umbringen als dass er mich verliert. Über die Geschichte von Sid und Nancy hat man auf Polen 3 berichtet. Helmut heißt gar nicht Helmut sondern Petr Mikeš, aber man nennt ihn Helmut wegen seinem Scheitel und den ausrasierten Haaren über den Ohren.
Alle haben sich fürs neue Jahr gute Vorsätze gemacht, nur ich nicht. Ich finde so was total bekloppt.
Und jetzt geh ich wirklich schlafen.

Schon wieder Neuschnee und immer noch Ferien. Bruder macht mit Muttis Typ eine Skiwanderung auf den Šerák hinauf, also hab ich seine Schubladen gecheckt aber nix Spannendes gefunden, bis auf die Mädels im BH aus dem Quelle-Katalog, die in einem Heft mit Bildern von Flugzeugen steckten.
Nachmittags im Laden Helmuts Echse getroffen, das war etwas unheimlich, weil ich nicht weiß ob sie weiß dass Helmut mit mir zusammen ist. Aber sie lief an mir vorbei mit der gleichen genervten Fresse wie alle Weiber, die dort für Apfelsinen anstanden.
Ich würde am liebsten zu Helmut abhauen aber Mutti passt auf, sie will dass wir gemeinsam Weihnachten aufräumen.
Also haben wir aufgeräumt. Danach geglotzt, es lief nur Schrott.

Abends bin ich kurz raus. Hab nur gesagt ich gehe zu Maruna Mathe büffeln, bin aber zu Helmut. Hab ihm nicht gesagt dass ich *angst* hab wegen Kind im Bauch, weil ich *angst* hatte was er dazu sagen würde. Aber wenn ich schwanger bin, dann bring ich ihn echt um, großes Pionierehrenwort oder besser: Punkehrenwort.

Sonntag ist der debilste Tag der Woche und der debilste Sonntag von allen ist der Sonntag vor Ferienende, wenn man am nächsten Tag in die Schule muss. Doppelbruder ist es schnuppe, der liest seine Bücher über Kriege, Flugzeuge und Astronauten und ist ganz locker.
Hab meine Minna immer noch nicht gekriegt.

Mathetest – das schönste Neujahrsgeschenk.
Immer noch nicht meine Tage. Ich dreh bald durch. Maruna hat mir heißes Bad empfohlen, nach einer Stunde bin ich aus der Wanne rausgeklettert, rot wie'n Krebs und vor lauter Dampf halb blind, aber auch das hat nichts gebracht.

Bin schwanger. Ist so klar wie Kloßbrühe. Maruna meinte, vielleicht hilft Glühwein, also hab ich mir heimlich Wein aufgebrüht, bevor Mutti von der Arbeit kam. Danach war ich voll wie ne Haubitze und Mutti kreischte und ballerte mich mit Verboten zu. Ihr erster Verstoß gegen ihren Neujahrsvorsatz, dass wir das ganze Jahr nett zueinander sein wollen. Auch so hat sie dieses Jahr den Rekord gebrochen. Trotzdem alles beim Alten geblieben.
Helmut ackert irgendwo im Wald. Sowieso wäre es ihm total egal, wenn er wüsste dass ich was im Bauch hab, weil er doch schon einen Wurm hat und auch der ist ihm total egal.

Immer noch nichts. Heilige Kuh mit steifen Haxn... Panik. Hab Mutti geholfen das Lichtergerippe abzuschmücken und sie wollte wissen warum ich so ätzend drauf bin. Ich sagte, da ist wohl ne Grippe im Anmarsch.

Uff. Minna endlich da!! Aber trotzdem werd ich Helmut umbringen weil solche Nerven sind tödlich. Habe die Fotos beim Fotografen machen lassen, obwohl ein echter Künstler seine Abzüge selber macht. Ein paar von sind verwackelt, der Rest *gut*, das eine Bild wo Chaos bei Ulknudel an den Titten knabbert ist sogar richtig scharf. Hab mir vorgestellt, dass es der Fotograf als Wichsvorlage genommen hat.

Maruna hat mir bei ihr im Badezimmer den Kopf rasiert, auf beiden Seiten, die Haare waren zu doll nachgewachsen, auch Helmut hat sich frisch rasieren lassen. Mutti war sauer weil ich versprochen hatte, mit dem Iro aufzuhören.
Also wieder ein Hausdrama. Mutti beballerte mich mit Verboten, ich soll Schluss mit den Punks machen und falls ich trotzdem mit denen rumhängen will, dann kann ich auch gleich gehen. Also ich ab in mein Zimmer und hab gepackt, aber es war sonnenklar, dass sie mich spätestens im Treppenhaus wieder zurückzerren wird. Danach hat ihr Typ sie wieder beruhigen müssen und Doppelbruder hat mich blöde Kuh geschimpft.
Darauf hin haben wir uns auf dem Zimmer gerauft und er hat gesagt, ich würde stinken, also hab ich ihm gesagt, dass ich weiß, dass er sich im Badezimmer einen runterholt, und zwar über den Bildern aus dem alten Quelle-Katalog, den wir als Einziges regelmäßig von unserer Westverwandtschaft zugeschickt bekommen, wahrscheinlich damit wir sauer sind, wie gut es ihnen geht und uns nicht. Und dann hab ich gesagt, dass ich es Mutti erzählen werde. Streit, anschließend Kampf.

Nachts kam der Schwarze zu mir und es war so schön, ihn bei mir zu haben. Wir haben rumgemacht und als er ging und das Ganze nur ein Traum war, hätte ich am liebsten geheult. Ich hoffe nur, dass Bruderherz gepennt und nicht gelauscht hat, sonst müsste ich ihn umbringen. Danach zog mich was ans Fenster, und als ich rauskuckte, schneite es und in dem Schneegestöber ging ein großes Tier mit leuchtendem Kopf zwischen den Autos spazieren.

Schon wieder eins von den Dingen, die nur mir passieren und die mir keiner glaubt.

In Beseda haben zwei Russen gehockt und unsere Männer wollten nicht, dass der Wirt sie bedient, aber weil Jožin ein Weichei ist, schenkte er ihnen doch Wodka ein. Also hat Chaos auf dem Klo einen von den beiden angerempelt und der hat sich auf die Schuhe gepisst und wollte auf Chaos losgehen, da haben wir uns lieber zu Helmut in die Hütte verdünnisiert.
Dort *HNF* gehört, *Helden der neuen Front*, und uns eine Punkrevolution vorgestellt, bei der im Radio nur noch *HNF* und *Pistols* gespielt werden und kein Karel Gott oder Michal David, außerdem wären alle Leute Punks. Aber was wir dann wären, das wussten wir nicht. Wir wollen nicht wie die anderen sein.
Eine ganze Schachtel filterlose Start alle gemacht, auch Helmuts Mars leer geraucht.
Helmut sagte, wenn ich will kann ich zu ihm ziehen, er würde mich heiraten und mir ein Kind stricken wenn ich mag, weil sechzehn bin ich ja schon und meine Mutter hat mir nichts vorzuschreiben. Und ich sagte dass ich ihn liebe und dass ich ein Kind von ihm haben möchte und dann haben wir's gemacht. Hoffentlich hat er diesmal echt aufgepasst. Zu spät nach Hause gekommen, also wieder Hausdrama und Verbote und Scheißstimmung. Fuck off. Ich werd zu Helmut ziehen.

Der ganze Sonntag zum Kotzen, bloß das Schnitzel von Muttis Typ war lecker. Seit einer Woche kann man in ganz Freiwaldau kaum atmen, wenn wir nicht wegen Tschernobyl sterben, dann ersticken wir. Die Fabriken qualmen um die Wette und die Wohnhäuser auch und nur wenn man ganz oben auf den Berg klettert, ist dort die Luft klar und man sieht den fetten Deckel unter dem die Stadt vor sich hingammelt.

Heute kam kurz die Sonne raus. Oma fiel ein, dass heute vor so und so vielen Jahren ihr Bruder an der Russenfront gefallen war. Ihr jüngerer Bruder, also eigentlich mein Großonkel. Sie kramte einen Atlas hervor und zeigte es mir auf der Karte, damit ich es weiß, wenn sie nicht mehr da ist, und die Stelle war gar nicht mal weit von Tschernobyl das alles inklusive uns verstrahlt hat.
Haschkarla sagte, dass wir trotzdem Schwein haben, direkt in Tschernobyl sind eine Million Menschen hops gegangen, das hätte man auf Radio Freies Europa gesagt. Wir haben bloß Halsschmerzen oder Schilddrüse, außerdem kann man gegen das Krebsrisiko Jod oder andere Pillen schlucken, vielleicht geht es mit uns sogar gut aus.
Das ist mir aber *egal*.

Eiseskälte. Frost wie auf dem Weltraumbahnhof Baikonur. Die ganze Stadt wie ausgestorben, alle erkältet und verschnupft. Auch meine Nase läuft ständig. Trotzdem heimlich nach der Schule in die Kneipe, wo Helmut, der auf den Tag genau sechs Jahre und zweiundsiebzig Stunden älter ist als ich, mich unterm Tisch an den Beinen und auch dazwischen gestreichelt hat, und ich dachte ich falle auf der Stelle tot um.
Dann aber sind die Bullen gekommen und er hat schnell mein Bier runtergezischt und das Glas unterm Tisch versteckt, damit wir keine Scherereien kriegten. Wir mussten unsere Ausweise zeigen, obwohl die Bullen alle von hier stammen, der eine ist sogar mit Chaos in die Grundschule gegangen, außerdem kennen die uns ja. Wie bescheuert kann man sein. Keine Ahnung warum sie Helmut immer wieder fragen, wo er arbeitet und wo er wohnt und ob er heute auf der Arbeit gewesen ist, was er zwar nicht war, aber das geht die nichts an. Von mir wollten sie wissen, auf welche Schule ich gehe und warum ich nicht zu Hause bin. Soll ich jeden Abend in die Röhre glotzen oder wie? Es läuft sowieso nichts,

höchstens am Donnerstag *Magion*, die Märchensendung für die Kleinen, aber heute war kein Donnerstag.

Zeugnis. Vier in Mathe, in Tschechisch aber auch, weil mich die Tusse nicht abkann. Eine einzige Eins und zwar in Deutsch, weil *deutsch muss ich nicht lernen weil ich wie meine mutter und oma deutsche bin*, außerdem hab ich Deutsch auch vom Opa geerbt, der ist im gleichen Jahr gestorben wie ich geboren wurde, sein Herz machte plopp als er gerade im Fernsehen *Pan Tau* kuckte. Wenn ich ganz ehrlich bin, kann ich sogar besser Deutsch als unsere Lehrerin.
Benehmen Zwei wegen Frisur und wegen der Lederjacke, die ich im Keller gefunden hab und die von meinem ersten und einzigen echten Papa stammt, und auch wegen der Stiefel und der löchrigen Hose und der Sicherheitsnadel.
Was soll's.
Zu Hause Gemecker und Geschrei und Verbote im Großen, Mutti musste Schnaps trinken. Mutti hat auch das, was es nicht gibt, verboten, also höchste Zeit mich vom Acker zu machen.
Doppelbruder wie erwartet lauter Einsen, blöder Streber, daher durfte er in die Disco. Das kann er echt gerne machen, von Disco wird mir kotzübel. Ihm bringt's sowieso nichts, weil er mit seinen Gymnasialfräuleins höchstens an einem Gläschen Cola nippt.

Herzbruder ist erst um vier Uhr morgens zurück und zwar voll bekotzt, also trinkt er nicht nur Cola! Ich finde das klasse und hab ihm gesagt, dass er endlich Mann geworden ist und somit auch mein rechtmäßiger Doppelbruder. Auch wenn er noch nicht gepoppt hat, falls meine Informationen stimmen.
Seine Kumpels haben ihn gegen die Tür gelehnt, geklingelt und sich sofort aus dem Staub gemacht. Als Muttis Typ die Tür aufmachte, kippte Bruderherz wie'n gefällter Baum in den Flur. Kacke

am Dampfen, weltweite Verbote und eisiges Schweigen am Mittagstisch. Er hat sowieso nichts essen können, als Mutti die Suppe verteilte, ist er aufs Klo gerannt und hat gekotzt, das haben wir gehört weil im Plattenbau hört man immer alles, auch den Nachbarn von oben, wenn er seine Alte wälzt und dabei mit seiner hohen Weiberstimme noch lauter stöhnt als sie.

Abends hat eine Freundin Mutti gesteckt, dass Bruderherz den besoffenen Sohn eines Parteibonzen in der Disco vermöbelt hatte, als der eine von Bruders Mitschülerinnen angegrapscht hat. Noch mehr Rambazamba und in den Pausen betete Mutti laut, das Ganze soll ohne Spuren an uns vorbeiziehen, aber ich sagte abends zu Bruderherz, er ist ein Held der sozialistischen Arbeit und ein echter Punk, und dass ich stolz bin auf ihn. Bloß will mir gar nicht richtig in den Kopf, wie er von Beruf Gagarin sein möchte, wenn er die Söhne von Parteikadern verprügelt. Das passt doch nicht zusammen.

SEX PISTOLS

Sie nannten sich *Sex Pistols*, obwohl die Band zu ihrer Zeit längst tot war und sie nur zu zweit waren. Frank und Ole. Rotten und Sid. Sie nannten sich *Sex Pistols*, und wenn Ole heute daran denkt, findet er es etwas peinlich, aber er kann es nicht mehr ändern.

Weder Frank noch er haben ein Instrument gespielt. Sie drehten in Oles Zimmer bloß die Musik auf, rannten hin und her und taten so, als hielten sie Gitarren und Mikros in der Hand. Bett und Schreibtisch waren die Bühne und die Blumentöpfe, die Oles Mutter regelmäßig goss, die liebestollen Mädels im Publikum. Frank und Ole stampften und hüpften durch das Zimmer hin und her, in dem, wie man sich erzählte, am Kriegsende ein amerikanischer Soldat erschossen wurde. Ole hätte schwören können, ein paarmal nachts im Flur seinen Schatten gesehen zu haben, wie er nach etwas suchte, aber das gehört in dieser Stadt einfach dazu.

Sich vorzustellen, eine Band zu sein, war spannender, als mit Modelleisenbahn zu spielen. Oder mit Autodrom. Es war sogar spannender, als Phantasieinseln zu zeichnen.

Über Torsten, den älteren Bruder von Frank, kamen sie ziemlich bald an Platten und vor allem an Kassetten heran, denn damals fußte die Welt auf Kassetten, die sich scheinbar mühelos untereinander vermehrten. Sie hörten Punk. Und Neue Deutsche Welle. Dann nochmals Punk und *The Dam-*

ned und *Ramones* und *The Exploited* und *DAF* und *Die Toten Hosen*.

Torsten erzählte, dass *Sex Pistols* gar nichts spielen konnten und trotzdem zum Schluss richtige Stars geworden sind. Sie hätten Kohle im Überfluss gehabt, und alle Weiber der Welt seien zu ihnen ins Bett gekrochen, bis es so viele gewesen wären, dass das Bett geplatzt und die Band auseinandergedriftet sei.

Also würden sie es genauso machen.

Sie werden Stars. Sie würden keine Instrumente spielen, und trotzdem würden bald alle Weiber der Welt zu ihnen ins Bett kriechen. Oder wenigstens ein paar Mädchen aus der Schule. Klar, für den Anfang würde auch das reichen: Peggy würde die Beine breit machen. Sandra und Jeanette auch. Und schließlich auch Mandy, die heimlich mit einem drei Jahre älteren Gymnasiasten liiert war und die Nase dermaßen hoch trug, dass man ihr am liebsten ihren himmlischen Hintern versohlen würde. Auch die würde sie ranlassen. Alle Mädchen würden nur noch mit ihnen zusammen sein wollen, sie würden sich in eine Reihe stellen, und Frank und Ole würden nur noch wählen müssen. Also gründeten sie ihre erste Band. Ursprünglich sollte sie *Sex Pistols Zwei* heißen, aber dann blieb es nur bei *The S.*

In der Schule saßen sie immer nebeneinander, ihr Proberaum war der Keller, der zur Wohnung von Franks Oma gehörte, die in diesem Loch das Kriegsende überstanden hatte. Über der Eingangstür waren Einschusslöcher von einer Maschinenpistole zu sehen.

Irgendwo trieben sie eine alte Gitarre und einen Bass auf. Anstelle eines Verstärkers benutzten sie ein altes Tonbandgerät. Sie suchten auch nach einem dritten Musiker, aber das klappte nie. Am Ende waren sie immer nur zu zweit. Ole Gitarre und Gesang, Frank Bass und Gesang. Als Drummer bewährte sich am besten ein vollautomatisches Schlagzeug, weil es nicht ständig dazwischenplapperte und absolut zuverlässig war. Also nannten sie sich um: aus *The S* wurde *Automat*.

Torsten erzählte ihnen auch, dass in Pilsen *Die Toten Hosen* spielen würden. Es lag nicht gerade um die Ecke, aber immerhin in der befreundeten sozialistischen Tschechoslowakei. Und sie waren fast schon siebzehn.

DIE STADT DER ROHRE

Inzwischen ist Ole ein paar Jährchen älter geworden. Es ist kurz nach Mittag, sein Nacken schmerzt, das kommt wohl vom Luftzug, also schluckt er eine Tablette gegen den Tod und starrt aus dem menschenleeren Helsinki auf den Boulevard. Die Autos hoppeln über das alte Kopfsteinpflaster, als setzten sie zum Flug zum anderen Planeten an, aber gleich, nachdem sie abgehoben haben, plumpsen sie wieder auf die Erde zurück. Diese Stadt lässt keinen gehen.

Er stützt sich auf die braune, auf Hochglanz polierte Bar und betrachtet die Rohre, die sich vor dem Fenster in die Luft schlängeln. Wie dickleibige Tänzer schleppen sie sich mit tastenden Schritten nach vorne. Sie bahnen sich den Weg durch die Baumkronen, kommen sich stellenweise etwas näher, pressen sich aneinander und harren kurz in einer verworrenen Umarmung aus. Körper an Körper. Und als würden sie sich auf einmal Oles starren Blicks bewusst werden, stoben sie rasch auseinander und hecheln stolpernd drei Meter überm Bürgersteig weiter. Vor jeder Kreuzung klettern sie in die Höhe, holen tief Luft und strecken sich, so weit, wie sie können, damit unter ihnen Lastwagen und Straßenbahnen bequem hindurchrauschen können. Danach sacken sie erschöpft wieder zusammen.

Blau sind sie und orangefarben, pausenlos dröhnen sie und röcheln, als würde die Stadt ihre Seele aushauchen. An den Stellen, wo das eine Rohr mit dem anderen verbunden ist, tröpfelt die dahinsiechende Seele der Stadt heraus. Auf dem Bürgersteig breiten sich Pfützen aus, kleine Seen aus Untergrundwasser, das auf die Erdoberfläche geleitet wurde, kleine Seen, die nie austrocknen.

Ole zapft sich ein Schnittbier. Draußen vor der Tür tauchen zwei aufgedunsene Kinderwagen auf, nur einen Tick billiger als ein Mercedes, von zwei zufriedenen satten Bio-Muttis geschoben, deren Bio-Gatten sich in der Zwischenzeit in ihren neuen Büros mit dem Steuern der Welt beschäftigen.

Manche dieser Frauen lassen sich nicht mal von der Mitteilung abwimmeln, das Helsinki sei eine Raucherbar. Wenn sie trotzdem bleiben, geht es meistens folgendermaßen weiter:

»Was gibt's auf der Karte?«
»Soljanka.«
»Und weiter?«
»Rollmöpse.«
»Und weiter?«
»Eier in Soße.«
»Die Soljanka, ist die bio?«
»Alle Zutaten kommen frisch aus meinem Garten.«
»Gibt es die auch vegetarisch?«
Ole lächelt.
»Ist das alles, was ihr habt?«
»Es gibt noch Berliner.«
»Super. Dann zwei Berliner.«
»Die gibt es nur als Nachtisch, zum Hauptgericht«, lügt Ole.
»Was für ein Hauptgericht?«

»Soljanka oder Rollmöpse oder Eier in Soße.«

Also bestellen sie meistens nur Kaffee mit Milch.

Lena sagt, Ole sei verrückt, die Kunden so abzuwimmeln. Aber auch sie muss darüber grinsen.

Die Erde unter dem Helsinki bewegt sich, die Gläser hüpfen aufeinander zu, und Lena fragt: »Hast du das gehört? Von dem Platz vor der Uni ist ein Stück weggebrochen.«

Ole übergibt an Gabi und geht mit Lena los, um es sich anzuschauen.

Überall Polizei, Feuerwehr und Absperrungen. An diesem Platz wurden früher Bücher verbrannt. Der Kriegsanfang und das Kriegsende gefeiert. Hier wurde protestiert, gejubelt und wieder protestiert. Vor allem aber wurde hier ständig der Bodenbelag gewechselt, auf Kopfsteinpflaster, Asphalt und Beton folgte eines Tages wieder Pflasterstein. Zum ersten Mal ist die dünne Straßenschicht in jener berühmten Bücherverbrennungsnacht geplatzt. Damals standen hier Studenten mit Romanen in der Hand aufgereiht, die Gesichter vom Feuer angestrahlt. Die Flammen reichten bis zum Himmel. So zumindest sah es auf einem alten Foto aus, das Ole in einem von Franks Büchern gesehen hat.

Seitdem tauchte die unter dem Scheiterhaufen entstandene Narbe immer wieder auf, heute schlängelt sie sich am Boden eines Kraters, der an einen blutenden Augapfel erinnert, dem ein Auge entnommen wurde, und der das bloße Fleisch des Tunnels freilegt.

Wenn das Loch zugeschüttet wird, taucht die Narbe bestimmt wieder auf, Narben verschwinden nicht, sagt Frank, weil alles mit allem zusammenhängt. Auch wenn er einen Riss in der Schüssel hat, bei solchen Dingen hat er immer recht. In dieser auseinanderfallenden Stadt kommt es einem nicht einmal komisch vor.

»Noch ein paar solche Löcher, und wir können anfangen, Golf zu spielen«, sagt Lena.

»Kannst du Golf spielen?«

»Höchste Zeit, es zu lernen.«

DIE SCHLACHTEN

Draußen fällt der Regen, und Franks älterer Bruder Torsten kommt herein.
»Hallo Ole.«
»Hallo Mann«, sagt Ole und zapft ihm ein Bier.
Torsten ist mal Punk gewesen, dann Gothic und danach wieder Punk. Vor allem aber war er ein großes Vorbild für Frank und Ole. Er machte immer nur, was er wollte, und konnte wie kein anderer die Frauen bezirzen. Mit seinem Gelaber kriegte er auch die unberührbarste Statue herum.
Ähnlich widerstandslos wie Äpfel in einen Entsafter kippten die Statuen reihenweise in Torstens Bett. Er nannte sie entsprechend auch nicht Frauen, sondern Fruchtfleisch, und versuchte, mit ihrer Hilfe sein Land für das andere Deutschland zu verlassen. Um ein Haar hätte er es auch geschafft. Ein zehn Jahre älteres Fruchtfleisch aus Bremen, das er während seines Besuchs bei der DDR-Verwandtschaft intensiv entsaftet hatte, war bereit, eine Scheinheirat einzugehen. Am Ende stieg die Frau aber aus, und er musste doch zum Militär.
Torsten war schon immer eine Leseratte. Nach der Wende legte er ein Studium ab und schrieb einen ziemlich erfolgreichen Roman, danach ging er den Bund der Ehe ein und hörte mit dem Schreiben auf, mit Ausnahme von Werbeslogans, von denen konnte man gut leben. Unglaublich gut. So dass er sich eine Maisonettewohnung mit einer Terrasse so

groß wie das Helsinki kaufen konnte. Außerdem besaß er an der Ostsee, nur einen Katzensprung vom Meer entfernt, ein kleines Ferienhäuschen.

An Torstens erste Frau kann sich Ole nicht erinnern. Aber er weiß, dass sein Ältester, der heute vielleicht zwanzig sein dürfte, ganz doll rechts geraten ist. Er trägt Glatze und Militärstiefel und sitzt im Moment hinter Gittern, weil er einen arabischen Laden abgefackelt hat.

»Jeder Mensch hat das Recht, einmal im Leben was richtig falsch zu machen«, sagt Torsten manchmal.

Nach der Scheidung beschäftigte er sich viel mit Meditation und reiste sogar für zwei Monate nach Nepal. Alleine, ohne irgendwelches Fruchtfleisch oder Sehnsucht danach, fest entschlossen zu warten, bis das Wandern etwas in ihm bewegen würde, bis es ihn verändern und auf die richtige Spur setzen würde, wo er, Torsten, Glück und Ruhe findet.

Er hoffte auf Erleuchtung, er wollte Buddhist werden und bis zum Ende seines Lebens nur noch über den Dingen stehen, ohne immerwährend jedes beliebige Fruchtfleisch gleich abschlecken zu wollen. Die Erleuchtung stellte sich ein, aber vermutlich anders als erwünscht.

Nach seiner Rückkehr hat die Stadt der Schatten ihn sich hungrig wieder einverleibt und ihn auf ihre Weise zu Mus zerstampft. Torsten nahm erneut in der Kabine seines Entsafters Platz und jagte ein Äpfelchen nach dem anderen durch. Noch mehr als vorher. Gierig und rücksichtslos presste er alle aus, trank ihren Saft und warf die Reste weg.

»Zwei Fruchtfleisch auf einmal, das kann für eine Beziehung schon problematisch werden. Aber drei auf einmal, das nenn ich erst eine Herausforderung«, sagte er.

Seine Frauen waren klug und schön. Selbstbewusst und zart. Ganz jung und auch etwas älter. Sie wollten sich seinetwegen das Leben nehmen, ihre Familie verlassen und mit ihm eine neue gründen.

»Ich brauch einfach jemanden zum Reden. Nicht dabei, da hab ich's lieber ohne, aber davor finde ich Reden schön. Danach auch«, sagte Torsten immer wieder. »Ich verspreche ihnen nie was. Bloß sie versprechen sich immer was von mir, das ist das Problem. Allerdings nicht meins.«

Er hatte sich ein ausgeklügeltes System aufgebaut. Am Anfang stand die Feststellung, dass man schöne und kluge Frauen am häufigsten bei literarischen Abenden antrifft.

»Kluge, schöne Frauen lieben Kunst. Und eine Frau, die zu einer Lesung kommt, um ihren Lieblingsautor zu sehen, und die also weiß, dass er sowieso keine Zeit für sie haben wird, eine solche Frau ist offen wie das Buch, aus dem der Autor liest. Du gehst hin und schleppst ab. Du redest, presst aus, redest noch eine Weile und verschwindest wieder.«

Unermüdlich fütterte er seinen Entsafter nach, bis er selbst von Jule erlegt wurde, die bei literarischen Abenden klugen, schönen Männern nachstellte. Zu denen Torsten trotz seiner Pleiten und Pannen immer noch gehörte. Jule war eine stattliche Frau. Eine Kinderfabrik auf zwei Beinen mit rauer Stimme, die wusste, was sie wollte. Sie hat Torsten an die Wand gedrückt und zwei Kinder aus ihm herausgepresst.

Aber Torsten geht weiterhin zu Vernissagen und Lesungen. Nicht mehr so häufig, aber er geht hin. Jule weiß davon, daher finden bei ihnen zu Hause regelmäßig Schlachten statt. Schlachten, die man nicht gewinnen kann.

Torsten kommt manchmal ins Helsinki, um vor dem nächsten Kampf Luft zu holen. Und Kraft zu tanken. So wie heute Vormittag.

»Jeder Mensch hat das Recht, einmal im Leben ein oder

zwei Dinge richtig falsch zu machen«, sagt er über seinen ewigen Krieg mit Jule. Er bestellt ein Bier.

»Wie sieht es eigentlich mit deiner Entscheidung aus, nie wieder zu bumsen?«

»Kann mich nicht beklagen.«

»Worüber?«

»Hab 'nen Haufen Freizeit. Und null Probleme.«

»Na, das ist ja echt Punk.«

Das ist Punk. Ole fällt ein, wie er und Frank damals diesen Satz von Torsten übernommen und ihn als eine Art Slogan benutzt haben. Alles Gute war Punk. Frauen. Essen. Bier. Mut. Freiheit. Euphorie.

Genau das riefen sie auch, als sie am Hauptbahnhof den Zug nach Pilsen bestiegen. Das ist Punk.

BÖHMISCHES PARADIES

Davor war Ole schon einmal in Böhmen gewesen, als kleiner Junge mit seinen Eltern auf dem Campingplatz in Jinolice am Teich. Während der einen Woche, die sie dort verbracht hatten, haben sie sich mit einer tschechischen Familie angefreundet. Die Tschechen hießen Munzarovi und stammten aus einem ostböhmischen Städtchen, das höchstens fünfzehn Kilometer vom Campingplatz entfernt lag, trotzdem verbrachten sie aber jeden Urlaub hier.

Wenn Ole an Herrn Munzar denkt, sieht er eine breite, ewig schweißbedeckte Stirn und einen mächtigen Bauch, auf dem man locker eine Weltmeisterschaft in Eishockey hätte austragen können. Allerdings müsste man bergauf spielen. Oder bergab. Durch das weiße Unterhemd schimmerte eine lange dicke Narbe von einer Magen-OP durch. Als hätte man den Bauch nicht mit einem Skalpell, sondern mit Autogen aufgeschlitzt. Mit jenem Autogen eben, den Herr Munzar für Oles Papa aufgetrieben hat, als Honeckers Auspuff auf einem Schienenübergang dran glauben musste.

Herr Munzar kannte in der Nachbarschaft nämlich einen, der wiederum einen anderen kannte, der zu Hause eine Schweißausrüstung hatte und Honecker wieder heil machen konnte. Das musste abends am Lagerfeuer begossen werden, Oles Vater und Herr Munzar tauschten sich radebrechend, aber umso leidenschaftlicher über Autos aus, und eine unverbrüchliche Freundschaft zwischen Ostböhmen und Ostdeutschland nahm ihren Anfang.

Ole weiß noch, dass direkt am Campingplatz reihenweise gelbe Sandsteinfelsen aus dem Kieferwald ragten. Ein Fels sah wie ein riesiger erregter Penis aus, und es kletterten nicht nur von Testosteron getriebene, selbstbewusste Bergsteiger auf ihm herum, sondern auch wunderschöne mutige Frauen mit kurzen Shorts und nackten Beinen.

»Das ist das *böhmische* Paradies«, hörte Ole einmal einen älteren deutschen Touristen sagen. Der Mann umklammerte mit einer Hand seinen Pappbecher mit Bier, mit der anderen Hand schirmte er ähnlich wie die anderen deutschen und tschechischen Männer um ihn herum die Augen gegen die Sonne ab, um den Hintern einer blonden Bergsteigerin beim Gipfelsturm besser beobachten zu können. »Die Sächsische Schweiz ist nichts dagegen. Dort sind die Felswände zu hoch, da siehst du rein gar nichts. Aber hier siehst du alles.«

BESUCHE

Die Tschechen aus dem böhmischen Paradies haben einige Male Oles Eltern besucht. Es hatte was. Sie sind jedes Mal kurz vor Weihnachten in ihrem blank gewienerten roten Škoda gekommen, um das zu kaufen, was es bei ihnen nicht zu kaufen gab.

Ole und seine Schwester wurden von Frau Munzarová immer ordentlich abgeknutscht und feucht auf beide Wangen geküsst. Ole weiß es noch wie heute, wie durcheinander seine Eltern vor jedem ihrer Besuche waren, wie sie es aber nie zustande gebracht hatten, abzusagen. Mutter putzte die ganze Wohnung auf Hochglanz und tobte herum, weil die Vorweihnachtszeit auch so stressig genug war, das würde doch jeder auf der ganzen Welt wissen, der an das Christkind glaubt, schimpfte sie. Und jetzt noch ein Besuch dazu. Sie schaffte gleich auch größere Vorräte an Toilettenpapier an, weil sie schon wusste, dass die Mengen, die die Tschechen benötigten, den Bedarf einer ganzen Armee gedeckt hätten, was zu Oles Verwunderung bis heute gilt, denn in dem Bereich ist auch Prager ein echter Weltmeister.

Dann endlich standen die Tschechen vor der Tür.

Herr Munzar trug wie immer einen Anzug, Hemd und Krawatte. Seine Frau Alena hatte jedes Mal ein hübsches Kleid an, viel hübscher als alle Kleider, die Oles Mutter jemals besessen hatte. Als wären sie zu einer Hochzeit gekommen und nicht zu Besuch und zum Einkaufen. Also hatte sich Oles Familie entsprechend auch in die Schale werfen müssen. Die Mutter stürzte sich auf Frau Alena, als wäre Frau Munzarová ihre Busenfreundin, über die sie alles wusste und die wiederum alles über sie wusste. Auf einmal sah man ihr an, wie sehr sie sich auf den Besuch gefreut haben musste. Oles Vater schüttelte Herrn Munzar mächtig die Hand und klopfte ihm freundschaftlich auf den Rücken.

Bis heute spürt Ole das starke Parfüm von Frau Munzarová in der Nase, der Duft breitete sich damals in der Wohnung wie Hochwasser aus und blieb bis zum Frühling in den Gardinen hängen, da konnte die Mutter lüften, so oft sie wollte.

Woher die große Verbundenheit zwischen den Tschechen und den Deutschen gekommen war und warum sie jahrelang gehalten hatte, das ist für Ole bis heute ein Rätsel geblieben. Vielleicht lag es daran, dass Herr Munzar immer etwas für Papa dabeihatte, was hierzulande nicht aufzutreiben war. Außerdem hatten sie gemeinsame Feinde, den Kommunismus und die Russen.

Die Tschechen sprachen kein Deutsch, Oles Eltern kein Wort Tschechisch. Mit vereinten Kräften bekamen sie etwa zwanzig russische Wörter hin. Aber Herr Munzar hatte jedes Mal einen Kasten Bier dabei, und Oles Mutter servierte Schweinebraten mit Kartoffelknödeln und Sauerkraut. Das Essen und das Bier vermengten sich im Magen und gaben bald die Richtung an.

Später tranken Papa und Herr Munzar noch ein paar Gläschen Korn, und plötzlich verstanden sie sich so gut, als hätten sie gemeinsam die Schulbank gedrückt. Sie redeten über das bahnbrechende Trabantmodell, das nie realisiert wurde, über den neuen Škoda und auch über die Formel 1.

Frau Alena und Mama redeten genauso viel, obwohl sie

am Bier nur genippt und den Korn gar nicht angefasst haben. Diese Veränderung, das plötzliche Verschwinden der Sprachbarrieren blieb für Ole unbegreiflich. Die Küche dampfte. Alle sahen sich Fotos aus jenem Urlaub an, der sie alle zusammengebracht hatte, und fingen an, deutsche und tschechische Volkslieder zu singen, zum Nachtisch schnitten sie sich ein paar Scheiben Speck ab und machten die nächste Flasche Korn auf. In diesen Momenten schlüpften Mama und Frau Alena lieber in ihre Mäntel und gingen Weihnachtsgeschenke kaufen.

Als sie mit Taschen voller Süßigkeiten nach Hause kamen, schlief Oles Vater meist auf der Couch vor dem Fernseher, in dem eine unterhaltsame Westshow lief, und Herr Munzar schlummerte im Sessel, mit dem Manual zu Honecker in der Hand, das auf der Seite mit der Skizze des Motors aufgeschlagen war.

Was nach der Wende aus den Munzars geworden ist, das wissen weder Ole noch seine Eltern. Seit dem Mauerfall haben sie sich nicht mehr gemeldet.

AB NACH PILSEN

Das erste offizielle Konzert der *Toten Hosen* im Ostblock war Pflicht. Frank und Ole schwänzten die Schule. Torsten kam am Ende gar nicht mit, obwohl er die Sache ins Rollen gebracht und sogar aus einem großen alten Knopf einen Button gebastelt hatte, auf dem mit Filzstift *Die Toten Hosen* stand. Aber dann rutschte er mit dem Fahrrad in eine Straßenbahnschiene hinein, flog kopfüber über den Lenker und brach sich zwei Vorderzähne und das Bein. Es machte ihn geradezu untröstlich, dass er nicht nach Pilsen konnte, aber das eingegipste Bein brachte ihm immerhin einen ordentlichen Punk-Namen ein: Gips.

Frank versprach ihm wenigstens ein Autogramm mitzubringen.

Im Zug stand jeder vor einem Fenster. Sie neigten sich hinaus und rissen Laub von den Bäumen.

»Das ist Punk!«

»Das ist Punk!«

»Stimmt, Mann!«

»*Sex Pistols*!«

»*Die Toten Hosen*!«

»Saufen!«

»Rauchen!«

»Ficken!«

»In Ewigkeit!«

»Amen!«

Sie schrien, die Köpfe aus den Fenstern gelehnt, der Wind riss ihnen die Worte von den Lippen ab und zerstob sie in winzigkleine Teilchen auseinander, die hinter dem Zug auf die Gleise herunterrieselten und auf dem glühenden Schotter dahinschmolzen.

Ole weiß nicht mehr, was genau sie geschrien haben. Vielleicht waren es auch andere Worte, es ist sogar ziemlich wahrscheinlich, dass sie etwas anderes geschrien haben, aber sie haben geschrien, weil es in solchen Momenten einfach dazugehörte. Erinnerungen sind wie Buchstabensuppe: manchmal zu dünn, manchmal zu dickflüssig. Es sind nie ganze Sätze, die am Tellerboden warten, sondern nur einzelne Buchstaben, zwischen denen man schließlich das eigene überraschte Gesicht erblickt.

Vielleicht ist alles auch ganz anders gewesen. Vor allem ist es in dem Moment noch ein Spiel gewesen. Auch wenn sie im Proberaum taten, als spielten sie Punkmusik, waren sie damals noch lange keine Punks, sie sahen nicht einmal so aus. Zu echten Punks hat sie erst die Tschechoslowakei gemacht.

TAL DER HOHLKÖPFE
Februar

Es will nicht aufhören zu frieren und jeder wünscht sich Kohleferien, das wäre *gut*. Soweit ich weiß, hat es Kohleferien bis jetzt nur einmal gegeben, da war ich klein und der Papa war noch da.

In Russisch soll vielleicht eine Klassenarbeit geschrieben werden, also bin ich auf dem Schulweg lieber zum Arzt abgebogen wegen meiner Halsschmerzen, ganz ehrlich, mein Hals tut ständig weh, ohne Scheiß. Die Ärztin hat ihn abgetastet, danach tat er noch mehr weh. Sie hat mir irgendwelche neuen Medikamente aus dem Westen versprochen und mich zum Röntgen und zur Blutabnahme geschickt, außerdem hat sie mir für Mutti einen Brief gegeben, aber ich geh erst hin, wenn wir wieder eine Klassenarbeit schreiben.
Im Wartezimmer Maruna und Eva gesehen, die hatten auch Nerven vor Russisch.

Mein Hals tut pausenlos weh aber vielleicht ist das bei allen so. Bei uns leuchteten nach Tschernobyl alle Pilze und alle Tiere im Wald, die Menschen wahrscheinlich auch, der Wind hat viel mehr Radiostaub zu uns als sonst wohin gebracht. Alle schlucken irgendwelche Pillen wegen Lymphknoten oder Blutbild, auch wegen Schilddrüse, die hat sich seit damals fast bei jedem vergrößert.
Typhus sagt wir kacken alle ab, das hätte seine Mutter gesagt, die ist ja Krankenschwester, ein paar Leute sind schon an Krebs hops gegangen, nicht nur bei uns in der Stadt sondern auch in Zuckmantel und auch in Böhmischdorf. Aber darüber darf man nicht reden.

Sonntag. Schon nachmittags beim rührseligen Heimatfilm ne fette Depri geschoben, wegen der kommenden Woche, abends bei Sonntagspoesie ist sie noch schlimmer geworden.
Bruderherz kuckt mit Mutti und ihrem Typ im polnischen Fernsehen eine deutsche Serie, ohne Polen bräuchte man gar keine Glotze, sagt Muttis Typ, und das gleiche gilt auch fürs Radio, auf Trójka (das ich in unserem Kinderzimmer mühsam aus der Kiste herauskitzle) kommen gerade die polnischen Punkbands *Moskwa*, *Dezerter* und *Armia*, die Polen sind bestimmt viel glücklicher als wir obwohl sie denselben Kommunismusscheiß haben.
In Polen bin ich nie gewesen, obwohl es nach Głuchołazy nur ein paar Schritte sind, aber die Grenze ist abgesperrt und zugedrahtet. Man kommt nur auf Einladung rein, aber wir haben keine Verwandtschaft dort, also können wir nicht hin.
Unsere Verwandtschaft hat sich in Westdeutschland vergraben, da können wir auch nicht hin, außerdem pfeifen die auf uns. Doppelbruder glotzt noch, also ziehe ich mir die Decke über den Kopf und denke an Helmut. Aber dann taucht der Schwarze in meinem Kopfkino auf und ich komme durcheinander.

In der Glotze läuft ne slowakische Inszenierung wo echt nichts passiert, richtig tote Hose wie Muttis Typ sagt. Alle aus meiner Schule wollen so schnell wie möglich heiraten und einen Typen haben, mit dem mindestens fünf Blagen zeugen und ein Haus mit Garten bauen oder wenigstens ne Dreizimmerwohnung im Plattenbau wie wir. Hauptsache möglichst bald, am besten heute.

Alles richtig richtig öde. Null Bock auf die Tagebuchschreiberei, hab lieber Bruderherz aufgezogen mit seiner Militärschule, ob er noch dicht ist, wenn er da hinwill. Bin beim Röntgen gewesen. Die Ärztin wollte noch mehr Bilder machen lassen. Scheißhals.

Vorm Fahrstuhl die Nachbarin von unserer Etage getroffen. Die war total breit, aus ihrer Einkaufstasche kuckten ein Laib Brot und ne Pulle Wodka raus, also hab ich ihr beim Einsteigen geholfen, obwohl sie nicht nur nach Alk sondern auch nach Pisse stank. Sie grölte herum, ich würde richtig eklig und ausgemergelt aussehen, so ein hässliches Ding wie mich heiratet ja keiner. Ich sagte ihr, sie soll sich um ihren eigenen Kram kümmern und mich gefälligst in Ruhe lassen. Null Ahnung ob sie mich überhaupt verstanden hat, sie schlitterte auf ihre Wohnung zu und stocherte mit dem Schlüssel auf der verkehrten Türseite rum, dort wo es kein Schloss gab, dabei drehte sie sich immer wieder zu mir und lallte was, man sah die verrotteten Stümpfe in ihrem Mund.

Auf Polen läuft ein amerikanischer Krimi. Alle Filme werden von der gleichen Roboterstimme synchronisiert, wenn einer abgemurkst wird klingt das genauso wie wenn einer dem anderen ne Liebeserklärung macht. Aber auf Polen gibt es schon andere Filme als bei uns, Chaos meinte sogar, nachts würden die auch politisches Zeug zeigen oder Porno, man müsste nur ne Stunde nach Programmende abwarten, wenn das Flimmern kommt, dann werden die gezeigt. Abends hab ich's Doppelbruder erzählt, der sagte, das wäre totaler Stuss.

Den ganzen Nachmittag HNF gehört und die beknackte Mathehausarbeit gemacht und dabei die Plattenbauten vor unserem Fenster angeglotzt. Plötzlich hörte man Schreie und eine Frau ungefähr so alt wie Mutti, mit Lockenwickeln und im Bademantel, schmiss vom Balkon im dritten Stock lauter Zeug runter. Dort stand ein Typ, wahrscheinlich ihr Alter, er sah ganz schön fertig aus und konnte sich kaum auf den Beinen halten. Hemden, Unterhosen und Bücher sausten durch die Luft, eine Lampe und auch ein kleiner Fernseher fielen runter, der Typ sprang gerade noch zur

Seite und die Kiste zerbarst in tausend Teile. In den Fenstern hingen Leute und lachten und der Typ schrie: Ich bring dich um, du alte Fotze! und sie schrie herunter: Zieh doch gleich bei ihr ein, wenn du deinen Schwanz nicht im Griff hast.

Nachts musste ich aufs Klo und hab Doppelbruder vor der Glotze erwischt, er saß da und starrte auf das polnische Flimmern. Es war sonnenklar warum, also hab ich mich zu ihm hingesetzt, aber es kam nichts. Wir pennten ein und Muttis Typ weckte uns auf, als auch er morgens aufs Klo ging. Der Bildschirm flimmerte immer noch.

Wir feiern den Siegreichen Februar von 1948, als die Kommunisten an die Macht kamen. Muttis Typ ist davon total angekotzt, die Kommis haben dem seinem Vatter einen Gutshof irgendwo bei Nymburk weggenommen und es gibt den gar nicht mehr, weil die Russen die ganze Gegend als Übungsplatz benutzen und alles mit Bomben platt machen. Mutti sagt er soll nicht so laut reden, weil die Schnapsdrossel von unserer Etage ist ja eine Bullenwitwe und die feiert den Februar garantiert, nicht wie wir. Dann haben Mutti und ihr Typ ne Flasche Wein aufgemacht und sich auf das Wohl vom Februar einen angezwitschert, ich hätte ruhig auch mittrinken können.

Muttis Typ hat Radio Freies Europa gehört und Mutti sagte ich darf es bloß keinem erzählen. Das sagt sie jedes Mal.
Helmut hört es auch, außerdem noch London Calling, weil dort die englische Hitparade gespielt wird. Manchmal sind das auch richtig gute Bands, sogar noch viel bessere als die auf dem Polensender. Helmut nimmt sie auf und gibt dann mit seinem Tonbandgerät an, alle müssen sich seine Aufnahmen anhören und er schreit dabei ständig dazwischen: Habt ihr das gehört? Das ist doch was! So macht man Musik.

Bruderherz hat Mutti gepetzt, dass er mich mit Helmut vor der Kneipe gesehen hat und dass wir beide besoffen waren, was allerdings nur auf Helmut zutraf, weil der seit acht Uhr morgens in Beseda gehockt hatte. Ich hab nur ein kleines Bier und einen Rum gehabt. Also Streit und Verbote wie immer und Mutter musste Schnaps trinken wie immer.
Die Rache wird süß.

Bruders Zeug gecheckt und neue ausgerissene Seiten aus dem Quellekatalog gefunden. Tussen in Unterwäsche und Pumps. Das ganze Zeug hab ich auf die Tür von unserem Zimmer geklebt und gewartet, was passiert. Mutti hat's abends entdeckt, als sie etwas aus dem Schrank holen wollte. Doppelbruder kam gerade von seiner Jugendverbandssitzung und wurde richtig rot und stotterte herum. Das hat er davon, geschah ihm recht. Dann sagte das Arschloch, Helmut und ich würden nicht nur gemeinsam durch die Kneipen ziehen sondern auch miteinander pennen. Keine Ahnung woher er das wusste, oder ob er sich das nur ausgedacht hatte, auf jeden Fall folgte sofort ein Verhör in der Küche, Mutti und ich haben richtig laut geschrien. Beide.
Tod dem Verräter.

ZURÜCK AUS PILSEN

Nach Hause fuhren sie getrennt, jeder in einem anderen Kleintransporter. Gehalten wurde nur einmal, und zwar an der Staatsgrenze.

Während der Fahrt ließ man sie in Ruhe. Verhört hatte man sie schon vorher und danach auch. Zuerst direkt vor Ort auf der tschechischen Seite, von einer Grundschullehrerin gedolmetscht.

Natürlich wollte man alles wissen. Wo sie sich kennengelernt haben. Wer ihnen von dem Konzert in Pilsen erzählt hatte. Warum sie Landesflucht begehen wollten. Dass sie bloß einen Ausflug gemacht und sich aus Versehen bis an die westdeutsche Grenze verlaufen hatten, das kaufte ihnen keiner ab. Aber beweisen konnte man ihnen nichts. Ole hörte gar nicht zu, er nickte nur, er musste ständig an das Mädchen denken. An ihre blaugrünen Augen. An die Lichter in ihren Augen, die durch ihn hindurchsahen wie Röntgenstrahlen, sich nach ihm streckten und ihn zu sich zogen. Er hatte immer noch ihre Stimme im Ohr, sie war hoch und piepsig.

In seiner Erinnerung sah die Frau wie eine spitze Morchel aus, eine hochgewachsene dünne Bohnenstange mit schwarzem Iro und schlabberiger Lederjacke, in der sie bequem zu zweit Platz gefunden hätten. Morchel kann man essen, sagte ihm später Frank, und der kannte sich ja mit Pilzen aus.

Das Feuer aus ihren Augen überstrahlte alles. Nicht nur das

ganze Konzert, von dem in seiner Erinnerung nur ein paar kurze Momente unterm Podium, auf dem Podium und hinter dem Podium aufblitzten, sondern auch die Stunden danach.

Aber vielleicht lag es nicht nur an den Augen, sondern auch an ihrem Körper, der sich unter ihm wand, oder am Bier, in dem sie fast ertrunken wären. Vom Konzert erinnerte sich Ole nur an den Anfang, wie *Die Toten Hosen* auf der Bühne hin und her rannten, aber er hörte keine Musik. Als wäre sie in seinem Gedächtnis ausgeschaltet. Ganz sicher sind sie damals auch Backstage gewesen, dort haben sie noch mehr Bier getrunken und sich später unter den Bus geworfen, der die Band wegbringen sollte.

Danach hat man sie zusammengeschlagen.

VERGANGENHEIT, GEGENWART, ZUKUNFT

Oles Mutter wurde von der Erweiterten Oberschule in eine Berufsschule versetzt, und seine ältere Schwester ist beinah von der Uni geflogen, nur Oles Vater haben sie nichts anhaben können, ein Straßenbahnführer ist schwer zu degradieren.

Frank und Ole wurden von der Schule verwiesen und mussten beide arbeiten gehen. Mithilfe von Franks Vater haben sie einen Job in einer Brauerei bekommen. Es hätte auch ein besseres oder ein schlechteres Ende nehmen können, aber es ist so ausgegangen, wie es ausgegangen ist. In einer riesigen Halle mit großen Fenstern mit zerschlagenen Glasscheiben, Spinnweben und vertrockneten Schwalbennestern mussten sie Bierkästen und Bierfässer von Lastwagen herunterladen. Die leeren Flaschen stellten sie auf ein Förderband, auf dem sie klirrend in die Waschanlage zuckelten und später durch einen Tunnel irgendwohin hinter die Wand gebracht wurden, wo man sie neu befüllte. Fast alle Flaschen waren braun. Nur manchmal, sehr selten, tauchte eine grüne auf, da legten sie eine Raucherpause ein.

Manche Flaschen kamen nicht allein in der Brauerei an. Manchmal kauerte wie eine besondere Flaschenpost mit dunkler Botschaft ein kleines Tierchen am Boden, eine Feldmaus oder eine kleine Ratte, die sich in einem Keller von den Bierresten hat verführen lassen. In die Flasche kam sie noch herein, durch das schmale Loch schaffte sie es aber nicht mehr nach draußen.

Tauchte eine solche Flasche auf, riefen sie Gerhard herbei. Der strahlte über beide Ohren und goss Spiritus hinein, wenn das Tier noch am Leben war, hat er es davor erstickt. Dann goss er Wachs in den Flaschenhals und stellte die Flasche ins Regal in seinem Kabuff, wo er auch schlief, denn Gerhard wohnte in der Brauerei.

Rattenmolotows alias verschüttete Erinnerungen, so nannte Gerhard seine Spiritusflaschen. Er war bestimmt zwanzig Jahre älter als Frank und Ole. Ein dünner Kerl mit langen Armen, die ihm fast bis zu den Knien reichten und über die sich ein Netz aus hervortretenden Adern ausbreitete, seine Hände und sein Gesicht waren ganz schwarz, genauso wie der Hals, die Stirn und die trüben Augen, als wäre Gerhard kein Brauereiarbeiter, sondern ein Bergmann, der oben auf der Erde herumwandelt.

Keiner wusste, woher er gekommen war. Er redete nicht viel, und die Wörter, die seinen Mund verließen, waren äußerst knapp bemessen. Nur wenn er anfing, über Geschichte oder über Schmetterlinge, Heuschrecken, Vögel oder die Natur als Ganzes zu reden, sprudelte er geradezu vor Begeisterung. Dabei hielt er immer ein Spiritusglas in der Hand und sagte jedes Mal abschließend: »Einsamkeit macht uns härter.«

»Ist das Nietzsche?«, fragte Frank einmal, während Ole sich zu erinnern versuchte, wann er eigentlich das letzte Mal einen Schmetterling gesehen hatte. Vielleicht waren sie in der Stadt längst ausgestorben, wegen der staubigen Bergwerke und des Rauchs aus den zahlreichen Elektrizitätswerken. Statt Antwort winkte Gerhard nur ab und ging weg.

Nur ein Mal lud Gerhard die beiden in sein Kabuff ein, einen Raum voller Bierflaschen mit eingelegten Nagetieren, in dem sich ansonsten nur Geschichtsbücher und eine Ottomane befanden. Hier suchte er Zuflucht vor einer Welt, von der er sich bedroht fühlte, und die schon lange, wie er sagte, nicht nur auf einen Abgrund zusteuerte, sondern längst im Abgrund war.

Manche Nager sahen aus, als wären sie gerade eingenickt. Andere hat der Tod im Sprung erwischt, als sie weglaufen wollten, sie waren im Krampf erstarrt mit panisch aufgerissenen Augen, ausgefahrenen Krallen und offener Schnauze, die sich zärtlich an die Glaswand schmiegte.

Für jedes neu entdeckte Tier gab Gerhard ein Bier aus. Er arbeitete nämlich am anderen Ende der Fertigungslinie. Während Frank und Ole Fässer und Leergut aufs Förderband stellten, lud Gerhard irgendwo auf der anderen Seite des Tunnels die neu befüllten Bierkästen und Fässer ab.

Bier war gefährlich. Trinken konnte man es erst nach der dritten Flasche, und es ließ sich in Handgranaten verwandeln. Nach vier, spätestens fünf Tagen in praller Sonne explodierte eine solche Flasche garantiert, und die stinkende, lebendig gewordene gelbbraune Materie ließ einen neuen Farbklecks an der Hauswand zurück.

Gerhard gehörte zu denen, die durch ihre Sehnsucht, möglichst nah am Alkohol zu leben, an die Brauerei gebunden waren. Durch die Sehnsucht, das Leben totzutrinken. Mit Hilfe von Alkohol auf die andere Seite zu wechseln, auf die unsichtbare Seite, die jeder Mensch in sich trägt.

»Einsamkeit macht uns härter, das ist das Grundprinzip. Etwas wie der Ursprungsgedanke der menschlichen Gesellschaft. Deutscher Bauernkrieg, mal was von gehört?«

»So minderbemittelt sind wir auch nicht«, sagte Frank.

»Womit hängt der zusammen?«

»Memmingen, zwölf Artikel: Freiheit, Abschaffung der Leibeigenschaft...«

Frank war schon immer der Geschichtsexperte.

»Und so weiter und so fort. Aber den dreizehnten Punkt kennst du nicht.«

»Es gibt keinen dreizehnten Artikel.«

»Doch, doch, den gibt es, der ist aber geheim, weil Sebastian Lotzer und Christoph Schappeler sich nicht einigen konnten.« Gerhard legte eine Pause ein, um zu sehen, ob Frank und Ole überhaupt wussten, wovon er redete. Ole war ziemlich neben der Spur, aber Frank nickte, also fuhr Gerhard fort. »Der war für die anderen auch ziemlich schwer zu kapieren, so, wie das bei den wichtigen Geschichtsmomenten immer der Fall ist. Er lautete so: *Behalte in Erinnerung für immer: Einsamkeit macht härter.* Weil die ganze Bewegung in Einsamkeit geboren wurde, sie breitete sich ja in Kommunen aus, in den kleinsten Einheiten von Freiheit, und in dem Moment, als sich alle verbunden hatten, kam eine ungeheure Kraft zustande. Lotzer hat sich das ausgedacht, Nietzsche hat es nur geklaut und umformuliert.«

Ole verstand nur Bahnhof, aber Frank nickte.

»Also sind die Bauern so was wie die heutigen Punks, die in ihrer Kommune im Keller hocken«, sagte Frank, der damals noch keinen Riss in der Schüssel hatte.

So kam es dazu, dass Frank und Ole eine Kommune gründeten. Mit allem Drum und Dran. Eine vor der Welt ausgeschlossene Kommune, deren Mitglieder nur aus ihnen beiden bestanden. Die Kommune des ostdeutschen Punkkriegs.

UNTER DER ERDE

Ole und Frank unternahmen häufig während der Schicht Ausflüge unter die Erde. Gerhard erzählte ihnen, unter der Brauerei gäbe es noch etwas anderes, eine Kriegsfabrik, in der KZ-Häftlinge Jagdbomber zusammenmontiert hätten, ebenjene Bomber, die die letzte, entscheidende Schlacht gewinnen sollten, sie aber nicht gewonnen hatten, weil Sprit und Piloten ausgegangen waren.

Von der unterirdischen Fabrik sind schmale Gleise und unendlich lange Gänge geblieben, die an manchen Stellen in breite Betonhöhlen mündeten, in denen man Bier lagerte. Der richtige Untergrund fing erst dahinter an. Dort, wo die Dunkelheit nur von Strahlen der Taschenlampen verscheucht wurde. Dort, wo Dampfwolken einem vom Mund stiegen und wo man nur noch seinen eigenen Atem hörte.

Wenn sie richtig weit vorgedrungen, vielleicht schon an das andere Ende gelangt waren, hörten sie nur noch das dunkle Dröhnen der unterirdischen Gewässer, die hier und da versuchten, sich unter der Erde ihren Weg zu bahnen, und die ihnen das weitere Fortkommen unmöglich machten, so ähnlich, wie sie heute die Arbeiter am Bau des Autobahntunnels unter dem Helsinki behinderten.

In jener Zeit voller Schatten, Staubwolken und großer Pläne, die den Kapitalismus in die Knie zwingen sollten, in jener Zeit fing Frank also an, sich intensiv mit Rauschgiftpilzen zu beschäftigen. Ole machte mit. Die größte Dröhnung gab es immer dann, wenn sie mit Pilzen im Mund eine Exkursion unter die Erde wagten. Da war der Rausch am besten. Sie sahen nichts, dafür hörten sie alles. Maschinen dröhnten, Aufseher schrien, Häftlinge flüsterten miteinander, man hörte, wie Eisen auf Eisen geschlagen wurde, wie Ingenieure über ihren Zeichnungen disputierten, man vernahm Jammern und Klagen, aber auch Streitigkeiten und Liebesseufzer irgendwo in einer Ecke, all das tröpfelte die feuchten Wände herunter und blieb in der Dunkelheit hängen.

Dann hat sich Ole am Ende eines Ganges verlaufen.

»Frank, du Sack, komm raus, Frank, wo bist du, du Arsch!« Ole, im Maul eines langen schwarzen Tunnels gefangen, schrie aus Leibeskräften, aber Frank antwortete nicht.

»Das ist nicht lustig, Mann! Wo bist du?«

Ole lief hin und her. Längst wusste er nicht mehr, woher er gekommen war und wohin er gehen müsste. Seine Taschenlampe flackerte nur noch, vom Lichtstrahl blieb ein gelber Tropfen am toten Auge der Glühbirne übrig.

»Frank, du Arsch, Frank!«, schrie Ole in die Dunkelheit, und das Echo warf seine Stimme zurück.

Dann erblickte er etwas in diesem unterirdischen Gang. Zwei blaugrüne Augen. Zunächst waren es kleine Punkte, die rasch aus der Ferne näher kamen, die sich ihn einverleiben wollten. Sie rasten durch den Tunnel auf ihn zu wie Scheinwerfer einer fahrenden Eisenbahn, und er rannte vor ihnen weg. Erst nach einer Weile begriff er, dass das Laufen sinnlos war, er konnte ihnen nicht entkommen, die Lichter tauchten mal vor ihm, mal wieder hinter ihm auf. Wo immer er sich hindrehte, dort lauerten bereits die Augen, zum Schluss blieb er stehen. Von allen Seiten schossen grelle Lichter auf ihn zu.

Plötzlich verschwand das Licht, und die Tunneldecke verwandelte sich in einen nächtlichen Himmel mit strahlenden Sternen. Sie waren unglaublich schön und wurden immer größer, bis sie explodierten wie Bierflaschen, die man in praller Sonne stehen ließ. Es fing an zu regnen. Ole war nass, das Wasser stand überall. Langsam stieg es an. Es regnete immer weiter, und das Wasser reichte ihm schon bis zu den Knöcheln, dann bis zu den Knien, und schließlich schwappte es auf seine Oberschenkel. Er versuchte zu waten, aber er kam nicht richtig voran, er wusste nicht, wohin, und auf beiden Enden des Tunnels lauerten wieder die großen leuchtenden Augen. Ole blieb stehen, weil er keine Luft mehr bekam.

Er spürte den Blick. Er spürte, dass der Druck und das Licht, das von den Augen ausging, ihn entweder zerdrücken oder mitnehmen würden. Er blieb stehen und spürte, wie die Lichter durch ihn hindurchleuchteten. Wie sie seine Eingeweide durchstrahlten. Wie sie mit Röntgenblick durch jede Ecke und jeden Winkel seines Körpers wanderten, der auch bald explodieren würde. Plötzlich wurde es still, und die Lichter verschwanden in der Ferne. Er ging ihnen nach und kam nach draußen.

»Was war los, Mann?«, fragte Frank und machte ihm eine Flasche auf.

»Was war mit dir los?«

»Ich konnte dich nicht mehr sehen.«

»Ich konnte dich nicht mehr sehen. Das war ein Horrortrip, Mann, ein richtiger Horrortrip«, sagte Ole und leerte sein Bier in einem Zug. Von dem unterirdischen Regen war er ganz nass geworden.

SCHATTEN

Die Pilze holte Frank aus dem Stadtpark. Die beste Beute gab es zu Füßen des steinernen Denkmals von Marx und Engels. Frank legte sie in Essig und Öl ein, verrührte sie mit Ei oder kochte eine Suppe aus ihnen, am häufigsten aßen sie sie aber pur. Waren sie in dem Moment zufällig auf der Straße, begann sich die Stadt zu drehen und ihnen Ausschnitte aus Gestern und Morgen vorzuführen. Nur die Gegenwart kam nicht vor, als gäbe es sie gar nicht.

Frank und Ole hörten nicht nur den Krieg nachhallen, die Geschosse und das Geschrei, sie hörten gleichzeitig auch das monotone Rauschen der Großbagger, die von allen Seiten langsam, aber sicher die Stadt umzingelten und mit jedem abgebissenen Meter riesige Staubwolken aufwirbelten, die sich über die Stadt legten und aus den Menschen lärmende herumirrende Schatten machten, nach Gerhards Meinung übrigens genau das, was sie in Wirklichkeit auch waren. Frank und Ole fanden das Getöse und den Krach wunderbar und wünschten sich, die Welt möge sofort zu Ende gehen.

Sie hörten den Lärm der Baggerschaufeln, die die Stadt, das große, pumpende energetische Herz der Republik, in eiserner Umklammerung hielten und zwischen den Stößeln einer Riesenpresse zerdrückten. Ein einheitlicher grauer Brei sickerte heraus und floss von Fabrik zu Fabrik, tröpfelte von Geschäft zu Geschäft, von Kneipe zu Kneipe. Manchmal aber verwandelten sich die Baggerschaufeln in rasend schnelle Pumas, von denen Frank und Ole über das ungleichmäßige Kopfsteinpflaster gejagt wurden. Ein Puma greift von hinten an, genauso wie die Vergangenheit, sagte Gerhard, man kann sich vor ihr nie sicher sein. Schon gar nicht in dieser Stadt. Frank und Ole sahen die schlanken Pumas mit dem alten schwarzen Löwen kämpfen, den die Stadt als ihren Beschützer im Wappen trägt und der sich von irgendwo aus Böhmen hierherverirrt hatte, und sie sahen den Löwen bluten, denn die Vergangenheit kann von keinem besiegt werden.

Sie hörten die Türen aufgehen in den riesigen Kohlekraftwerken, die um die Stadt gewachsen waren und bei bestimmter Windrichtung die Straßen im Rauch untergehen ließen. All das hörten sie, wenn sie Pilze eingeschmissen hatten, sie hörten es immer häufiger aber auch ohne Pilze, denn in einer Stadt, die auf ihr Ende zubröselt, war alles möglich.

Vielleicht, weil die asthmatische Stadt, in der Ole lebte, dazu verurteilt war, in einer Kohlegrube zu versinken, vielleicht auch, weil die Vergangenheit nur als Abschreckungsbeispiel benutzt und die Zukunft als Hoffnungsträger heraufbeschworen wurde, vielleicht deswegen fehlte Ole die Gegenwart so sehr. Er vermisste auch Farben und Düfte. Die Stadt schien sich im Nichts verirrt zu haben.

Nie wurde etwas repariert, die Häuser fielen auseinander, und die Straßenzüge verloren den Halt. Allen war alles egal, den Agitationsbannern, roten Flaggen und endlosen Optimismussprüchen zum Trotz, vor denen man sich nicht retten konnte. Die einzige Losung, die Ole bis heute in Erinnerung behielt, befand sich auf der im Krieg zerschossenen Fassade der städtischen Irrenanstalt: *Wir sind stolz darauf, was die Partei aus uns gemacht hat.*

Aus der Stadt der Kriegsruinen, aus der Stadt, die für eine

Braunkohlegrube bestimmt war, wurde ein Freilichtmuseum. Genau aus dem Grunde fühlten sich nach der Wende, die für eine Zeit lang alle ins Taumeln brachte, im ganzen Land die Menschen von ihr angezogen. Mit ihrem Einzug tauchten plötzlich Farben und Düfte auf, die vorher weder Ole noch jemand anders hätte wahrnehmen können, weil sie in seiner Welt nicht existierten. Tagebauwerke verwandelten sich in Badeseen, und die halb zerfallenen Häuser wurden eins nach dem anderen renoviert oder abgerissen. Und schon wieder ließen sich die Menschen, die hier einzogen, von Zukunft und vom Optimismus berauschen, sie kümmerten sich nicht um die Gegenwart, weil sie der Meinung waren, jetzt könnte nichts mehr passieren, jetzt wäre alles gut. Bloß die Düfte sind wieder verschwunden.

LEERE FLASCHEN

Ole und Frank kamen sich mit ihrer Kommune wie klirrende leere Flaschen vor, in die alle pausenlos etwas hineinpressten. Sie beschlossen, sich dagegen zu wehren und nichts zuzulassen, was sie nicht selbst würden haben wollen. Daher ging es ihnen in der verdreckten, ungeheizten und lärmenden Brauereihalle gut.

Durch den riesigen verstaubten Raum irrten Bierflaschen auf dem Förderband herum. In ihrem Getöse las Frank Geschichtsbücher, die er sich von Gerhard borgte, und legte dabei die ersten Grundsteine für seine spätere Weltgeschichte, die ihn immer stärker in den Bann zog. Ole schrubbte Gitarre, und am Feierabend trafen sie sich wieder, diesmal im Keller von Franks schwerhöriger Oma, und versuchten, das zu spielen, was Ole tagsüber komponiert und wozu Frank später Texte geschrieben hat.

Manchmal nahmen sie auch Mädels mit. Frank fing etwas mit einer kleinen pummeligen Kantinenfrau an, die ihn am liebsten sofort geheiratet hätte. Ole fand wiederum an einer dreißigjährigen Köchin Gefallen, über die sie an einen ausrangierten Kickertisch geraten sind. Wenn sie gerade keine Musik machten, lieferten sie sich dort ihre kleinen persönlichen Wettspiele.

Der zerkratzte Kicker steht heute in einer Ecke vom Helsinki. Jedes Mal, wenn Ole den Tisch sieht, schießt ihm die

Frage durch den Kopf, was passiert wäre, wenn die Brauerei nicht zugemacht hätte oder wenn Malcolm nicht bei ihrem Konzert vorbeigeschneit wäre, ob sie bis heute an dem endlosen Flaschenförderband stehen würden. Wahrscheinlich wären sie einsam geblieben. Vielleicht sind sie es auch so. Aber Einsamkeit macht härter.

AUTOMAT

Das erste Konzert war nur für ein paar Freunde gedacht, die Frank und Ole auf ihre einsame Insel einladen wollten. Es sollte das erste und auch das letzte Konzert sein. Entsprechend haben sie es auch aufgefasst.

Torsten brachte seine damalige Freundin mit, eine eingebildete Gothic-Tusse mit einem Pfund weißen Make-ups im Gesicht, die jedem, der es hören wollte, erzählte, dass sie nachts Graf Dracula im Bett empfängt. Sie schien es sogar ernst zu meinen. Man nannte sie Wespe, weil sie immer Netzstrümpfe und ein schwarzes Spitzenkorsett trug. Auch Gerhard kam vorbei und noch ein paar Leute, die sie aus der Kneipe am Hauptbahnhof oder aus dem Wirtshaus am Kreuz kannten, wo die Straßenbahnschienen in alle Himmelsrichtungen auseinanderstoben. Eine Handvoll Leute, mit denen sie gemeinsam durch den Staub und die Dunkelheit der damaligen Zeit herumirrten.

Die Hündin war da, der die Bullen beim Verhör mal das Ohr angerissen haben, als sie ihr die Sicherheitsnadel herausnehmen wollten und sie zurückgebissen hatte. Auch Mücke tauchte auf, der hagerste Mensch auf diesem Teil der Erdkugel mit langen knochigen Armen und abgebissenen Fingernägeln, statt Nase ragte ihm eine scharf gewetzte Bajonettspitze zwischen den Augen, und seine Lederjacke war mit echten, ins Land geschmuggelten Buttons *Dead Kennedys, Sex Pistols, The*

Clash und *Joy Division* besät. Er war der magerste, aber auch der klügste Mensch in dieser gegenwartslosen Stadt, und bei jedem Verhör zitierte er den Bullen Passagen aus Marx.

Schizo schaute rein, Schizo, der genauso mit der Linken wie mit der Rechten schreiben konnte und der seit dem Militärdienst keinen Ton von sich gegeben hat. Zátopek war da, Stadtmeister im Marathonlauf, einer Disziplin, die er sich selbst ausgedacht hatte und die darin bestand, sich beim Anblick eines Bullen von hinten an ihn heranzupirschen, ihm die flache Dienstmütze vom Kopf zu reißen und so schnell wie möglich wegzurennen. Auch die Pranke kam, die mit der verkrüppelten linken Hand, ihre beiden Finger waren in einer Fabrikmaschine stecken geblieben, weil Pranke nicht ackern wollte, zur Strafe dafür musste sie ein halbes Jahr hinter Gittern absitzen. Außerdem standen dort noch Mud, Pflock und sogar Crusoe herum, Crusoe, der sich nicht entscheiden konnte, ob er Punk, Skin oder Hippie sein wollte und daher regelmäßig von allen in die Mangel genommen wurde, am häufigsten von den Bullen. Jeder hatte einen Spitznamen.

Seltsamerweise erinnert sich Ole bis heute ganz klar an jeden von ihnen. Er sieht ihre durch Schreie entstellten Gesichter, die Arme mit der Zigarette in der Hand nach oben gereckt. Er riecht ihren Schweiß, spürt ihre Wut und ihre Angst, aber auch ihre Kraft. Jeder von ihnen ist ganz fest in seinem Gedächtnis eingraviert, nur wenige andere Momente seines Lebens kann er mit einer solchen Klarheit abrufen. Er sieht sie vor sich, er hört sie beinahe atmen.

Ole weiß nicht, wo sie alle heute gelandet sind. Ab und an hört man, dass der eine an der Uni unterrichtet, der andere im Theater als technischer Assistent arbeitet und ein anderer wiederum Dokumentarfilme dreht, man munkelt auch, dass die einstige Schönheit sich hat scheiden lassen und seitdem nur noch trinkt. Torsten und Frank kommen regelmäßig im Helsinki vorbei, manchmal sieht Ole die Hündin auf der Straße vorbeihuschen. Die anderen gibt es nicht mehr, und Ole kann nicht sagen, er würde sie besonders stark vermissen. Sie haben sich im Getöse und in dem staubigen Nebel jener Zeit aufgelöst, als das Unterste plötzlich zuoberst gekehrt wurde und umgekehrt, als alle auf dem neuen Fertigungsband die leere Flasche ihres Lebens mit neuem Inhalt zu füllen versuchten, der nicht selten heraussickerte oder gar explodierte, weil man die Flasche zu lange in der prallen Sonne stehen ließ.

Aber damals bei dem ersten Kellerkonzert, damals sind alle da gewesen, damals, ja. Alle stopften sich mit eingelegten Gurken voll, die seit dem Krieg im Regal gestanden hatten, und die leeren Einmachgläser füllten sie mit Bier, das eimerweise aus der Kneipe Zum Napoleon gebracht wurde. Sie tranken es so gierig, als würde binnen fünf Sekunden die Decke einstürzen. Oder die ganze Welt.

Frank und Ole spielten das, was sie während ihrer Schichten am Förderband komponiert hatten.

Frank schrie:

Flaschen Pullen Flaschen
Leere Menschen Köpfe
Abgesägte Arme
Die alles aufgegeben haben
Abgesägte Köpfe
Gestürzte Revolutionen
Leere Flaschen vorwärts schieben
Blanke Seelen portionieren

Du bist einsam
So wolltest du's ja haben
Behalte im Kopf
In deinen grauen Zellen

Einsamkeit macht härter
Einsamkeit macht härter
Einsamkeit macht härter
Einsamkeit macht härter

Sie spielten auch:

Schwarz ist der Himmel
Schwarz sind meine Hände
Auf der Straße
Kann ich sie nicht sehen
Kaputte Häuser
Genervte Fressen
Wir sind die Letzten
Rattenmolotows

Schwarz ist das Herz
Schwarz der Automat
Schwarz ist das Herz
Schwarz der Automat

Mein schwarzes Herz tut weh
Ich kann es nicht spüren
Mein schwarzes Herz tut weh
Ich kann es nicht fühlen

Außerdem:

Von allen Seiten
Schreit man dir zu
Die Zukunft, ja die Zukunft
Die soll rosa sein

Nur beim Vorwärtsmarsch
kann etwas passieren
Die Zukunft, ja die Zukunft
Die wird siegen

Aber du scheißt drauf
Rennst zurück
Wanderst durch Straßen
Wirst verrückt

Am Stadtrand siehst du sie
Sie lauert auch dort
Am Stadtrand siehst du sie
Sie lauert auch dort
Die Zukunft! Die Zukunft!
Menschen wie Schatten
Die Zukunft! Die Zukunft!
Aus Ton gebrannt

Als Zugabe spielten sie noch zwei Coversongs von *Sex Pistols* und zwei von *Die Toten Hosen*. *Automat*: Bassgitarre und Gesang – Frank, Gitarre und Gesang – Ole. Plus der Schlagzeugautomat. Selbst gebastelt. Das Ding konnte entweder schnell oder ganz schnell spielen, entsprechend waren alle Songs entweder schnell oder ganz schnell.

Das Konzert dauerte nur eine halbe Stunde. Aber vielleicht waren es auch zwei Stunden. Oder eine ganze Nacht.

Damals spielte die Zeit keine Rolle. Der bedeutendste Exportartikel von Oles Land waren weder Braunkohle, Chemie noch gedopte Athleten, sondern die Zeit. Leider wollte keiner sie haben, also häufte sie sich an, bis sie unendlich und unerträglich viel wurde. Es gab viel zu viel Zeit zum Leben und zum Plaudern, viel zu viel Zeit zum Spielen, Saufen oder Rauchen, es war eine unübersichtliche Menge von Zeit, in der man sich entweder ritzen oder in Luftschlössern verlieren konnte, in Träumen darüber, was nicht möglich war. Die Zeit blähte sich auf wie ein Luftballon, so dass sie eines Tages mit einem Knall explodieren musste.

Es hat ihr erstes und letztes Konzert sein sollen, aber es ist anders gekommen. Malcolm tauchte auf. Und zwar in Begleitung einer gelangweilten zierlichen Discoblondine mit hochtoupierten Haaren und schmaler, schimmelig aussehenden Jeans, die genüsslich ihre jungenhaften Hüften umspannten. Malcolms Blondine stellte sich dekorativ in die Tür, zuzelte den ganzen Abend an einem einzigen Bier und war hier offensichtlich ganz falsch am Platz. Aber sie hatte wunderschöne Lippen, und Ole konnte von diesen Lippen die Augen nicht abwenden. Connie. Connie Island.

HAUPTSACHE, NICHT IN DIE HOSEN SCHEISSEN

An dem Abend war es sehr heiß, das weiß Ole noch genau. Staubige Sommerhitze lag über der Stadt und saugte sie aus, wenn man an den Händen schnupperte, roch man nichts, wenn man sich ritzte, fühlte man auch nichts.

Ole hat nie herausgefunden, woher Malcolm von ihrem Privatkonzert erfahren hatte. Damals kannte ihn keiner, nicht einmal Torsten, der in der Stadt sonst jeden Schatten kannte. Eher Gothic als Punk trug Malcolm die Haare toupiert und hatte ein leicht aufgedunsenes Gesicht. Er steckte ganz in Leder und textete nach dem Konzert jeden zu mit *Joy Division*, *Bauhaus*, *DAF*, *The Sisters of Mercy*, *The Cure*, *Siouxie and the Banshees*. Die Frau, die er im Schlepptau hatte, war hier zwar im falschen Film, weil sie offensichtlich auf *Pet Shop Boys* und *Depeche Mode* stand, aber, wie Malcolm auskunftsfreudig allen mitteilte, konnte sie super gut blasen.

»Daraus könnte man was machen«, sagte er nach dem Konzert, hielt Frank und Ole eine Zigarettenschachtel hin und reichte ihnen die Hand. »Malcolm.«

»Malcolm wie Malcolm McLaren?«

»Man nennt mich einfach so, oder, Honey?«, er drehte sich zu den wunderschönen Lippen um, die zurücklächelten.

»Connie.«

»Aber wir wollen nichts daraus machen, klar?«, sagte Frank.

»Das hier war unser erstes und auch unser letztes Konzert«, sagte Ole.

»Genau! So muss es auch sein! Jedes Mal so spielen, als wäre es zum ersten und letzten Mal im Leben!«

Malcolm fing an zu labern. Das konnte er am besten. Sie wollten ihn loswerden, aber er ließ nicht locker. Er nahm sie mit in die Bahnhofskneipe, die man Tunnel nannte, weil sie zwei Eingänge hatte. Die Zapfanlage stand in der Mitte, über den Köpfen der Gäste donnerte die Eisenbahn. Er gab eine Runde aus, und zwei Wochen später lud er sie zu einem kleinen privaten Punkfestival in einer inoffiziellen Galerie ein. Für das Konzert besorgte er Lederhosen, Jacken, schwarze Brillen und T-Shirts für sie. Und in dem Stil ging es weiter. Demoband. Kassette. Fotos. Radio. Wie durch ein Wunder schien Malcolm jeden Wunsch zu erfüllen. Malcolm kannte sich aus.

Automat. Das klang schlicht und hart.

»So genau muss es sein. Hauptsache, nicht in die Hosen scheißen. Spielen muss man«, pflegte Malcolm zu sagen.

Einmal haben die Bullen den Proberaum gefilzt. Gestohlen haben sie nichts, nur die Texte mitgenommen, und Frank und Ole noch im Blaumann direkt vom Förderband abgeholt. Major Menschik wollte wissen, wer die schwarzen Automaten sein sollen und warum Menschen in ihren Texten den Schatten glichen, und Frank sagte ihm, so hätte es der russische Dichter Majakowskij geschrieben. Darauf erwiderte der Major, er lasse sich von Frank nicht belehren, er habe sowjetische Literatur studiert, im Gegensatz zu Frank und Ole, die höchstens eine lange braune Kackwurst studiert hätten. Dann fragte er nach dem deutschen Bauernkrieg, das sei doch ein längst überholtes Geschichtskapitel. Ole schwieg, aber Frank holte aus, Geschichte sei nie tot, ereiferte er sich, sie lebe in uns weiter, angetrieben durch den Widerstand. Major Menschik lächelte, wiederholte versonnen Widerstand, Widerstand, Widerstand und scheuerte plötzlich Frank eine. Major Menschik verdankten sie auch die Erkenntnis darüber, wer sie nun waren. Punks. Denn beim Verhör holte Major Menschik eine Broschüre hervor und las ihnen vor: Punk hieße ins Deutsche übersetzt Scheiße oder Abfall. Punks erkenne man an verschmutzter, zerrissener, besprühter oder verfärbter Kleidung und einer Indianerfrisur. Außerdem betrieben Punks Anarchie und einen gesellschaftsschädlichen dekadenten Individualismus.

»Wir wissen alles über euch!«, Major Menschik klopfte mit dem Finger auf seine Broschüre, in der alle möglichen Subkulturen tabellarisch aufgelistet standen.

»Hier steht alles drin! Leugnen ist zwecklos«, erklärte Major Menschik. »Dreckige Neofaschisten, Individualisten, Anarchisten und Homosexuelle! Ihr denkt, ihr könnt uns auf den Arm nehmen, wir aber wissen Bescheid!«

Major Menschik brachte Ole bei, wie es war, wenn man einem Zeige- und Mittelfinger in die Nase steckte und zum Aufstehen zwang. In Oles Nase zuckte es noch eine Woche später.

»Hauptsache, du scheißt dir nicht in die Hosen«, sagte Malcolm darauf, der sich aber keine Zeige- und Mittelfinger in der Nase gefallen lassen musste. Die Songtexte fand er eines Tages in seinem Briefkasten und gab sie an Ole und Frank zurück. »Die Säcke kriegen uns nie. Bleibt ruhig weiter bei der Geschichte, dass ihr euch auf den deutschen Bauernkrieg und den geheimen 13. Artikel bezieht. Das ist wichtig. Eine Band wie euch gibt es in diesem Land nicht. Punk, Bauernkriege und noch ein Automat dazu. Wir bringen es weit.«

DAS GELOBE ICH

Malcolm studierte Jura, für Musik hatte er kein Händchen, obwohl er genau das schrecklich doll gewollt hätte, dafür hatte er ein Händchen fürs Organisieren, die beste Begabung in jedweder Zeit. Er trieb ein Studio auf, ließ Plakate drucken und Kassetten vervielfältigen. Irgendwo entdeckte er sogar einen alten Krankenwagen, in dem sie zu ihren ersten Konzerten aufbrachen.

Ihre aus drei Akkorden bestehende städtisch-bäuerliche Punkkellerkommune wurde somit um Malcolm erweitert. Ab jetzt würden sie alles nur zu dritt unternehmen. Alles durch drei teilen. Alles bis auf die Frauen. Das gelobe ich!

»Die Verbindung von Bauernkrieg, Kommune und Punk ist der größte Blödsinn, den ich je gehört hab, aber genau das wollen die Leute hören«, Malcolm lachte. Außer *Automat* hatte er noch drei andere Bands unter seinen Fittichen, aber *Automat* stand immer an erster Stelle, so dass Frank, Ole und Malcolm bald ganz dicke miteinander wurden.

Malcolm wollte einen Klub gründen und überlegte, wie Frank und Ole dem Militärdienst entkommen könnten. Er hätte sich bestimmt etwas ganz Pfiffiges ausgedacht, denn er hat sogar die Bullen dazu überredet, Frank und Ole etwas lockerer zu behandeln, so dass sie sich nicht mehr alle vier Wochen bei der Polizei melden mussten. Er setzte auch durch, dass sich das für Staatsfeiertage geltende Innenstadtverbot nicht auf

Frank und Ole bezog, was den beiden aber ziemlich schnuppe war.

Schließlich wurde das Problem Militärdienst ganz anders und von ganz anderer Seite gelöst. Als die Mauer fiel und das Land den Boden unter den Füßen verlor und vierzig Jahre Vergangenheit mit einem Schlag weggewischt wurden, als jeder sich nur noch an Zukunft berauschte, da fingen Frank und Ole im Krankenhaus an.

Die Armee wurde zwar nicht aufgelöst, aber zum Glück wurde der Zivildienst eingeführt. In den Krankenhäusern gab es viele hübsche Krankenschwestern, aber auch viele dahinwelkende alte Menschen, die tagelang vom Bett an die Decke starrten, als würden dort Archivfilme laufen, bei denen sie selbst in der Vorführerkabine saßen. Manche zeigten gar auf die Decke und kommentierten ihr Leben, als sähen sie einem unendlichen Fußballspiel zu, und Ole war klar, dass so etwas nur in einer zu Tode geweihten Stadt wie dieser möglich war, denn solche Erscheinungen gehörten hier einfach dazu.

Tagsüber Krankenhaus. Nachmittags Proberaum. Am Wochenende Konzerte. Sie vermieden bewusst, vom Podium auf die Menschen im Saal herunterzublicken. Sie wollten zwischen sich und den Zuschauern eine Mauer spüren, denn Energie, Sehnsucht und Wut werden von Mauern potenziert.

HELSINKI

Weimar. Jena. Leipzig. Berlin. Hamburg. Bremen. Rostock. Stralsund. München. Stuttgart. Salzburg. Wien. Prag. Bratislava. Budapest. Bukarest. Sofia.
 Es waren viele Städte, bestimmt mehr, als in Oles Gedächtnis hängen geblieben waren. Hinter den Fenstern ihres VW-Transporters, den sie gegen den Krankenwagen eingetauscht hatten, tauchten die stolzen Verteidigungswälle der Städte auf, sie wurden größer und größer, bis sie auseinanderfielen, um schließlich mit den anderen zu verschmelzen. Europa ist nicht so unterschiedlich, wie manchmal in der Zeitung steht. Auch wenn es womöglich gerne unterschiedlich wäre. Aber an einem Freitag- oder Samstagabend wollen sich überall die Leute bei einem Konzert amüsieren, betrinken und volllaufen lassen. Sie wollen vor allem vergessen, woher sie kommen, warum sie da sind und wie es weitergeht.
 Alles lief wie am Schnürchen. Frank, Ole und Malcolm schwelgten im Gefühl der eigenen Unsterblichkeit, sie waren überzeugt, dieses Leben würde endlos weitergehen, sie waren Freunde für immer, und um es zu bekräftigen, schlugen sie in Hotelzimmern hin und wieder die Möbel klein. In ihre Verträge ließen sie schreiben, dass es backstage drei Kühlschränke geben musste – einen mit Bier, einen zweiten mit Wodka und einen dritten mit Essen. Auch einen Kickertisch wollten sie dabeihaben. Einen ähnlichen wie den, der heute

bei Ole im Helsinki steht. Malcolm spielte nie, Frank und Ole dafür umso häufiger. Über das winzige Spielfeld gebeugt, erzählte Frank seine immer konfuseren Theorien darüber, wie das Universum, der Fußball und die Geschichte zusammenhingen.

Auto fuhren sie grundsätzlich nur zu dritt, und immer saß Malcolm am Steuer, denn das war sein Job. Wenn er nicht weiterkonnte, legten sie einfach eine Pause ein. Sie wollten keinen anderen dabeihaben, keinen Fahrer oder Techniker. Nicht, damit die Einsamkeit sie härter machte, das nicht, sie fühlten sich einfach so am besten. Sie schmiedeten Pläne, kifften und betranken sich auf Tankstellen, die nachts nur herumgondelnden Lastwagen oder Bands gehörten. Einmal sind ihnen dort *Die Toten Hosen* begegnet. Weder Frank noch Ole wollten mit ihnen reden, aber Malcolm zerrte sie zu ihnen, stellte sie vor und sagte, die beiden haben euch in Pilsen gesehen, 1987. *Die Toten Hosen* sagten, *prima, ja, vielleicht sehen wir uns zum Konzert,* und düsten ab.

Städte gab es viele und Platten zwei. *Automat 1. Automat 2.* Malcolm wünschte sich noch ein drittes Album, *Automat 3.* Es war doch egal, dass sie immer gleich spielten. Es war doch egal, dass auf die ersten Lobhudeleien bald eine bissige Bemerkung folgte, ab dem dritten Song würden sie wie dumpfer Trabant-Punk klingen. Sie hatten ihr Publikum, sie hatten ihre Fans. Sie waren ein schmuddeliges Elektropunk-Unikat, und ihr musikalischer Primitivismus besaß große Kraft.

Malcolm wünschte sich eine dritte Scheibe, weil aller guten Dinge sind drei. Eine dritte Platte kam aber nie zustande. Sie flogen sogar nach London, wo Malcolm ein berühmtes Tonstudio gemietet hatte. Ein paar Ideen für neue Songs hätten sie schon gehabt, aber dann fanden sie es netter, zu kiffen und mit dem alten Toningenieur über die deutschen Flugangriffe auf London zu reden, vor allem über die Luftschlacht um England, die sich, wie er behauptete, am gleichen Tag jährte, an dem *Die Toten Hosen* Pilsen gestürmt haben – am 15. September.

Dann kam die Skandinavien-Tournee. 1940. 1990.

Kopenhagen. Oslo. Göteborg. Stockholm. Uppsala. Und Helsinki, wo sie nie angekommen sind. Schuld daran war eine deutsche Zeitung, die Ole zufällig auf der Fähre von Stockholm nach Turku kaufte. Ganz unten auf der Kulturseite fand er einen kleinen Artikel über Rock, Moral und Stasi. Darin ging es um Malcolm. Malcolm war nicht nur sein Spitzname, sondern auch sein Deckname.

Sie prügelten sich in der Bar, wo eine finnische Band finnischen Tango spielte. Frank. Ole. Malcolm. Sie fielen auf die Tische. Bewarfen sich mit Flaschen. Schimpften sich Arschlöcher, miese Säcke und Wichser.

Erst die Bullen kriegten sie auseinander. Bis dahin hätte Ole nicht gewusst, dass auf jeder Fähre auch Polizei mitfährt. Seitdem weiß er das aber. In Turku packten Frank und Ole ihren Kram zusammen, ließen Malcolm mit Transporter im Hafen stehen, und tschüß. Sie haben ihn nie wiedergesehen. Wollten sie auch nicht. Vielleicht blieb er in Finnland. Vielleicht irgendwo anders. Es war ihnen schnurzpiepegal. Nach Hause sind sie getrampt.

Das war das Ende von *Automat* und von der Punk-Kommune.

Danach vertiefte sich Frank noch mehr in die Pilzkunde, kiffte und experimentierte mit allem, was sich anbot, am liebsten mit sich selbst. Das Einzige, was ihn noch interessierte, waren Fußball und Weltgeschichte. Er entwickelte eine Theorie, die Geschichte würde einem Fußballspiel gleichen, wo Strategie, Kraft und Philosophie auf Zufall treffen.

Ole komponierte weiter und versuchte von Zeit zu Zeit, eine neue Band zu gründen, aber einen neuen Frank hat er nicht gefunden.

TAL DER HOHLKÖPFE
März

Ich hasse es mich im Spiegel zu sehen. Wenn es nach mir ginge, würde ich das Scheißding im Badezimmer abschaffen, weil ich mich nie beherrschen kann und mich doch ankucke und das ist Scheiße. Ausgemergelt wie'n Totengerippe und flach wie'n Bügelbrett, von Marunas oder Ulknudels Titten meilenweit entfernt. Und Änderung ist nicht in Sicht.
Doppelbruder will im nächsten Jahr echt auf die Militärschule, jetzt schon stratzt er zu Vorbereitungstreffen und Tests und ähnlichem Blödsinn. Er will Astronaut werden, wie Gagarin. Wie bescheuert ist das denn? Muttis Typ sagt nichts dazu. Mutti sagt, wenigstens würde der Staat seine Ausbildung bezahlen, weil wir nicht viel Geld haben. Später kann er auch was anderes machen als in der Uniform herumzulaufen, sagt sie. Aber ich glaube, er will nichts anderes.

Halsschmerzen, pausenlos, Bruderherz auch. Die Ärztin hat ihn zum Röntgen geschickt. In der Glotze läuft *Lolek und Bolek*, ich büffel dabei russkie Vokabeln.

Beschissener Winter. Beschissene Mathe. Beschissene Liebe.
Für Helmut bin ich nur dann gut wenn er gerade scharf ist, dann meldet er sich und holt mich von der Schule ab.

Internationaler Frauentag. Der hat noch gefehlt. Muttis Typ ist erst gegen Mitternacht nach Hause gekommen, in der Jackentasche ne geknickte Nelke, total breit und verwirrt wie'n Polarfuchs am Äquator, also hat es gleich Streit gegeben und er kriegte eine geknallt und wollte Mutti eine zurückknallen, das haben Bruder und ich uns nicht gefallen lassen und sind auf ihn los, er soll sich hüten, unsere Mutter anzufassen, also hat er lieber nen Gang runtergeschaltet und sich mit seiner Bettdecke auf die Wohnzimmercouch verzogen.

Muttis Typ auf Entschuldigungstour, er hat ihr einen Riesenstrauß gekauft und geschworen, nie wieder zu saufen.

Es gibt kein Klopapier also schneidet Mutti die Zeitung klein. Mladá Fronta, unser Scheißhaus und ich, wir danken dir! Helmut meint, Tschechoslowake hätte erzählt dass es in Polen im Laden haufenweise Klopapier gibt, dafür aber kein Fleisch. Und Tschechoslowake muss es wissen, weil der hier im Wald jeden alten deutschen Schmuggelpfad kennt und seit Jahren Ware über die Grenze schiebt. Er war ja neulich bei Helmut gewesen. Wohnen tut er im alten Bunker im Wald aber die Bullen lassen ihn in Ruhe, weil sie auch selber Geschäfte mit ihm machen. Helmut hat er ne neue Moskwa gebracht und ein paar Sony-Kassetten und ein paar verbotene Zeitschriften. Auch eine Bravo mit lauter Schwuchteln und komischen Frauen, Punks waren keine dabei.

Heute Lehrbetrieb im Restaurant im Kurort. Ich wäre dran gewesen als Bedienung, aber die Chefin wollte das nicht, damit die aufgedunsenen und ewiggeilen Kurort-Gnädigsten beim Anblick von meinem Iro keinen Schock kriegten. Dabei sind die ohnehin nur hier um sich von den Elitepiloten aus dem Albatros-Heim oder den griechischen Travoltas flachlegen zu lassen. Stattdessen durfte ich Kartoffeln schälen.
Typhus hat dort einen Job als Heizer, also bin ich zu ihm und wir haben geraucht und Rum aus seinem Flachmann getrunken. Unter uns lag die Freiwaldau, vom Rauch der Fabrikschornsteine total zugedeckt, wir kuckten uns das an und fanden es ziemlich

geil. Dann hat sich Typhus an mich rangemacht und wollte mich küssen und raspelte Süßholz und ich hab ihn machen lassen. Wir haben dort im Heizungskeller eine Nummer geschoben und mir war es absolut schnuppe, weil Helmut im Moment auf mich pfeift.

Mutti stört sich daran, dass ich rauche, dabei raucht sie auch und ihr Typ genauso. Außerdem Piss- und Tauwetter.

Absolut tote Hose. Nix los. Einfach nur Scheiße. Wenn ich darüber nachdenke, gilt das für das ganze Land. Wenn man das Radio anmacht, quillt nur Scheiße heraus oder Karel Gott. Wenn man die Glotze anmacht läuft Scheiße oder Karel Gott. Man geht raus und auch da Scheiße, man sieht höchstens ein paar stinkende Russenminkas, hinter denen Laufburschen mit vollen Einkaufstüten trippeln, oder man trifft nur miese Nachbarsfressen.
Gut dass es wenigstens Polen gibt. Radio Trójka spielte *The Cure*, Ulknudel steht auf die, aber Punk ist es nicht.

Immer noch alles Scheiße. Doppelbruder hat ein Poster von *Depeche Mode* aus der Bravo über sein Bett gehängt, gleich neben Gagarin und die amerikanischen und russischen Jagdflugzeuge. Idiot. Bei so was hört's bei mir auf, so was kuck ich mir nicht an. Kann der eigene Zwilling einer völlig anderen Tiergattung angehören? Hab das Plakat runtergerissen und er hat meine *Sex Pistols* runtergerissen: Kampf, danach Frieden.
Er hat ständig Halsschmerzen. Ich auch.

Die einzige tschechische Band, die was taugt, ist *Hrdinové nové fronty (HNF)*, dann kommt noch *Visací zámek* und zwei drei Bands aus Teplice, zum Teil auch noch *Plastic People* und *Garáž*, obwohl beides Prager sind, die keiner mag. Dann gibt es noch die Band von

Helmut, *Tschernobyl*, die zwar nicht oft spielt, aber das kommt noch. Total *gut* sind auch die polnischen *Moskwa*, *Dezerter*, *Armia* oder *Siekiera*, die Helmut auf Kassetten hat, die der Tschechoslowake schwarz aus Polen mitgebracht hat und die Helmut später für die ganze Stadt kopiert hat, ich meine für uns. Ach ja, die slowakische *Zóna A* ist auch gut.
Bei den *Tschernobyl* kann keiner ein Instrument spielen, aber genau darum geht es ja, weil Punk ist Wut und Freiheit, sagt zumindest Helmut. Typhus singt und spielt Bass, Helmut hat ne Gitarre und singt, falls man sein Schreien so nennen kann, und Chaos sitzt am Schlagzeug. Da er aber noch keins hat, trommelt er auf die Riesentrommel von der Blasmusikkapelle seines alten Herrn und sonst auf ein paar Plastikeimer. Sie wollen beim Hexenbrennen spielen, bei Helmut in der Hütte, das wird ihr erstes richtiges Konzert.

Nicht zu fassen. Nicht ich, sondern Ulknudel hat nen Braten in der Röhre. Sie ist wohl schon im dritten Monat und vermutlich hat das Chaos zu verantworten der immer total durch den Wind ist und deswegen auch Chaos heißt. Also wird Hochzeit geplant, jetzt muss alles plitzplatz gehen, weil Chaos im Sommer zum Militär muss. Er hätte schon im Herbst gehen sollen, aber da hat er Asthma vorgetäuscht, bloß wie man sieht vergeblich, und die Traute, sich zu ritzen und auf bekloppt zu machen und so seine Freiheit behalten, wie der Schwarze, der amtlich anerkannte Psycho, der sich dann vom Acker gemacht hat, die Traute hat er nicht. Helmut hat während des Militärs die ganze Zeit Geschirr geschrubbt, ansonsten waren die beiden Jahre nur zum Kotzen, sagt er.
Wie gut dass ich kein Junge bin. Doppelbruder ist völlig bedeppert wenn er freiwillig und für immer zum Militär will. Helmut meinte, in Israel müsste ich als Frau auch Militärdienst leisten, das hätte er

gelesen, also freue ich mich, dass ich hier lebe obwohl no future. Und dann sagte er, er würde mich lieben und würde mir ein Kind machen wollen, was er immer sagt, wenn er richtig scharf ist. Also haben wir herumgefummelt und jetzt hab ich einen ganz zerkratzten Rücken.

Die Ärztin hat stundenlang meinen Hals und die neuen Röntgenbilder studiert und immer wieder was gefragt, so dass mir ganz mulmig wurde, dann hat sie mir neue Pillen gegeben und gesagt, die wären ganz schön teuer und man hätte sie nur für uns aus Westdeutschland importiert, sie würden gezielt auf die Schilddrüse wirken und ich müsste jeden Tag eine nehmen. Also habe ich gefragt ob es stimmt, dass Tschernobyl hier bei uns im Altvatergebirge schlimmer gewütet hatte als anderswo, und sie sagte, das schon, aber es dürfte keiner wissen, weil das hier die verbotene Beobachtungszone ist. Da hab ich gleich nachgeschoben ob wir alle am Krebs verrecken werden und sie sagte, jeder Körper würde anders reagieren und bei vielen Menschen würde es gar keine Auswirkungen geben und diese Pillen hier, die sind *gut*. Also weiß ich immer noch nicht ob die Schmerzen im Hals was mit Krebs zu tun haben oder nicht.
Die Pillen hab ich in der Kneipe Helmut gezeigt und der Depp hat sie mir gleich geklaut und gegen zwei Flaschen Rum eingetauscht, weil bei uns sowieso no future. Eine davon durfte ich behalten. Chaos meinte, wir würden alle sowieso früher oder später krepieren, mit Pillen oder ohne.
No future. Als Papa an Krebs gestorben ist, da hat es noch lange kein Tschernobyl gegeben, dieses Land ist schon komisch, Helmuts Vater hat auch Krebs, obwohl er ein treuer Kommunist ist. Daher haben wir die eine Flasche im Park leer gemacht und auf den baldigen Tod getrunken, der uns nicht kratzt, wie Helmut sagt, und dann bin ich zu ihm in die Hütte und dort haben wir

noch einen Alpenwodka mit Bier getrunken. Das war aber nicht gut, weil ich jetzt nicht weiß ob wir miteinander geschlafen haben oder nicht, weil ich total zugedröhnt war. Wie blöd muss ich sein, wenn ich mir nicht mal das merken kann.
Schon wieder alles offen.
Daher: *danke, danke, spassibo, bolschoe spassibo* an euch alle. Echt vielen Dank.

ECHO

Lange vor *Automat* und auch lange, bevor Frank und Ole zu Hause *Sex Pistols* gespielt haben, hatten sie sich regelmäßig hinter einer alten Fabrik getroffen. Einen zubetonierten Bunker gab es dort und eine riesige Brandmauer. Hier versuchten sie sich zum ersten Mal am Rauchen und Onanieren. Bei Letzterem hatten sie Torsten als Lehrer, der über den Dessousseiten aus dem Quelle-Katalog als Einziger sichtbare Erfolge feierte.

Also versuchten sich Frank und Ole lieber am Echospielen und fanden heraus, dass manche Wörter von der Mauer zurückgeworfen, andere wiederum verschluckt wurden. Wörter wie ›Blödmann‹, ›Idiot‹ oder ›Arschloch‹ kamen mühelos zurück. Aber es gab Wörter, die verloren gingen, Wörter, die von der Mauer nicht zurückgeschickt wurden. Es waren Namen.

»Hitler!«

Nichts. Hitler wurde von der Mauer verschluckt.

»Stalin!«

Wieder nichts.

»Gagarin!«

Nichts. Nichts. Nichts.

Danach riefen sie die Namen von allen Mädchen, die sie kannten, auch ihre eigenen Namen, aber kein einziger Name kehrte zurück. Die Ziegelsteine saugten alles in sich hinein.

Ein paar Jahre später haben sie dort mit Malcolms kleiner Videokamera den ersten Clip von *Automat* gedreht.

Die Fabrik gab es nicht mehr. Zusammen mit den alten Ziegelsteinen wurden auch all die Namen weggebracht und als Untergrund für die geplante Autobahn verwendet. Aber dass mit ihnen auch die Vergangenheit verschwunden wäre, das kann man nicht sagen. Wen wundert es also, wenn bestimmte Leute immer wieder über sie stolpern, so wie Frank, der sich gerade im Helsinki an die Bar lehnt und Ole schon wieder Sorgen bereitet.

»Die kommen zu mir, am liebsten nachts. Ich sitze am Wohnzimmertisch, lese, mache mir Notizen und höre, wie sie sich anschleichen. Und plötzlich bin ich von Geschichtsfiguren umgeben.«

»Vielleicht kiffst du zu viel.«

»Eben nicht genug. Sie stehen um den Tisch herum und kucken mir über die Schulter, hocken auf dem Parkettfußboden oder lehnen an der Wand, fläzen sich auf dem Sofa von meiner Oma, rauchen im Flur und auf dem Balkon«, erzählt Frank, und die Erde unter dem Helsinki stöhnt, die Gläser fangen an zu tanzen, und Ole bemerkt einen kleinen Riss in der Wand, aus dem Sand rieselt.

Gabi bringt die Soljanka. Und Frank macht sich bedächtig über sein Essen her.

»Hitler, Stalin, Churchill, Dracula, Nancy, Picasso, Ho Chi Minh, Luther, Leni Riefenstahl. Ihre Stimmen geistern durch meine Wohnung, reden wirr durcheinander und giften sich an, manchmal vermischen sie sich und werden zu einem einzigen mächtigen Stimmenfluss. Sie reden über die Welt und die Politik, diskutieren über Kultur, zanken sich darüber, wer was in der Vergangenheit hätte besser machen sollen und wer wem das Schlimmste angetan hatte. Jeder hat seine eigene

Vision, seine eigene Geschichte und seine eigene Wahrheit, jeder will es gut gemeint haben. Und ich weiß, dass ich hier bin, um das alles aufzuschreiben, und dass ich so lange keinen Schlaf finden werde, bis meine Weltgeschichte fertig ist. Erst dann werden sie mich in Ruhe lassen«, sagt Frank, und seine unausgeschlafenen Augen sind in dem schmalen Schlitz der Lider kaum zu sehen.

Ole betet heimlich, Frank möchte nichts weitererzählen. Auch wenn das in ihrer Stadt dazugehört, dass man manchmal Geister trifft oder Schatten sieht, auch wenn es normal ist, dass das Echo ausbleibt, ist Franks Fähigkeit, sich in der Vergangenheit zu verlieren, einfach eine Nummer zu viel. Lena setzt sich an die Bar und bestellt einen Kaffee. Frank holt Luft und redet unbeirrt weiter:

»Buddha, Mutter Theresa, Einstein, Che Guevara, Mohammed, Jeanne d'Arc, Marlene Dietrich, Newton, Goethe, Sid Vicious, Madonna, Nietzsche, Jesus. Manchmal kommen sie auch tagsüber, sie lauern am Straßenrand, sie haben keine Gesichter, anstelle von Köpfen abgeschlagene Teller, aber ich weiß, dass sie es sind. Sie steigen mir in Laubengängen nach, verstecken sich in Hauseingängen, aber ich weiß, was bei ihnen wirkt. Man muss mitten durch die Straße laufen, da trauen sie sich nicht hin, dort haben sie Angst.«

»Frank, ist wirklich alles okay bei dir?«

»Ja. Alles bestens.«

»Vielleicht solltest du weniger rauchen. Oder wenigstens die Pilze lassen. Nicht so viel lesen und stattdessen mehr schlafen. Keine Ahnung«, sagt Ole.

»Aber ich bin okay. Ich muss es nur fertig machen«, Frank rappelt sich mühsam auf und geht.

»Wenn wir uns nie wiedersehen sollten: Es war schön mit dir.«

Ole steht vor dem Helsinki und steckt sich eine Zigarette an. Er sieht, wie Frank durch die Mitte des Boulevards wankt. Er geht ganz langsam. Man kann es kaum noch Gehen nennen. Er schiebt sich über die Schienen und weicht im letzten Augenblick einer Straßenbahn aus, die aus der Gegenrichtung kommt und Sturm klingelt.

»Der hat echt einen Riss in der Schüssel«, sagt Lena. Sie stellt sich neben Ole und steckt sich auch eine an. »Habt ihr wirklich eine Band gehabt?«

»Ist lange her.«

»Hat er sich schon damals für so 'n Zeug interessiert?«

»Ja.«

Ole hat keine Lust, ihr etwas zu erzählen. Er hat keine Lust, sich zu erinnern. Er hat selbst eine Menge, worüber er nachdenken muss.

»Wann gibt es Kino?«

»Das ist mein Kino.«

»Was zeigst du?«

»Nichts für kleine Mädchen.«

»Du musst nicht immer den Macker spielen.«

»Das Kino kommt noch.«

Ole sieht zu, wie Frank in der Ferne erneut die Straßenmitte ansteuert. Ganz die Ruhe selbst.

»Ach, du Scheiße«, sagt Ole zu sich selbst.

BRENNENDE ALTE

Ole läuft die Straße entlang und fröstelt. Dagegen helfen nicht einmal die Tabletten gegen den Tod. Er geht weiter, und vor einem neuen verglasten Mehrfamilienhaus sieht er zwei schwarze, abgebrannte Autos stehen. Daneben parkt ein Polizeitransporter. Polizisten in Uniform und in Zivil laufen herum, untersuchen die Wracks, und Ole fängt ein paar Worte auf: *Terroristen, vor einer Woche,* und ganz zum Schluss *Molotow.*

Er raucht und betrachtet die verrußten Überreste ohne Polstersitze und ohne Glasscheiben, über denen in blauen und orangenfarbenen Rohren das Untergrundwasser rauscht. Die Autowracks sind genauso schwarz wie der Mund der alten Frau, die direkt gegenüber in einem alten Haus mit abgeschlagenem Putz wohnt, einem der letzten unsanierten Häuser, die in diesem Viertel noch geblieben sind. Ole sieht sie jeden Morgen, wenn sie aus ihrem Fenster die Tauben füttert. Wie jetzt auch. Auf dem Gehsteig marschiert schon eine ganze Vogelstaffel.

»Ich habe sie gesehen, ich habe sie gesehen«, ertönt ihre Stimme.

»Wen?«

»Die das gemacht haben.«

»Haben Sie das der Polizei erzählt?«

»Ja, ich habe ihnen erzählt, wie es hier gebrannt hatte, wie während der Bombardierung die Menschen weggerannt sind. Wie die Häuser ineinanderstürzten.«

»Klar, ich verstehe.«

»Die ganze Straße brannte, und später hat man unter den Trümmern viele Leute nicht mehr gefunden. Das alles habe ich der Polizei erzählt. Drei Jungs sind das gewesen und ein Mädchen. Ihre Arme haben lichterloh gebrannt, und als sie wegrennen wollten, haben auch sie Feuer gefangen. Alles hat gebrannt, wie im Krieg. Auch der Fluss hat damals gebrannt.«

»Das haben Sie ihnen erzählt?«

»Es dauert nicht mehr lange, mein Papa hat ja immer gesagt, eines Tages wird auch diese Stadt dran glauben müssen. Als Rache für die Lager. Und jetzt soll ich hier raus, aufs Land, ins Altersheim.«

»Wer verlangt das von Ihnen?«

»Alle. Die meisten Nachbarn sind schon weg. Man hat mir gesagt, ich soll auch unterschreiben. Wenn man das Haus abgerissen hat, wird man hier ein neues Haus bauen, genauso eins wie da drüben. Aber auch das werden sie mal abreißen. Ich habe schon viel gesehen.«

»Aber wer will von Ihnen, dass Sie ausziehen?«

»Alle haben unterschrieben und Geld bekommen.«

»Sie müssen doch nicht weg. Sie unterschreiben einfach nicht und fertig. Was sollen die Tauben ohne Sie?«

»Na. Das ist wahr. Das kann ich ihnen nicht antun.«

Die Alte krempelt die Ärmel von ihrem grünen Pullover hoch und zeigt ihm eine lange, mehrere Zentimeter breite Narbe auf ihrem Arm.

»Ich habe auch gebrannt, sehen Sie, hier. Danach hatte es lange keine Tauben gegeben.«

Ole geht weiter und friert. Die Tauben schrecken auf und fliegen hoch, als bauten sie ihm eine Ehrengasse. Er steckt sich eine Zigarette an, und wenn er sich nach einer Weile umdreht, sind die Vögel schon wieder auf dem Boden gelandet und haben sich auf die Brotstückchen gestürzt, mit denen die Alte den Gehsteig und die daneben parkenden Autos bombardiert. Ein Abschleppwagen kommt, um die Wracks zu holen.

HONECKER, HELMUT, GERHARD

*E*s ist Winter, überall Schnee. Weihnachten steht vor der Tür, und alle sind ein wenig nervös und unglücklich darüber, weil die Pflicht näher rückt, die anderen glücklich zu machen.
 Lena schaut in das Helsinki rein.
 »Heute bin ich still, keine Bange.«
 »Wie meinst du das, keine Bange?«, fragt Ole. »Das sagst du immer.«
 »Heute erzähl ich nichts. Ich muss arbeiten.«
 Lena holt drei Bücher und einen kleinen Laptop aus ihrer Tasche.
 »Einen Riesenpott Kaffee, bitte.«
 Ole beobachtet, wie Lena beim Lesen raucht und ihre Zigaretten genau in der Mitte ausmacht, weil sie der Meinung ist, die tödlichen Stoffe sammeln sich erst kurz vor dem Filter. Der Aschenbecher wird schnell voll. Und dann bemerkt er, dass Lena weder in ihre Bücher noch auf ihren Laptop schaut, sondern nur noch aus dem Fenster starrt auf die Straßenbahnen und die gehetzten Passanten draußen. Und Ole weiß, dass sie nicht weiterkommt, dass sie schon wieder hängen geblieben ist und keine Ahnung hat, wie es weitergehen soll. Wie schon so oft. Im Helsinki ist wenig los. Ole schenkt ein Glas Rosé ein und stellt es vor Lena auf den Tisch. Sie klappt ihren Laptop zu.
 »Kannst du dich erinnern, wie du von den Glassplittern er-

zählt hast«, Ole setzt sich zu ihr, »und von deinem Papa, der sein Auto mehr liebte als dich?«

»Klar.«

»Ich glaube, das ist so eine deutsche Krankheit. Eine unheilbare Krankheit. Man darf sie einfach nicht bekommen. Wenn man sie kriegt, ist alles vorbei. Nimm mal meinen Vater, der hat die ganze Zeit auch nur in der Garage verbracht, damit er seinen Honecker einmal im Jahr bis auf die letzte Schraube auseinandergenommen hat.«

»Welchen Honecker?«

»So nannte er seinen Wartburg, das habe ich dir doch gesagt.«

»Nein.«

»Doch, als du von den Splittern erzählt hast. Aber du hörst nie zu, wenn du selber erzählst.«

»Ich höre immer zu.«

»Dann hör jetzt zu: Die losen Motorteile lagen auf einer Wolldecke aufgereiht wie Fleischstücke beim Metzger im Schaufenster. Mein Vater nahm das Auto ganz langsam auseinander, und dann setzte er es genauso langsam wieder zusammen, geradezu überwältigt vor Freude darüber, dass er das konnte, dass es so einfach ging. Einmal lag Honecker ein halbes Jahr zerstückelt auf der Decke. Ein anderes Mal fast ein ganzes Jahr. Meine Mutter war reif für die Klapse.«

»Meine Mutter auch. Jedes Mal. Aber sie hat ihn trotzdem geliebt.«

»In der Zwischenzeit hat meine Mutter auch etwas für sich selbst entdeckt. Sie hat angefangen, Kuchen zu backen. Sie ist jetzt nicht nur pensionierte Lehrerin, sondern eine Kuchenfachfrau. Aber mein Vater, mit dem war es nicht leicht... Einmal waren wir im Urlaub, und er verschwand plötzlich, bis ihn Mutter unter Honecker fand, wie er aus Übungszwecken die Schaltung auseinanderbaute, weil ihm langweilig war. Mutter dachte, er müsste doch irgendwann mal genug kriegen, und buk unbeirrt weiter. Aber als Vater den Honecker durch Helmut ersetzte ...«

»Helmut?«, fragt Lena.

»Na ja, wegen dem Kanzler ...«

»Warum benannte er seine Autos nach Politikern?«

»Weil er das Gefühl hatte, die Zeit würde sich in Autos und Politikern widerspiegeln.«

»Heftig«, Lena schüttelt den Kopf, und Ole bringt ihr noch ein Glas Rosé.

»Mit Helmut hat er noch mehr Zeit in der Garage verbracht, weil einen Golf auseinanderzunehmen und dann wieder zusammenzubauen schon viel schwieriger ist als bei einem Wartburg. Dann kaufte er sich einen Opel Vectra und nannte ihn Gerhard. Das war sein Ende. Den kriegte er nicht wieder aufgebaut. Er schimpfte über die ganze Elektronik und musste die Werkstatt anrufen. Als man Gerhard abgeschleppt hatte, sagte er, das Leben ist heutzutage viel zu kompliziert. Seitdem sitzt er zu Hause in der Küche, starrt vor sich hin und nimmt zu, weil er pausenlos Mutters Kuchen probieren muss.«

»Ist es das, was du mir sagen wolltest? Dass dein Leben auch zu kompliziert ist?«

»Meins nicht. Als ich gesehen habe, dass du nicht weiterarbeiten konntest, fiel mir der Satz ein.«

»Aber ich schreibe nicht über Autos oder über Menschen, die wegen Autos krank werden. Ich schreibe über Vogelmotive, Maya-Mythologie und deutschen Expressionismus.«

»Ich weiß. Aber was schreibst du genau?«

»Wie, was?«

»Ich meine, was schreibst du darüber?«

»Alles. Das Thema ist ziemlich komplex.«

»Eben.«

»Was meinst du damit?«

»Du kommst mir wie mein Vater vor, der sich aus tiefstem Herzen nach Honeckers Rückkehr sehnte.«

»Nett von dir.«

»Ich meine nicht nach dem Politiker, sondern nach einem schlicht gebauten Auto, das er verstanden hätte. Ich würde zum Beispiel auch nie Jazz spielen können, sondern immer nur Punk.«

»Soll ich jetzt mit Punk anfangen, oder wie?!«

»Nein, aber alles etwas einfacher machen.«

»Ole, ich verstehe kein Wort.«

»Schon okay«, Ole steht auf, nimmt das leere Glas und denkt, hätte er bloß den Mund gehalten, und wenn er schon überhaupt mit ihr reden musste, dann hätte er fragen sollen, ob sie miteinander geschlafen haben. Denn das interessiert ihn doch am meisten.

Also macht er das jetzt.

Er holt Luft, blickt in Lenas baltische Augen und fragt: »Aber du trinkst noch ein Glas, oder?«

THE BEST OF HELSINKI

Auf der Straße rieselt der Schnee, und das Helsinki ist halb leer. Lena täuscht schon wieder Arbeit vor und sieht aus dem Fenster. Ole poliert die Bar trocken, dann setzt er sich hin, steckt sich eine an und widmet sich seinem Lieblingsspiel: The Best of Helsinki. Würde er eine Platte über das Helsinki machen, dann wären diese Songs darauf:

01. TOM

Tom hat schon immer Radio-DJ werden wollen und ist auch einer geworden. Aber er lebte immer mehr am Geschmack seiner Hörer vorbei, also wurden seine Sendungen vom Nachmittag auf den Abend verschoben, vom Abend auf Mitternacht und von Mitternacht auf halb drei morgens. Dann sagte man, die von ihm aufgelegten Bands würde keiner verstehen, und warf ihn komplett raus. Nun bespricht er Musik wenigstens im Web und manchmal in der Zeitung. Er ist Weltmeister im Downloaden, falls eine solche Disziplin existiert.

»Mich macht das total fertig. Manchmal wach ich morgens auf und zittere am ganzen Körper«, sagt Tom.

Nicht, weil er etwas Illegales macht und eines Tages von den Bullen abgeführt werden könnte, sondern wegen der

Unmengen an Musik, wegen der Flut von Musik aus dem Netz, die schon seine ganze Festplatte überschwemmt hat. Dann noch eine zweite. Und schließlich eine dritte.

»Der aktuelle Stand ist Minus eintausenddreiundfünfzig. So viele Platten stehen noch aus, so viele Platten muss ich noch hören.« Das sagte Tom gestern zu Ole und sah deprimiert drein.

»Die wirst du nie hören.«

»Doch, doch, das werde ich, ich muss mir nur die Zeit besser einteilen.«

»Eintausend Platten sind eintausend Stunden, Mann.«

»Ein gutes Zeitmanagement hilft. Man muss nicht sieben Stunden schlafen. Drei sind genug.«

Musik ist Toms Ein und Alles. Er bringt Ole immer wieder selbst gebrannte CDs mit, weil er weiß, dass Ole mal eine Band hatte. Noch bevor Tom auf die Idee gekommen war, DJ zu werden, hatte auch er eine Band haben wollen, aber er konnte überhaupt kein Instrument spielen.

»Das hier musst du dir unbedingt anhören!«, sagt er mit strahlenden Augen, wenn er Ole eine neue CD reicht. »'ne echte Revolution. Alte Götzen vom Sockel gestürzt. 'ne irre Scheibe!«

Auf seinen Aufnahmen gluckert, zirpt und fiept es meistens.

»Ist das richtig so? Wirklich?«, fragt Ole jedes Mal.

»Goldrichtig! Man muss nach neuen Formen suchen, alles andere bringt nichts!«

02. RAMONE

Ramone hat sich in einer Band verhakt, die viel älter ist als er selbst, und sieht aus, als wäre er jederzeit bereit, dort einzusteigen. Er trägt eine enge schwarze Jeans und eine abgewetzte schwarze Zip-Lederjacke, sie hängt lässig über seine Schulter, denn anziehen tut er sie nie.

»Die Jacke ist mein Schutzschild«, sagt er.

Er hat sie sommers wie winters dabei, ähnlich wie Tom seine Sonnenbrille. Seine langen fettigen Haare wäscht er nur, wenn er zum Arzt geht, was allerdings gar nicht so selten vorkommt, weil Ramone alle Krankheiten der Welt entweder bereits gehabt hat oder bald haben wird.

»Schon wieder hab ich 'nen Knubbel am Hals, fass mal an«, sagt er zu Ole. Aber Ole will nirgendwo hinfassen, mein Gott, denkt er, ich bin doch kein Arzt. Schließlich streckt er sich doch über die Bar und fasst die Stelle an, wie immer.

»Dort ist nichts.«

»Doch. Der Knoten ist richtig angeschwollen. Das drückt bis ins Auge, kuck, wie es zuckt.«

Ole sieht nichts.

»Du bist verkatert, das ist alles.«

»Krebs. Alle Ramones hatten Krebs.«

»Ja, aber mit fünfzig. Und du bist nicht mal vierzig, Mann«, sagt Ole.

»Bei mir geht das schneller, mein Lieber. Ist einmal eine Krankheit in der Familie aufgetaucht, ist sie nicht zu stoppen.«

03. WASSERLEICHE

Ähnlich wie Ramone in Ramones, so hat sich wiederum Wasserleiche hier in der Stadt verhakt. Obwohl er immer nur davon redet, wo er hinmöchte, und deswegen ständig einen Miniatlas mit sich schleppt. Am meisten haben es ihm Chile, Tokio oder Lappland angetan.

»Mein Urgroßvater war ein preußischer Fürst. Er hat die ganze Welt bereist und in jedem Land einer hübschen jungen Frau ein Kind gemacht, und ich finde, ich müsste mal langsam all die Verwandten besuchen. Eine Familie soll zusammenhalten.«

Die Augen von Wasserleiche treten immer stärker hervor. »Vielleicht hast du was mit der Schilddrüse?«, hat ihn Ramone einmal gefragt. »Wir sind doch alle Generation Tschernobyl.« Aber Ole liest in seinen Augen etwas anderes. Sie verraten ihm jedes Mal sofort, wie viel Bier Wasserleiche schon intus hat, weil sie seinen Alkoholpegel spiegeln. Der steigt allmählich bis zur Höchstmarke, dann sackt Wasserleiche in einer Ecke zusammen und schläft eine Runde. Nach dem Aufwachen pöbelt er die ganze Welt an, die wüstesten Beschimpfungen kriegt Ole ab.

»Hey, du Kuli«, kreischt er. »Ich bin ein Fürst, und was bist du? In dieser Spelunke siehst du mich nie wieder, ich lasse mich von dir nicht abzocken. Hoffentlich macht man den Pennerladen bald dicht! Auf Nimmerwiedersehen! Ich gehe, die Welt ruft mich.«

Danach beschimpft er noch die anwesenden Frauen als hormonpräparierte Puten und ausgedörrte Albtraumtussen, dann knallt er die Tür zu und verschwindet.

Wenn er am nächsten Tag wieder auftaucht, wirkt er ganz klein und schüchtern, obwohl er fast zwei Meter groß ist und mit seiner Donnerstimme ein Flutwasser verscheuchen könnte.

»Ole, hab ich gestern schon wieder jemanden beleidigt?«
»Da kannst du Gift drauf nehmen.«
»Dich auch?«
»Wie immer.«

Daraufhin dreht Wasserleiche jedes Mal eine Runde durchs

Helsinki und bittet jeden persönlich um Verzeihung. Da macht sich aber schon allmählich in seinen Augen das erste Bier bemerkbar.

04. CANTONA

Fußball ist für ihn alles. Darin hat er seine Wohnung und seine Ehe versenkt. Manchmal überredet er Frank zu einem Spiel, das er jedes Mal gewinnt, weil Frank nicht mehr so gut ist im Tischfußball. Insbesondere, seitdem er nicht mehr schlafen kann, seit er so langsam geworden ist. Es ist übrigens Cantona gewesen, der Ole gebeten hatte, ein Schild *Kinderwagen verboten* an die Tür des Helsinki zu hängen, weil sie ihn an seine kaputte Ehe und seine drei Kinder erinnerten.

»Alles Böse geht von den Kinderwagen aus«, sagt er.

05. SELBST-IST-DER-MANN

Selbst-ist-der-Mann hat alles selbst gebaut: sein Fahrrad, sein Auto, seine Waschmaschine und auch die Möbel. Böse Zungen behaupten, er hätte sich auch die Gattin selbst zusammengebosselt. Vielleicht läuft die Beziehung gerade deswegen so gut, und den anderen bleibt nichts anderes übrig als stiller Neid.

»Was man nicht selber macht, das hat man nicht«, sagt er immer wieder.

Berühmt ist Selbst-ist-der-Mann durch die Hausschlachtung geworden, die in einem Plattenbau in seiner Drei-Zimmer-Wohnung stattfand.

»Wenn du Fleisch essen willst, musst du Tiere töten können«, sagte er zu Ole.

Er beschloss, ein Schwein im Badezimmer zu schlachten, und lud das ganze Helsinki zur Matinee mit Eisbeinsülze, Blutwurst und Meerrettich ein. Als Lena und Ulrike im weiß gekachelten Badezimmer das kleine süße Schweinchen sahen, kreischten sie los. Selbst-ist-der-Mann kriegte einen Schrecken, und statt dem Ferkel auf den Kopf schlug er auf die Badewannenkante. Er haute sie regelrecht entzwei. Seine Frau schrie: »Ich hab's dir doch gesagt! Da siehst du! Ein Idiot ist immer ein Idiot!«

Das aufgeschreckte Tier galoppierte durch die Wohnung, fand ins Treppenhaus hinein und raste die Treppe herunter bis auf die Straße, wo es zwischen Autos, Fahrrädern und Straßenbahnen Slalom lief. Selbst-ist-der-Mann, Ole, Ramone und die anderen rannten ihm hinterher, aber auf der großen Kreuzung bog das Ferkel zur Autobahnbaustelle ab, rannte in den Tunnel hinein und ward seitdem nie wieder gesehen.

06. CINDY

Eine schöne und quirlige schwarzhaarige Frau mit Bürstenschnitt, die lauthals über alles schimpft, was ihr gegen den Strich geht. Sie war eine studierte Politologin, schrieb Gedichte und beschloss eines Tages in einem Anfall von tiefer seelischer Verzweiflung, die sie als Abenteuerlust maskierte, Männer in der gesamten Europäischen Union zu testen. Dabei nahm sie sich auch die allerkleinsten Länder vor, von deren Existenz keiner eine Ahnung hatte. Dank ihres leidenschaftlichen Feldforschungseinsatzes weiß Cindy zum Beispiel, dass Slowenien und Slowakei nicht ein und dasselbe Land sind. Als Einzige aus Oles Freundeskreis ist sie sogar im echten Helsinki gewesen, wo sie nach einer misslungenen Party am Hauptbahnhof landete. Draußen fror es, dass es nur so knackte, und sie wartete betrunken auf den ersten Bus zum Flughafen, um dort auf der Toilette festzustellen, dass sie in der Wohnung eines finnischen Black-Metal-Fans ihren Slip hatte liegen lassen.

»Nach jedem Scheitern lösche ich im Handy den Namen von dem Typen. Und schreibe stattdessen sein Geburtsdatum rein. Dadurch löse ich mich von ihm.« Einmal zeigte Cindy Ole ihr Handy und blätterte durch die Einträge.

»Du hast doch keine einzige Telefonnummer drin!«

»Alle EU-Männer sind Nieten. Die sind so was von verkorkst.«

Jetzt lebt Cindy glücklich mit einem Türken zusammen. Er hat einen stechenden Blick, eine große Nase und eine Imbissbude am Theater.

»Hoffentlich tritt die Türkei nie der EU bei. Das wäre das Ende für die türkischen Männer. Die Union macht Beziehungen kaputt, so sehe ich das, sie stellt alles auf den Kopf. Europäische Männer sind verwöhnte Mamasöhnchen, der Teufel soll sie holen. Aber mein Cem, der ist noch ein echter Kerl, und er zeigt mir jeden Tag, was Liebe heißt.«

»Hat er dir neulich nicht eine geknallt?«

»Das war aus Liebe.«

»Ach so. Ich dachte, du warst mal Feministin.«

»Feminismus ist der größte Irrtum Europas. Ich bin die erste europäische Antifeministin. Ich will, dass der Mann mich liebt. Das ist alles.«

»Ich glaube, der größte Irrtum ist die Liebe. Sie geht immer schlecht aus.«

»Du musst einfach eine liebenswerte Antifeministin finden, und schon siehst du die Welt mit anderen Augen.«

Cindy winkt ab und steckt sich eine an. Sie ist eine heimliche Raucherin und schiebt sich auf dem Nachhauseweg gleich zwei Kaugummis in den Mund. Zu trinken bestellt sie nur Wodka, damit ihr Türke nichts riecht, er trinkt ja keinen Alkohol. Und sie lernt, türkische Gerichte zu kochen, weil sie ihm eine gute Frau sein will, denn er ist ihr ein guter Mann, und nur Männer wie er können heutzutage noch einer Frau zeigen, was wahre Liebe heißt.

07. GABI

Dann hätten wir noch Gabi. Sie ist kein Stammgast, sondern ein Teil der Mannschaft, weil sie in der Küche arbeitet. Um Gabis Hals verläuft ein langer roter Striemen, als hätte man ihr den Kopf abgetrennt und einen neuen draufgesetzt. Ole traute sich lange nicht, sie danach zu fragen.

»Mein Alter wollte mich erwürgen«, sagte sie unberührt und hackte weiter Würstchen und Fleischstücke für ihre Soljanka klein, diese arme Schwester von Borschtsch, mit der das junge Ostdeutschland nach dem Krieg aufgewachsen war. Und weil die Suppe aus Resten zubereitet wird, hat es mit dem Land nicht gut ausgehen können, denn, wie Frank behauptet, alles hängt mit allem zusammen.

»Er hat dazu ein Handtuch genommen«, fuhr Gabi fort, und Ole betrachtete ihre Hände mit dem Ehering, den sie nicht abnehmen konnte, auch wenn sie es wollte, weil er ihr ins Fleisch gewachsen war. Er sah zu, wie flink sie die Zwiebeln schnitt, der Geruch stieg ihr bis in die Augen, aber Gabi, die hat's nicht so mit Tränen.

»Er hat mich gewürgt, aber es hat nicht geklappt«, lachte

sie und warf alles in den Kochtopf, um eine Stunde später die beste Soljanka der Welt aus ihm zu schöpfen.

»Anschließend hat er sich zu Tode gesoffen.«

08. PRAGER

Oft schaut auch der pummelige Prager vorbei, der hier in der Gegend tschechisches Bier verkauft. Einmal ist er damit auch ins Helsinki gekommen. Ole wollte ihn gleich rausschmeißen, aber dann gab doch ein Wort das andere, weil das seltsam bittere Bier aus Pilsen stammte.

Schließlich kaufte er Prager sogar ein paar Kästen ab und kam mit ihm richtig ins Gespräch. Das war, kurz nachdem er beschlossen hatte, nie wieder eine Frau haben zu wollen. Und weil man niemals nie sagen sollte, wollte er sich absichern und bot Prager ein Zimmer zur Untermiete an. Und nur aus dem Grund hält er Prager noch heute in seiner Wohnung aus: als eine Art Absicherung gegen all die hübschen und durchsichtigen Frauen, die sonst eines schönen Tages bei ihm einziehen und ihm das Leben umorganisieren würden. Nein, danke, auf keinen Fall.

Manchmal gehen sie nach Feierabend gemeinsam durch die müde und steif gewordene Stadt nach Hause. Prager hebt seine kurzen Beine kaum hoch, er schleift die Füße hinterher und kehrt mit ihnen Müllreste, Steinchen und Erinnerungen vom Kopfsteinpflaster weg, als möchte er am liebsten stehen bleiben. Seine Gedanken kreisen pausenlos um seine kaputten Beziehungen und die beiden kleinen Söhne, die von einem anderen Mann großgezogen werden.

»Ich möchte bloß wissen, was ich falsch gemacht habe.«
»Vielleicht gar nichts.«

»Aber warum geht bei mir alles immer den Bach runter?«

Ole zuckt mit den Schultern, raucht und steckt abwechselnd die eine oder andere Hand in die Hosentasche. Er friert.

Sie gehen an schlafenden Neubauten vorbei. Alle Klingelschilder sind frisch mit Farbe besprüht. Prager redet und redet, als wäre in ihm ein Damm gebrochen. Vielleicht ist das pausenlose Reden eine tschechische Krankheit, so ähnlich wie die Liebe zum eigenen Auto in Deutschland. Ole hört nicht richtig zu und überlegt, ob er ihm vielleicht doch kündigen, Einsamkeit riskieren und das freie Zimmer zum Fitnessraum umfunktionieren sollte. Vielleicht wäre es nicht verkehrt, endlich mal selber was zu tun.

Prager fragt nach Oles Jugend. Wie es gewesen ist, ein Punk zu sein. Wie es ist, ein ehemaliger Punk zu sein. Ole erwidert jedes Mal etwas.

Sie gehen an einer Buchhandlung vorbei, im Schaufenster stehen Kochbücher. Prager sammelt sie und liest ihm häufig daraus vor.

»Das A und O von einem guten Essen sind gute Rohstoffe, die man möglichst wenig bearbeiten sollte. Dasselbe gilt vermutlich auch für Beziehungen. Aber gute Rohstoffe gibt es kaum noch«, sagt Prager später in der Küche über einer Flasche Bier, während er eine Fleischdose aufmacht.

Dann gibt es noch Torsten und Frank. Und auch Lena und Ulrike und ein paar ihrer Freundinnen, die ständig über alles und nichts diskutieren. Sie reden über Kunst, über Träume und über die Flucht vor der Leere. Und Ole weiß, dass all diese Mädchen im Gegensatz zur Wasserleiche eines Tages auch wirklich den Anker lichten werden.

Jedes Lied sollte ungefähr zweieinhalb Minuten dauern. Auf jeden Fall nicht länger als drei.

FRIEDENSNOBELPREIS

Mit zwanzig fing für Ole der Tag mit Masturbieren und einer Zigarette an. Mit dreißig kam noch ein Kaffee dazu, drei Jahre später ein Schnaps. Mit fünfunddreißig lebte er mit Marta zusammen und stand morgens einfach nur auf.

Sie war gleich nach einer Woche zu ihm gezogen und hat ihm eingetrichtert, dass er am Ende ist. »Ich weiß, was gut für dich ist«, sagte sie immer. Er fühlte sich zwar gar nicht schlecht, aber er glaubte ihr und sagte sich vom Fleisch und Alkohol los, er fasste sich nicht mehr an, ging weder ins Konzert noch ins Kino und las keine Romane mehr. Dafür brachte sie ihm die fünf Tibeter bei, die sie jeden Morgen gemeinsam bei geöffnetem Fenster übten. Sie wollte, dass er im Helsinki das erste vegane nepalesisch-tibetische Restaurant der Stadt aufmachte und in seinem Geheimkino einen Meditationsraum einrichtete, in dem Marta ihre Seancen anleiten würde. Außerdem verlangte sie, dass er mit seinen Freunden Schluss machte und ausschließlich mit ihr lebte. Nur Sex war noch erlaubt. Auf den fuhr sie ab wie keine andere.

Ole verstand nur Bahnhof, aber Martas beruhigende Stimme lullte ihn ein. »Ich weiß, was gut für dich ist.« Ole stand kurz davor, das Helsinki in Om umzubenennen und dort ein Nikotin- und Alkoholverbot zu verhängen, und Marta hatte wiederum fest vor, Oles Wohnung von vorn bis hinten umzubauen. Immer häufiger dachte Ole darüber nach,

Marta fünf Kinder anzumeditieren, und schon bald sollten sie in die Berge fahren, wo sie unter der Anleitung eines Gurus während einer Lianenzeremonie die Vision des eigenen Todes oder der eigenen Geburt erleben wollten. Genau in dem Moment tauchte Frank auf.

Er war für ein paar Wochen aus der Stadt verschwunden, um im Thüringer Wald die Pilze zu checken, und kehrte im richtigen Augenblick zurück.

Frank und Ole zündeten sich einen Joint an, und plötzlich sah Ole die Welt in ihren gewohnten, klar verdreckten Farben aufleuchten. Er fühlte wieder die Anziehungskraft von Nikotin, Kaffee und Bier, riss schwungvoll die Fenster auf, um frische Luft hineinzulassen, packte Martas sieben Sachen zusammen, steckte sich eine an und kehrte zur Normalität zurück. Zum Fleisch, zur Musik, zu Büchern, Filmen und Frauen. Ins Helsinki.

Marta landete bei Frank, weil sie sich von ihm hat trösten lassen. Rasch wickelte sie ihn um den kleinen Finger, ähnlich, wie sie es vor gar nicht so langer Zeit bei Ole gemacht hatte. »Ich weiß, was gut für dich ist.« Bald fuhren die beiden ins Erzgebirge zu einer Meditationsseance, während der ein Sud aus brasilianischer Todesliane herumgereicht wurde, der ein ewiges Zusammenleben versprach.

»Ich habe meinen Tod erlebt und Marta ihre Geburt«, erzählte Frank später. Seitdem konnte Frank keinen Schlaf mehr finden und lief wankend in der Stadt umher. Martas Schlafkapazitäten stiegen dafür an. Fortan lebte jeder für sich allein.

Das passierte zu jener Zeit, in der alles neu betoniert, umgebaut und beschleunigt wurde. Alles wuchs in die Höhe und in die Breite, lediglich Frank sorgte für Ausgleich, denn er behielt seine Größe und wurde langsamer, weil alles mit allem zusammenhing.

Wenn Ole daran denkt, dass ihn Franks Schicksal hätte treffen können, fühlt er sich für die unerwartete Rettung seinem Freund zu ewigem Dank verpflichtet.

So kann er in Ruhe sein Leben leben und jeden Tag mit einer Tablette gegen den Tod anfangen.

»Dem Erfinder von Brufen müsste man den Nobel-Friedenspreis verleihen«, sagt er zu Frank, der sich in diesem Moment an die Bar lehnt, vor sich einen Kaffee stehen hat und erschreckend lange gähnt.

»Stimmt. Wusstest du, dass Stalin und Hitler pausenlos über Kopfschmerzen klagten?«

»Nein, das wusste ich nicht«, antwortet Ole, und die Erde unter dem Helsinki erzittert. Irgendwo unten wurde schon wieder ein Stück Felsen gesprengt.

»Hätte man ihnen schon damals Brufen verschreiben können, hätten sie womöglich eher Eisenbahn als Soldaten zum Spielen genommen. Es hätte keinen Krieg gegeben, keinen Gulag, keine KZs, und Deutschland wäre nicht geteilt worden.«

»Die Frage ist bloß, was wir stattdessen gehabt hätten«, wendet Ole ein.

»Vielleicht einen anderen Hitler.«

»Das wäre nicht gerade eine große Hilfe gewesen.«

»In jedem von uns schläft ein kleiner Hitler, da bin ich mir sicher.«

»Und deswegen schläfst du nicht, ja?«

»Einer muss die Geschichte retten.«

»Aber wer soll dich denn retten, Mann…«

»Ich bin okay. Ich schlafe ein, wenn ich gestorben bin.«

Frank blinzelt durch die geschwollenen Schlitze, hinter denen man seine Augen kaum erahnen kann. »Das geht immer weiter, es rollt weiter«, fährt er fort und gähnt schon wieder. »Verfickte Lianen«, sagt er noch und zahlt. Draußen vor dem Helsinki bleibt er lange auf dem Gehsteig stehen und starrt nach oben, als würde er hoffen, dass etwas vom Himmel fällt und ihm weiterhilft. Aber nur Schneeflocken rieseln herunter.

TOTE VÖGEL

Mit einer Zigarette in der Hand lief Ole die Straße entlang, bis er die toten Tauben sah. Unter dem Fenster der Alten. Es waren keine zwei oder drei. Eine ganze Formation lag dort vergiftet auf dem Rücken oder auf der Seite, den Kopf nach oben verrenkt, mit offenen Augen und leerem Blick.

Die Alte war nicht im Fenster. Zum ersten Mal, seit Ole sich erinnern konnte, war ihr Fenster zu und die Gardinen auch. Er klopfte. Nichts. Dann stellte er sich auf die Zehenspitzen und streckte sich ans Fenster. Nur das leuchtende Auge eines Fernsehers war zu sehen, mehr nicht.

Er griff nach seinem Handy. Steckte sich eine an. Starrte auf die nassen grauen Flügel der Tauben, zwischen denen eine frischgebackene Mama mit ihrem frischgebackenen Kinderwagen Slalom lief.

»Die übertragen nur Krankheiten«, sagte sie mit angewiderter Stimme.

Ein feiner Schnee rieselte herunter und bedeckte sanft die Tauben.

Zehn Minuten später kam Lena an. Sie stellte ihr Fahrrad an einen Baum und packte ihre Kamera aus. Die Bullen brauchten fünf Minuten länger. Lena fotografierte einen Vogelkadaver nach dem anderen, und plötzlich hörte Ole, wie sie die Nase hochzog und dann zu heulen anfing. Es schneite, in den Rohren über ihren Köpfen rauschte das unterirdische

Wasser, und Ole nahm Lena in die Arme. Hauptsache, keine Gefühlsduselei!

Sie schmiegte sich an ihn. Aus ihren baltischen Augen flossen Tränen, und er streichelte ihr über die Haare. Während er sie streichelte, merkte er plötzlich, dass das Aneinanderschmiegen in ihm keine Ergriffenheit hervorrief, sondern eine ganz normale Erregung. Zum Glück wandte sich Lena in dem Moment ab, um weiterzufotografieren.

Ole fröstelte. Er steckte die Hände in die Taschen. Den Bullen gelang es inzwischen, die Wohnungstür aufzubrechen. Als sie wieder aus dem Haus kamen, sagten sie, sie hätten die Wohnung leer vorgefunden, und einer von ihnen fügte noch hinzu, in der Stadt sei es verboten, Tauben zu füttern, darüber gäbe es sogar eine entsprechende Verordnung.

In dem Augenblick sah Ole die alte Frau unter einem Baum auf der anderen Straßenseite stehen. Ob sie erst jetzt dahin kam oder schon die ganze Zeit dort gestanden hatte, das wusste er nicht. Sie trug ihren alten grünen Pullover, der viel größer ausfiel, als Ole es sich vorgestellt hatte. Er reichte ihr bis zu den Knien. Vielleicht war er im Laufe der Jahre ausgeleiert, vielleicht war sie im Laufe der Jahre geschrumpft. Sie war barfuß und starrte mit offenem Mund Ole, Lena, die Polizei und die Tauben an. Als Ole vor ihr stand, wurde ihm klar, dass sie nicht zu ihnen, sondern durch sie hindurchsah. Ihr Blick war irgendwohin in die Ferne gerichtet, wo Dinge passierten, die nur derjenige verstehen kann, der sich schon mit einem Bein dort befindet.

Dann kam der Arzt, man brachte die Alte zum Krankenwagen und fuhr sie weg. Zum Schluss hielt vorm Haus ein kleiner orangefarbener Wagen der Städtischen Müllabfuhr an, zwei Typen in orangefarbenen Westen kletterten heraus und zündeten sich eine Zigarette an. Dann holten sie ihre Besen und Schaufeln, kehrten die toten Tauben zusammen und warfen sie auf die Ladefläche zum anderen städtischen Müll.

    Auch das hat Lena fotografiert.

DIE FOTOS

*E*r machte zwei Tassen Kaffee fertig, schenkte in zwei kleine Gläser Wodka ein und brachte alles auf den Fenstertisch. Zwischen die Kaffeetassen stellte er einen Aschenbecher. Ihre Kamera lag neben ihr auf dem Stuhl, genauso wie ihr Mantel. Lena trug einen roten Pullover mit Flitter. Glitzer-Retro. Sie steckte sich eine an, und Ole wusste immer noch nicht, ob sie mal miteinander geschlafen hatten oder nicht, und hoffte insgeheim, dass sie es vielleicht nicht gemacht hatten, denn wer weiß, was für Erinnerungen sie hätte daran haben können.

»Schon wieder glotzt du meinen Busen an.«

»Ich kuck mir nur deinen Disko-Pulli an. Außerdem kann ich kucken, wohin ich will, die Bar und die Augen gehören mir.«

»Aber der Busen gehört mir.«

Ach je, dachte Ole, warf eine Tablette rein und spülte sie mit Wodka herunter.

»Das solltest du nicht machen.«

»Was?«

»Es sei denn, du möchtest, dass die Bar bald jemand anders gehört.«

»Ich wusste ja gar nicht, dass du nicht nur Fotografin und Expertin für Maya-Mythologie bist, sondern dich auch noch in Medizin auskennst. Diese Pillen sind total harmlos. Placebo. Ich nenn sie Tabletten gegen den Tod.«

»Die brennen dir ein Loch in den Magen.«

Ole fiel ein, wie er neulich in der Apotheke gefragt hatte, ob man von den Tabletten abhängig werden kann.

»Seit wann nehmen Sie sie?«, fragte der Mann am Tresen, und Ole bekam es mit der Angst zu tun. Moment mal, dachte er, ich bin doch kein Junkie.

»Manchmal, wenn ich morgens nach dem Aufwachen Kopfschmerzen habe.«

»Man darf nie etwas zu lange einnehmen.«

Ole hatte sich damals bedankt und rasch den Laden verlassen. Und jetzt wartete er, dass die Tablette anschlug.

»Warum fotografierst du tote Vögel?«

»Einfach so. Ich friere Augenblicke ein.«

»Ich hab mir gleich gedacht, dass es sich um ein Kunstprojekt handelt.«

»Du hast auch 'ne Band gehabt.«

»Das stimmt. Aber das war kein Kunstprojekt. Das war eine Band, verstehst du? Ein Projekt heißt Kalkül. In dem Moment, wo aus Bands Projekte wurden und aus den Songs irgendwelche Tracks, in dem Moment habe ich begriffen, dass alles im Arsch war. Es hat uns damals gegeben, einfach so...«

»Und dann hat es euch nicht mehr gegeben...«

»Genau. Es hat uns gegeben, und dann hat es uns nicht mehr gegeben. Aber dazwischen war etwas. Und das war echt.«

»Ich denke trotzdem, dass du immer noch eine Band haben möchtest.«

»Ich bin zufrieden. Es ist vorbei.«

»Ich bin auch zufrieden.«

»Na, super. Dann sind wir beide glücklich und zufrieden.«

»Ja.«

Ole brachte ein neues Glas Wodka. Sie stießen an.

»Na dann: auf die Tauben.«

»Und auf die alte Frau.«

»Hast du sie gekannt?«

»Etwa wie dich.«

»Also gar nicht.«

»Wir haben uns immer wiedergesehen. Sie im Fenster, ich auf der Straße.«

Er schenkte noch einmal nach und blickte in ihre baltischen Augen, die vom Weinen leicht geschwollen waren. Sie fuhr mit der Hand durch ihre noch feuchten Haare.

»Auf deine Projekte.«

»Auf die Musikbands... Warum bist du dir so sicher, dass es bei mir anders läuft als bei euch damals, warum denkst du, dass es bei mir nicht echt ist? Ich habe nichts kalkuliert. Es hat mich einfach überkommen. Einmal habe ich im Treppenhaus eine tote Eule gefunden. Also hab ich sie fotografiert. Was ist so schlimm daran?«

Mein Gott, dachte Ole.

»Reg dich doch nicht immer so schnell auf, liebe Eule.«

»Ich reg mich doch nicht auf. Ich stell nur Fragen.«

»Du regst dich auf.«

»Dann provozier mich nicht.«

»Du könntest doch langsam alt genug sein, um zu wissen, dass man Augenblicke nicht einfrieren kann. Das sind keine Erdbeeren. Sag einfach, du fotografierst tote Vögel. Und Punkt. Nicht: Ich friere Augenblicke ein.«

»Oh, oh, der Herr ist ein Philosoph. Oder kommt es auch von der Tablette?«

»Nein.«

»Du hast gefragt, ich habe geantwortet. Es fasziniert mich. Das war's.«

»Trotzdem irgendwie bescheuert.«

»Vielleicht fotografiere ich sie deswegen, weil ich mich selbst nie sehen werde, wenn ich gestorben bin. Nach meinem Tod möchte ich als Vogel weiterleben. Meinetwegen auch als Eule, du kannst davon halten, was du magst, mir ist es egal.«

»Hör auf damit, du bist echt ein verlorener Fall. Wirklich.«

»Mir doch egal.«

»Du fotografierst die nur, weil du Rührung spüren willst.«

»Im Gegensatz zu dir.«

»Du bist zu romantisch für diese Welt.«

»Und du zu pragmatisch.«

»Reine Notwendigkeit. Man muss sich manchmal wie ein Arsch verhalten. Zu den anderen, aber auch zu sich selbst.«

»Ist das jetzt eine neoliberale fascho Haltung? Mein Leben als Kampf? Bist du nicht zufällig mal Punk gewesen?«

»Ich kämpfe nicht. Ich lebe vor mich hin, und gut ist.«

»Na, dann hab ich mir noch ein paar romantische Vorstellungen vom Leben aufbewahrt, was ist so schlimm daran? Wogegen du dir vom Leben nichts mehr versprichst.«

»Wie kommst du darauf?«

»Sieh dich doch an. Du lebst vor dich hin in einer versifften Bar, genau so hast du das selber gesagt. Allein nur mit deinen Tabletten und Erinnerungen.«

»Ich bin allein, weil ich allein sein will. Was geht dich das an, verdammt noch mal? Ich weiß schon, was ich will.«

»Und das ist was – außer Allein-sein-Wollen?«

»Du bist auch allein. Und vielleicht bleibst du es auch, wer weiß?«

»Leck mich.«

Lena stand abrupt auf.

»Lena...«

Aber da ist Lena schon wortlos rausgegangen.

In dem Moment schwebte Wasserleiche ins Helsinki herein. Ole zapfte ihm ein Bier und sah zu, wie Lena draußen ihr Fahrrad aufschloss und wegfuhr.

Wasserleiche trank einen Schluck und fragte, ob er Lena gestern zu doll geärgert hätte.

»Die ist ja gestern gar nicht da gewesen, Mann.«

»Echt nicht?«

»Echt nicht.«

»Oder hab ich was Blödes gesagt? Wenn ja, dann möchte ich mich entschuldigen.«

Ole schwieg und zapfte sich ein Schnittbier.

SEITENSPRÜNGE

Eigentlich weiß Ole gar nicht, warum er bei Connie fremdging. Heute kann er nicht einmal verstehen, warum er auch ihre Nachfolgerinnen betrogen hat. Es passierte halt. Vielleicht wegen der ganz kurzen Augenblicke, in denen er das Jetzt spürte, in denen er wusste, dass es ihn gab, dass er fühlte, dass er sich bewegte. Dieses Gefühl hatte ihm früher seine Band vermittelt.

Das Problem lag darin, dass Ole sich von Gefühlen ködern ließ, dass er sich immer wieder verliebte, während seine Freundinnen ihn oft nur als einen mal interessanteren, mal langweiligeren Zwischenstopp empfanden. Warum ging er also fremd? Vielleicht, weil er in dem Moment, wenn er die Frauen unter, über oder neben sich spürte, an nichts anderes denken musste. An nichts von dem, das sonst ohne Unterlass in seinem Kopf herumschwirrte. An keinen seiner Flops, die sich hinter ihm herzogen wie jene Furchen, welche die blaugrünen Augen bei ihm hinterlassen hatten. Genau die Augen, die ihn in letzter Zeit immer häufiger verfolgten. Sie rüttelten ihn aus dem Schlaf und verwickelten ihn in fieberhafte Träume. Augen so scharf wie Glassplitter, die er in sich trug.

Während das Fremdgehen für Ole einem Rettungsanker glich, fasste Torsten es als Sportdisziplin auf. Im Gegensatz zu Ole litt Torsten dabei nicht, weil er sich nie verliebte.

»Es ist das Natürlichste der Welt«, sagt Torsten, der nach

der neuesten verlorenen Schlacht mit Jule Zuflucht im Helsinki sucht.

»Aber ich will mich verlieben und mein ganzes Leben lang treu bleiben. Und ich finde es furchtbar, dass ich es nicht kann.«

»Wir sind alle Opfer der Evolution. Früher, ich meine sehr viel früher, da wurden die Leute höchstens fünfundvierzig, und dann war Ruhe im Karton. Das konnte man noch mit einer einzigen Frau aushalten, oder mit einem Mann. Jetzt lebt man bis siebzig, achtzig oder sogar bis neunzig, wenn man einen guten Arzt hat.«

»Ich habe für mich die perfekte Lösung gefunden.«

»Du meinst dein freiwilliges Zölibat?«

»Es läuft prima.«

»Kuck dir meinen Bruder an, was mit dem passiert ist, seit er auf Frauen pfeift. Er interessiert sich nur noch für seine Weltgeschichte oder fürs Kiffen, Pilze, Fußball und Alk. Totale Selbstdestruktion. Der ist krank, da braucht man nicht weiter darüber zu reden. An deiner Stelle wäre ich vorsichtig bei solchen Experimenten. Wer nicht fickt, wird doof im Kopf.«

»Keine Ahnung, was gefährlich ist. Beziehungen auszuprobieren, die nie aufgehen können, oder einfach, keine Beziehungen mehr zu haben.«

Am Anfang hatte Connie geschrien und aus dem Fenster springen wollen. Dann tolerierte sie Oles Eskapaden sogar eine Weile. Wahrscheinlich, um die Familie zu halten. Schließlich fand auch sie einen Typen, und eine Zeit lang lebten sie alle nebeneinander, und überraschenderweise wurde ihre Beziehung dadurch sogar besser. Sie konnten wieder miteinander reden, weil sich die Anspannung irgendwo anders entlud. Aber das Ende blieb doch nicht aus.

Ole fand keine gepackten Koffer vor der Tür. Sie warf sie

ihm auch nicht aus dem Fenster nach. Eines Tages kam Ole nach Hause, machte Licht an und stellte fest, dass die Wohnung leer stand. Im Wohnzimmer baumelte nur eine Glühbirne von der Decke, der Leuchter fehlte. Auch der Kühlschrank war weg, und auf dem Fußboden standen Oles Lieblingsdosen. Eier in Senfsauce, zu einer kunstvollen Pyramide aufgeschichtet.

Geblieben waren nur seine Gitarre und sein Verstärker, ein paar Platten und Kassetten, das Plakat von *Automat* an der Tür, Oles Bücher und Klamotten. Und ein Zettel von Connie, auf dem stand, sie sei zusammen mit der Kleinen ausgezogen.

EINE WIESE WIE DAS MEER

Die Augen, die sich schmerzhaft in ihn hineinbohrten, die Augen, die er hätte retten sollen, diese Augen hörten nicht einmal nach so vielen Jahren und nach so vielen anderen Frauen auf, ihn zu verfolgen.

Als man sie damals holen gekommen war, sagte sie kein einziges Wort. Kurz davor hatten sie noch rücklings im Heu gelegen. Frank schlief ein Stückchen weiter, und er war es auch, der als Erster durch eine Ritze sah, wie sie auf die Scheune zugingen. »Scheiße ... Die Bullen!«, zischte er.

Grüne Uniformen, kurze Maschinengewehre und flache Mützen marschierten durch das hochgewachsene Gras. Zu ihren Füßen sprangen angeleinte Spürhunde mit heraushängender Zunge. Die Wiese wogte wie das Meer. Sie waren binnen Sekunden da. Sie gingen auf Nummer sicher.

Das Scheunentor flog auf. Zwei Grenzer rannten hinein und schrien von unten etwas auf Tschechisch. Frank trat die Leiter herunter, und sie schrien noch mehr und richteten ihre Gewehre nach oben.

Sie warf Ole einen kurzen Blick zu, machte zwei Schritte auf ein kleines Fenster zu und sprang hinaus. Ole und Frank hinterher. Noch einmal sah sie Ole direkt an. Aber dann fiel Frank hin, und Ole versuchte, ihm auf die Beine zu helfen. Er wollte zu ihr, aber noch bevor sich Frank aufgerappelt hatte, standen die Grenzer schon im Halbkreis um sie herum. Sie schrien Frank und Ole an, warfen sie auf den Boden und verdrehten ihnen die Arme hinter dem Rücken.

Sie rannte währenddessen weg, sie rannte und drehte sich immer wieder nach ihm um. Er sah ihre Augen, obwohl sie sich immer weiter entfernte, er sah ihren langen dünnen Körper, ihre riesige bemalte Lederjacke. Er hörte, wie schnell ihr Atem ging. Der Wind war laut, aber er hörte es trotzdem. Sie atmete genauso schnell wie vorhin, als sie miteinander geschlafen hatten. Immer wieder drehte sie sich nach ihm um. Ihre Augen.

Dann sah er auf der Straße einen Lastwagen kommen, voll mit Holz beladen. Sie drehte sich noch einmal nach Ole um, ob er ihr folgte. Ob er ihr helfen würde. Die Bremsen quietschten. Dann wurde es still.

TAL DER HOHLKÖPFE
April

Helmut leierte in einem fort wir würden alle abkacken und das wäre richtig so, am besten macht man selber Schluss und wechselt in die andere Welt. Aber ich will nicht dass er Schluss macht, mich kotzt auch alles an, aber ich will dass er mich noch mehr und noch doller liebt.
Seine Band *Tschernobyl* probt andauernd bei ihm in der Hütte, die ja von den Deutschen geblieben ist, und Helmut hat kaum Zeit für mich.

In der Stadt kriegt man keine Luft. Der Himmel ist zu und es ist irre kalt und alle Leute sehen aus wie Gespenster. Wo bleibt der Frühling?

Bei der Kirche ist ein Teil von einem deutschen Haus eingestürzt also wird der Rest gesprengt. Muttis Typ meinte man würde es mit den anderen alten Häusern genauso machen, auch mit der Kirche, weil das alles deutsch ist. Später würde man dort sozialistische Plattenbauten errichten so wie die in denen auch wir wohnen. Von der ganzen Stadt soll nur das alte Rathaus mitten am Marktplatz bleiben, sagte er noch. Er muss es wissen weil er in der Stadtverwaltung arbeitet, wo er Stempel verteilt, er hat die Pläne also gesehen. Den Leuten hier macht es nichts aus weil sie sich über warmes Wasser und Zentralheizung freuen. Da wo unsere Plattenbauten stehen, dort hat es auch alte Häuser gegeben, die Oma war ja aus Adolfsdorf, wo sie wohnt, immer hierhergekommen für Strümpfe und Unterwäsche, als die Häuser noch gestanden hatten, das hat sie mir erzählt.

Helmut hat sich volllaufen lassen und dann bekifft ne deutsche Uniform angezogen. Mit der alten Pistole in der Hand, die er mal auf dem Dachboden gefunden hatte, lief er durchs Haus und schrie ›Heil Hitler!‹ und ballerte in den Wald hinein. Chaos und Typhus haben sich auf ihn geworfen weil sie Angst vor den Bullen hatten, die aber gar nicht gekommen sind. Vor allem aber haben sie sich mit Helmut geprügelt weil sie keine kahlrasierten Faschos mit Seitenscheitel sind sondern echte Punks.

Helmut sagte dass er auch Punk ist, aber Typhus meinte Helmut würde da was durcheinanderbringen. Ich weiß ja selbst wie Helmut immer wieder irgendwelchen Naziblödsinn labert von wegen Drittes Reich und Stalingrad, er mag ja auch Skinhead-Bands, allerdings unter uns gesagt hört auch Funus sie gerne, Funus, der vor keiner Droge der Welt Halt macht, auch ne Tollkirsche oder ein Stechapfel sind ihm recht.

Alle hatten blutige Nasen und stritten sich ob Skins und Punks überhaupt eine Clique bilden können, ich meine nicht, auch wenn sie den gleichen Feind haben und zwar gestriegelte Arschlöcher und Kommanschen, wie Chaos sagt. Der hat dann auch noch gesagt, wenn Helmut unbedingt ein Nazi sein will, dann macht er, Chaos, Schluss mit *Tschernobyl*, also hat ihm Helmut die Hand drauf gegeben, dass er mit dem Nazi-Gelaber aufhört und dass er die Lumpen, die er im Haus gefunden hatte, verbrennt, aber das glaube ich ihm nicht.

Schon wieder die Minna nicht da. Wenn da eine Krabbe im Bauch zappelt dann bring ich Helmut oder Typhus um, am besten gleich beide weil woher soll ich wissen von wem das Kind ist. Helmut weiß das über Typhus und mich, ich habe ihm erzählt, dass es Absicht war, weil er mich hat links liegen lassen. Typhus wäre wahrscheinlich besser für mich, den hätte ich nur für mich und müsste nicht ständig Nerven haben, dass er zu seiner Echse zurück

will. Er ist achtzehneinhalb und noch nicht beim Militär gewesen, weil er versucht den Idiotenpass zu kriegen aber Chaos sagt Pech gehabt sie würden alle gehen müssen, und er meint, ich hätte es gut als Frau.
Ja, da bin ich auch richtig dankbar für, so was kann nur ein beknackter Baumast wie Chaos sagen, als Frau hab ich's echt gut, jawoll.
Habe mir ausgemalt Helmut würde sich mit Typhus prügeln wollen wegen mir und wegen weil wir es miteinander getrieben haben und so, aber Fehlanzeige. Null Reaktion.

In den Bergen taut der Schnee, die Flüsse sind wild, eisekalt und randvoll mit Wasser gefüllt. Aus dem Küchenfenster hört man die Flüsse Staříč und Bělá dröhnen, wie sie den Winter ins Tal treiben, und manchmal denke ich sie könnten mich ruhig mitnehmen.
Auf Šerák nicht weit von der Wanderhütte hatte man einen erfrorenen Sommerfrischler gefunden, komplett von Füchsen abgenagt. Helmut hat es vom Förster, bei dem er im Wald ackert.
Helmut liebt mich wohl schon wieder oder was.
Ach ja. Ich geh lieber ins Bett.
Die Minna immer noch nicht da.

Doch kein Ableger am Start. Erleichterung. Echt. Die Schule nervt wie Sau. Lauter Schikane. Das geht mir so was auf den Sack. Mathe werde ich wohl nicht packen. Ansonsten nix los, mein Bauch tut weh wegen rosa Tante und mein Hals wegen Tschernobyl.

Der von Füchsen abgenagte Sommerfrischler ist unser Tschechoslowake gewesen, man hat ihn wegen der Füchse im Gesicht zuerst gar nicht wieder erkannt. Nachdem der Schnee verschwand, hat man im Gebüsch einen Rucksack mit Schmuggelware gefunden, mit dem er auf Šerák unterwegs war. So ein Mist, wer soll uns jetzt bloß Kassetten aus Polen bringen.

Zur Beerdigung von Tschechoslowake sind nicht besonders viele Leute gekommen, angesichts der Tatsache was er alles für die hiesige Bevölkerung gemacht hat waren die Besucherzahlen richtig ernüchternd, meinte Helmut, dabei ist er der letzte echte Sudeten-Schmuggler gewesen.
Ich konnte mich nicht beherrschen und hab Helmut gesagt dass ich ihn liebe und dass ich nicht will dass er stirbt. Danach herumgefummelt und *gut*.

Barrikaden der Neuen Front
Auf der Straße in der Stadt
Gegen Blödheit unterm Volk
Schwarz gesprüht steht an der Wand
Anarchie
Die Front ist unsichtbar
Der Feind ist klar
Das war die *HNF*: die beste Band der Welt.
Bruderherz behauptet die beste Band sind *Depeche Mode* und *Erasure* die auch auf Trójka gesendet werden. Aus ihm wird nicht nur ein Astronaut sondern auch ein Arschloch. Die Polen haben noch eine deutsche Punkband vorgestellt die hieß *Die Toten Hosen* oder ähnlich und ich war richtig hin und weg, so toll waren die. Helmut sagt *Die Toten Hosen* gibt es schon lange, die sind die größte deutsche Band auf der ganzen Welt weil vor ihnen hätte sich keine Rockband getraut auf Deutsch zu singen und dazu würde man den größten Mut der Welt brauchen.

Hab Oma besucht und hab sie bekniet und bezirzt und angebettelt, dass sie doch bitte bitte an ihre beste Freundin nach Nürnberg

schreibt dass die mir eine Platte schickt und ich hab Oma einen Zettel mit *Die Toten Hosen* drauf gegeben.
Oma hat versprochen es zu machen obwohl sie den Titel abschreckend fand aber sie hört ja sowieso nur böhmische Blasmusik oder Schrummschrumm auf der Kurpromenade, wobei sie zum xten Mal über den zerlesenen Heimatromanen schnieft, die sie von ihren ehemaligen Mitschülerinnen und Freundinnen geschickt bekommt, die in ihren Briefen vor Sehnsucht nach ihrer Geburtsstadt vergehen. Oma hat halt Schwein gehabt dass ihr Vater deutscher Kommunist gewesen war, der sogar im Knast gesessen hatte, und Opas Vater wiederum ein heimlicher Sozialdemokrat, also wurden ihre Familien nicht vertrieben. Oma hat einmal zu Mutti gesagt das wäre wohl eher zur Strafe als zur Belohnung gemeint, den Krieg hätten ja die gewonnen, die gegangen sind, und nicht die, die geblieben sind oder sogar später hierhergeschickt wurden aus der ganzen Welt, auch aus Rumänien, aus der Ukraine oder aus Griechenland.
Oma war lieb also hab ich diesmal ihre Geldbörse in ihrer Tasche gelassen und hab sie auch nicht angepumt weil ich mich einfach nur gefreut hab. Es kotzt mich nur an, dass ihre Mitschülerinnen ihr treu geblieben sind, aber unsere echten West-Verwandten höchstens ihre bescheuerten Quelle-Kataloge rüberwachsen lassen. Die sind wohl der Meinung, dass hier die Deutschen schon krepiert sind.

Ein echt warmer Ostersonntag, fast schon Sommer also bald kann man die ersten Bierfässer rausstellen und Würstchen braten und überhaupt: alles bombig! Endlich! Auf dem Platz vorm Hotel *Slovan* war es voll von den griechischen Travoltas die hier seit dem Krieg wohnen und die uns genauso blöd anglotzen wie das gestriegelte Volk, aber die Kurort-Gnädigsten sind total angetan von ihnen, weil die Jungs immer abends hinauf zum Hotel *Prießnitz* fahren und sie flachlegen. Das weiß hier jeder, außerdem hat Typhus, der dort arbeitet, mir die Hand drauf gegeben.

Heute Ostern und draußen wimmelte es nur vor Idioten mit ihrer Haselnussrute, also Barrikaden der Neuen Front auf dem Zimmer. Ich glotz aus dem Fenster und um zehn Uhr vormittags liegen schon drei Typen voll breit und vollbekotzt auf der Straße. Ich mach nur auf wenn Helmut kommt, von dem würde ich mir vielleicht gleich zweimal den Hintern versohlen lassen.
Er ist nicht gekommen.
Das Arsch pfeift auf mich also ich auf ihn auch.

In Staatskunde war ich dran mit einem Bericht über die Tagesaktualitäten und hab gesagt, dass ich es gut finde, dass es in unserem Land genug Schweine gibt, weil das wurde im Fernsehen in der *Agrarwoche* gesendet. Alle haben total gelacht, aber die blöde Tusse von Lehrerin wollte eine politische Aktualität hören und fragte ob ich weiß was Gorbatschow den Amis ausrichten ließ, und das wusste ich nicht, woher auch, und sie ist richtig sauer geworden, also habe ich sie gefragt, ob es stimmt dass wir hier wegen Tschernobyl alle abkratzen müssen, wie meine Ärztin gesagt hätte, da hat sie sich gleich den Namen notiert, also tschuldigung liebe Frau Doktor im Voraus für das Missgeschick.
Nach der Schule bin ich zu Helmut in seine Hütte weil ich es nicht ausgehalten habe und ihn haben wollte und er wollte auch. Uff. Also lieben wir uns wohl wieder.

Typhus, der so heißt weil er schon als Kleinkind alle Krankheiten der Welt ausprobiert hatte, hat sich volllaufen lassen und mit Helmut um ein Bier gewettet, dass er sich eine Sicherheitsnadel durch die Wange rammt. Er riss das Maul auf und rammte das Ding durch und schloss es zu, weil er es besser findet, dort eine Sicherheitsnadel zu tragen als zum Beispiel im Ohr so wie ich. Jemand holte ein paar Braune zur Desinfektion, weil ihm das Blut aus der Wange floss und auf den Tisch tropfte.

Ich bin ziemlich spät nach Hause gekommen, noch dazu angesäuselt, also hagelte es schon wieder Ermahnungen Drohungen und Verbote und Mutti musste Schnaps trinken. Aber wie ich allein nach Hause gegangen bin, da habe ich das große schwarze Tier gesehen, wie es an einer Hausecke leckte und mich beobachtete, und auf einmal fiel mir auf, dass nicht sein Kopf golden ist sondern seine Augen, mit denen es die Häuser anstrahlte und mich auch. Seine Haut und seine schmalen weißen Zähne glänzten und sein langer Schwanz streichelte den Boden hinter ihm glatt.
Es hat auf mich gewartet. Das war klar. Aber ich weiß nicht warum. Wir haben uns lange angekuckt und ich machte mich auf zu ihm, aber dann ist von irgendwoher ein Auto aufgetaucht und das Tier ist Richtung Schule losgerannt, und als ich bei der Schule angekommen bin, da war es schon weg.

In Mathe drangekommen. Ne satte Fünf.

Mutti hat die Nachbarin besoffen vor der Tür liegend gefunden. Und genau in dem Moment fiel der Strom aus, also haben Mutti und ich sie mit Taschenlampe in der Hand in ihre Wohnung gezogen, wo es ganz seltsam schwer gestunken hat. Wir haben sie aufs Sofa gehievt und da war sie auch zu sich gekommen und hat Panik gekriegt, dass wir sie holen wollten, dass wir der Tod waren, also sind wir lieber gegangen und haben sie in der Dunkelheit zurückgelassen.

Typhus getroffen. Die Sicherheitsnadel hat er nicht mehr im Gesicht sondern zurück im Ohr weil sie beim Essen störte. Aber das Loch ist geblieben.

Morgen Subbotnik also Freitagabend fürn Scheiß. Muttis Typ hat auch schlechte Laune, andererseits freut er sich aber, weil noch vor

einem Jahr hätte es doppelt so viele Subbotniks gegeben, weil es nach Ukas vom Kreissekretär Mamula gegangen war, der bei uns im Kurort regelmäßig seine Leber und Depressionen wegen zu viel Saufen kurierte, aber Pustekuchen, im letzten Jahr hat er sich doch zu Tode gesoffen und seitdem haben wir Ruhe von ihm und es gibt nur noch zwei Subbotniks wie überall in der Republik auch.
Typhus ist der Beste, er hat eine Gasmaskentasche für mich besorgt und sie gegen eine Schachtel Start getauscht, für die ich mir aus Muttis Börse Geld leihen musste. Abends habe ich mit rotem Filzstift in der Hand überlegt, was als Erstes auf die Tasche kommt und auf welche Stelle, das war gar nicht einfach, weil auf so eine Tasche passen viele Bands und viele Sprüche und die erste Aufschrift ist daher die wichtigste. Am Ende habe ich geschrieben *SEX PISTOLS* und dann noch *FUCK OFF* und auch noch *HNF* und *Tschernobyl*.

Wehrübung für den Fall dass die Amis mit Atombomben nach uns schmeißen. Als uns im letzten Jahr die Russen mit Tschernobyl beworfen haben, da wurde nix im Voraus geübt und auch danach wurde nix gesagt, nicht mal als schon alle wussten dass die Kacke am Dampfen war. Fuck off. Ich habe gesagt dass ich mir keine Tüten über die Stiefel stülpen werde und jetzt droht mir die Lehrerin mit Verweis. Die kann mich echt mal.
Also sind alle in den Park los um Atomkrieg zu spielen und ich bin in der Schule geblieben und soll zur Strafe die Klasse wischen, obwohl man hier gestern gewischt hatte.

Tschernobyl haben gestern Abend und heute bei Helmut in der Hütte für ihr erstes Konzert geübt. Funus hat Toluen mitgebracht von wegen das müssten wir alle unbedingt probieren und hat jedem von uns was in eine Plastiktüte reingetropft zum Schnüffeln. Also hab ich dran gerochen und es war echt mordslustig, ich hab

Helmut den Flur vollgekotzt. Funus hat man sogar wiederbeleben müssen weil der wohl etwas zu viel von dem Zeug eingeatmet hat.

Nachts habe ich von dem schwarzen Tier geträumt. Es irrte bei uns im Plattenbau herum und suchte unsere Wohnungstür. Unter der Klingel stand kein Name, aber das Tier hat mich trotzdem gefunden. In dem Traum stand ich nur so im T-Shirt in der Tür und das Tier stand mir gegenüber.

Am Busbahnhof Helmuts miesepetrige Echse mit deren Krabbe getroffen. Die sieht wie er aus und war gar nicht miesepetrig drauf sondern lachte was das Zeug hielt. Ich will auch mal so ein Kind mit Helmut haben. Oder gleich fünf.
Mutti sagte ich würde schlafwandeln. Gestern Nacht als sie aufs Klo ging, hätte sie gesehen wie ich nur im T-Shirt in der offenen Haustür gestanden bin und in den Flur gestarrt hätte.
Schon wieder dolle Halsschmerzen also hab ich Mutti versprochen zum Röntgen zu gehen und mir von der Ärztin die Pillen verschreiben zu lassen.

Heute ist Donnerstag und die Hexentanznacht und ich hau ab zu Helmut in die Hütte, hab ne Pulle Rum mit, die ich im Keller hab mitgehen lassen. Beeilung ist angesagt, Fortsetzung morgen.

JESUS IM TOR, MADONNA STÜRMT

Die Tage fließen träge vor sich hin.

Im Helsinki geht die Tür auf und wieder zu, die Erde darunter dehnt sich und zittert. Keiner weiß, wann es angefangen hat. Die Gläser tanzen im Dreisekundentakt, und das Wasser in den Rohren rauscht. Ole hält Zölibat und weigert sich, mit Torsten über Weiber zu reden. An der Wand hinter der Bar taucht der nächste dünne Riss auf.

Über den Boulevard donnert eine Straßenbahn nach der anderen, und schwere Lastwagen transportieren abgebaute Erde, Sand und Steine an den Stadtrand. Dort entsteht ein Schlittenhügel, gleich neben einem anderen ähnlichen Hügel, der nach dem Krieg aus dem Schutt entstanden ist. Der neue wird größer, weil die unterirdische Autobahn sechs Spuren haben soll.

Ole blickt aus dem Fenster. Auf dem Fahrrad flitzt Lena vorbei, ihr Schal flattert im Wind hinterher. Bevor sich Ole versichert hat, dass sie es wirklich war, steht sie schon in ihrem blauen Wintermantel mit hochgeklapptem Kragen, in enger Jeans und abgetretenen schwarzen Stiefeln in der Tür. Als er zum zweiten Mal in ihre Richtung blickt, liegt ihr Mantel über dem Stuhl und Lena zündet sich eine Zigarette an, die sie wieder nur bis zur Hälfte aufrauchen wird.

»Aus unserer Stadt wird nicht nur ein Golfzentrum, sondern auch ein berühmter Skiort«, sagt Lena.

Bald ist Mittag, und Gabi möchte gerne heute die Tische mit Adventsschmuck dekorieren, sie hätte ganz kleine niedliche Adventskränze besorgt, sagt sie, aber Ole will das nicht. Das hier ist doch das Helsinki und keine bayerische Kirche. Dann denkt er aber noch einmal darüber nach und sagt, warum eigentlich nicht.

Die Tür geht auf, ein Hauch Winter leckt Ole kalt die Wange ab, und es ist klar, wer gekommen ist. Er hört, wie der Besucher direkt die Bar ansteuert. Seinen schwerfälligen Gang würde er auch als Blinder wiedererkennen. Ole fasst der Italienerin an die Taille. Sie hat die richtige Temperatur. Er füllt Kaffee in den Filter, schiebt ihn hinein, stellt zwei Tassen darunter und drückt auf den Knopf. Erst dann dreht er sich um.

»Hallo Frank.«

»Hallo Ole.«

»Wie sieht's aus?«

»Dezember.«

Ole macht Musik an. Als der Kaffee fertig ist, nimmt er beide Tassen und stellt sie auf den Tresen, eine vor sich, die andere vor Frank. Dazwischen schiebt er einen Aschenbecher. Es ist zwölf, die Erde unter ihren Füßen erzittert, und Gabi bringt Frank einen Teller Soljanka. Frank isst langsam, bei jedem Löffel pustet er kräftig, obwohl die Suppe so heiß gar nicht ist.

Während Ole in seinem Kaffee rührt, spürt er, dass heute bei Frank etwas nicht stimmt. Obwohl er die gleiche Jacke anhat wie immer, seine Jeans immer noch ein Loch am Knie haben und seine Geheimratsecken nicht kleiner geworden sind, hat sich etwas verändert. Auf einmal fällt Ole der große braune Koffer auf, den Frank auf den Hocker neben sich gestellt hat. Außerdem bemerkt er, dass Frank heute nicht verschlafen aussieht, sondern im Gegenteil munter, als hätte ihm etwas den Kick gegeben und ihn in diese Welt zurückbeordert. Auch das kein Sechser im Lotto, aber besser als nichts, das auf jeden Fall.

»Fährst du weg?«

»Ich komme gerade an.«

»Ach. Wirklich?«

»Bin fertig.«

»Das wissen wir schon lange, Frank.«

Ole fragt sich, ob der Sprung in Franks Schüssel womöglich noch größer geworden ist. Schon vor Jahren hat der Pilzkönig Frank angefangen, den Kontakt zur Realität einzubüßen. Auch wenn ihre Band wegen Malcolm aufgehört hat, hätte nicht viel gefehlt, und sie wäre am zügellosen Kiffen und an den vielen Pilztrips zerbrochen. Frank fing an, sich zu verheddern, eine Zeit lang beschäftigte sein Gesundheitszustand sogar fünf Ärzte gleichzeitig, aber er wurde nie wieder der alte. Bei einem krassen psychodelischen Ausflug kullerte er die Treppe hinunter und kam erst zwei Tage später im Krankenhaus zu sich. Dort hat man ihn schon abgeschrieben und gedacht, er würde nie wieder aufwachen. Aber Frank war Frank und wachte natürlich auf.

»Ich war da«, sagte er, als Ole ihn damals besuchte.

»Wo?«

»Am anderen Ufer. Die Ärzte sagen, ich war klinisch tot. Der Tunnel mit dem Licht am Ende, von dem immer gequasselt wird, den gibt es wirklich, durch den bin ich durch.«

»Hauptsache, du hast überlebt.«

»Aber eins sag ich dir. Elvis hab ich dort nicht gesehen. Und Sid und Nancy auch nicht. Keine Ahnung, wo die abgeblieben sind.«

Seitdem bewegte sich Frank noch langsamer, aber das war

noch lange nicht das Ende, das hat erst Marta und ihr bescheuertes Lianenexperiment herbeigerufen. Die Welt drehte sich, Frank trat auf der Stelle und fand keinen Schlaf. Heute aber steht er vor Ole, auf seiner Stirn prangt immer noch die Narbe von seinem Treppensturz, und strahlt.

Frank nimmt den Koffer und stellt ihn auf den Tisch.

»Die Geschichte der Welt. Sie ist komplett!«

»Wie?«

»Meine Weltgeschichte in Opas Koffer.«

»Frank, alles in Ordnung bei dir?«

»Besser war es noch nie.«

Frank öffnet den Koffer, und Ole sieht kleine Figuren darin liegen. Das Strahlen in Franks Augen wird intensiver. Ole staunt.

»Die Mühe hat sich gelohnt. Lust auf eine Runde?«

»Weiß ich nicht...«

»Nur ein Spielchen.«

Früher wurde im Helsinki viel gekickert. Eine Zeit lang hat es hier sogar drei Kicker gegeben, aber irgendwann fand Ole sie zu laut, und so ist nur der eine geblieben. Eher zur Erinnerung und als Deko. Jener Tischkicker, den sie einst im Proberaum von *Automat* stehen hatten.

»Hitler, Stalin, Churchill, Dracula, Nancy, Picasso, Ho Chi Minh, Luther, Leni Riefenstahl, Buddha, Mutter Theresa, Einstein, Che Guevara, Jeanne d'Arc, Mohammed, Marlene Dietrich, Newton, Goethe, Sid Vicious, Madonna, Nietzsche, Jesus. Und weißt du, warum? Weil alles mit allem zusammenhängt.«

Frank zieht mit leuchtenden Augen eine Figur nach der anderen hervor.

Er führt sie Ole und Gabi vor. Auch Lena, die mit Ulrike Frauenkram diskutiert, bekommt sie zu sehen, genauso wie die Rentnerin aus dem Plattenbau nebenan, die jede Woche auf dem Rückweg vom Friedhof auf einen Tee im Helsinki einkehrt, nachdem sie das Grab ihres Mannes, eines Armeeoffiziers, besucht hat.

Zweiundzwanzig Figuren insgesamt.

»Zwei Fußballmannschaften. Meine persönliche Auswahl. Diktatoren, Demokraten, Pop-Ikonen, Sportler, Kulturschaffende. Die Geschichte der Welt neu aufgemischt im Tischfußballformat. Du kannst einmal Hitler zusammen mit Luther aufstellen, Stalin mit Dracula oder Jesus mit Mutter Theresa. Das nächste Mal lässt du sie gegeneinanderspielen. Du hast die Wahl, du bestimmst die Mannschaft. Und trotzdem wirst du am Ende feststellen, dass...«

»... dass alles mit allem zusammenhängt«, fällt Ole Frank ins Wort.

»Genau! So ist es.«

Ole erinnert sich noch gut daran, dass Frank nach der Wende Geschichte studieren wollte. Aber dazu hätte er sein Abi nachmachen müssen, sie waren ja damals wegen ihres Ausflugs in die Tschechoslowakei von der Erweiterten Oberschule geflogen. Die Band ließ ihm dafür keine Zeit. Also reiste er wenigstens mit Geschichtsbüchern im Gepäck, in denen er Sätze über das zwanzigste Jahrhundert unterstrich, über jene Zeit der Melancholie, Grausamkeit und der tragikomischen Nacktheit, wie es Frank einmal formuliert hatte.

Jetzt strahlt er und erzählt, dass er sich die Figuren von einem Typen hat fräsen lassen, einem alten Arbeiter mit goldenen Händchen, der früher in einer Minenwerferfabrik angestellt war. Frank führt vor, wie einfach die Spieler draufzuschrauben sind, und er schildert die langen Abende, an denen er ihre Köpfe bemalte. Am schwierigsten wären die Haare gewesen, sagt er. Hitlers Seitenscheitel und Madonnas Locken, aber auch Ho Chi Minhs Bart.

»Das ist noch nicht alles.« Frank strahlt wie ein Honigkuchenpferd, schlürft an seinem Kaffee und packt zweiundzwanzig Schulhefte aus. Auf jedem steht der Name einer der Fußballfiguren. Er verteilt die Hefte an die anderen, sie halten sie ratlos in der Hand. Frank blättert in einem Heft.

»Da drin sind die kompletten Lebensläufe aller Figuren verzeichnet, pro Figur ein ganzes Heft. Ich habe viele interessante Dinge herausgefunden. Ob vielleicht einer von euch mal gehört hat, dass der rumänische Dampfer, der 1937 im Schwarzen Meer samt einer Riesenladung rumänischen Goldes verschwunden war, den Namen Dracula trug? Genauso wie das Hotel in Paris, in dem jedes Mal Pinochet übernachtete und wo alle Prostituierten aus Rumänien stammten? Oder wusstet ihr, dass man in Sids Bauch einen Vierteldollar gefunden hat? Dass in Brasilien kleine Jungen häufig Hitler genannt werden? Oder dass Newton unmöglich ein Apfel auf den Kopf fallen konnte, weil die Apfelbäume erst in Blüte standen? Hättest du das gewusst, Ole?«

»Nein.«

»Siehst du?«

»Ja.«

»Ab jetzt weißt du das. Ihr alle wisst das. Hier steht das schwarz auf weiß. Meine Weltgeschichte.«

»Deine Weltgeschichte«, wiederholt Ole.

»Du denkst, ich habe einen Knall, was?«

»Nein, ich finde das alles höchst interessant.« Ole versucht, ihn zu beruhigen, aber Frank wird auf einmal unsicher.

»Du kannst ruhig offen mit mir reden. Wir sind doch Freunde.«

»Vielleicht ein bisschen.«

»Meine Mutter denkt das auch.«

»Das ist schon okay«, sagt Lena.

»Wahrscheinlich hat keiner von uns in der Schule so richtig aufgepasst«, schließt sich Ulrike Lena an, und Frank beruhigt sich wieder.

»Es geht aber weiter. Ich werde für jede Figur eine eigene Mannschaft aufstellen. Zweiundzwanzig Fußballteams. Alle Lover und Gespielinnen von Marlene Dietrich, Hitlers Nazis, Stalins Kommunisten, Sids Punks. Auf der ganzen Welt werden Menschen mein Spiel spielen und sich dabei historische Fakten erzählen, weil wenn sich die Menschheit nicht für die Geschichte interessiert, wird sie von ihr überholt und blutig massakriert. Ich werde es mir patentieren lassen, und dann habe ich endlich Geld. Wie findet ihr das?«

»Ne prima Idee, Frank«, sagt Ole und denkt, dass für Frank wohl jede Hilfe zu spät kommt.

»Echt prima«, sagt Gabi.

»Ja, wirklich, richtig super«, nickt Lena.

»Und wer spielt jetzt mit?«

Keiner hat Lust, aber der beste Kumpel ist der beste Kumpel. Also stauben Frank und Ole gemeinsam den Kicker in der Ecke ab, teilen die Figuren untereinander auf und pfeifen die Geschichte der Welt an. Bei Ole steht Nietzsche im Tor, als Verteidiger hat er Einstein und Mutter Theresa aufgeschraubt, Newton, Sid und Madonna müssen als Stürmer herhalten. Franks Torwart ist Jesus, seine Abwehr Ho Chi Minh mit Dracula, und ganz vorne im Feld stehen Luther, Jeanne d'Arc und Stalin.

Sie legen los. Gabi, Ulrike und Lena spornen sie an. Bald kommen noch Wasserleiche, Cantona, Tom und Ramone dazu. Der kleine Ball prallt tobsüchtig von den hölzernen Spielfiguren und abgewetzten Wänden ab.

Frank strahlt und erzählt Geschichten aus der Weltgeschichte, hinter den Fenstern des Helsinki donnern alte tschechoslowakische Straßenbahnen, und Ole verliert ein Spiel nach dem anderen und wischt sich den Schweiß von der Stirn. Der ansonsten so lahme Frank ist auf einmal ganz schnell geworden, er ist richtig in Form.

Eins zu null.
Zwei zu null.
Drei zu null.
Zehn zu null.

Das kann doch nicht wahr sein, schießt es Ole durch den Kopf. Wo kommt diese Energie her, Frank bewegt sich doch sonst kaum, und ich bin früher total gut im Kickern gewesen, im Proberaum und auch unterwegs. Aber es ist wahr. Heute ist Frank schneller, präziser und stärker. Das letzte Tor schießt Jesus aus dem Mittelfeld, Nietzsche fängt den Ball nicht ab. Und auch Oles Gegenangriff ist eine Katastrophe.

»Für die Geschichte der Welt braucht man schon ein bisschen Training.« Frank strahlt alle mit der Selbstsicherheit des Siegers an, am strahlendsten aber lächelt er Lena an. Die bekommt es mit der Angst und weicht seinem Blick aus. Ole gibt Frank ein Bier aus, Frank trinkt das Glas in einem Zug und bestellt noch eins, Wasserleiche klopft ihm anerkennend auf die Schulter und spendiert ihm einen Schnaps. Dann bebt die Erde unter dem Helsinki, die Gläser im Regal tanzen miteinander, und Frank packt seinen Koffer.

»Wann gibt es Kino?«, fragt er.
»Vielleicht zu Weihnachten«, sagt Ole.
»Du sagst Bescheid?«
»Klar, mach ich.«
»Wenn wir uns nie wiedersehen sollten: es ist schön gewesen mit dir«, lächelt Frank ihn an und geht.

KINO

Der Zufall spielte Ole den Kinosaal zu, wie so vieles im Leben. Es passierte zu dem Zeitpunkt, als er gerade begriffen hatte, dass er in keiner anderen Band spielen und nie wieder einem neuen Frank oder einem neuen Malcolm begegnen würde. Damals beschloss er, stattdessen eine Bar zu eröffnen, auf solche Ideen kommen früher oder später alle, die sich früher selbst gerne in Bars herumgetrieben haben.

Ole sah sich ein paar Läden an und entschied sich für ein ehemaliges Bekleidungsgeschäft.

Vor dem Krieg hatte hier die alte Wiener Firma Karl Weisskopf ihren Luxussitz gehabt, Herrn Weisskopf gehörte damals das ganze Haus. Seine wunderschöne Frau war eine bekannte Schauspielerin, der Star des hiesigen Theaters. Kinder hatten sie keine, also pflegten sie einen regen Austausch mit den örtlichen Berühmtheiten, mit Schauspielern, Theater- und Filmregisseuren, Musikern und Schriftstellern. Das alles hat Ole mal von Frank gehört, der es irgendwo gelesen hatte.

Während des Krieges lösten sich die Weisskopfs in der wolkenverhangenen Stille über Polen auf, und aus ihrem Geschäft wurde die Zentrale des Winterhilfswerks des Deutschen Volkes für Soldaten, die zunächst an der Ost-, später auch an der West-, Nord- und Südfront kämpften. Das hat Frank herausgefunden. Nach dem Krieg wurde hier wieder ein Klamottenladen eröffnet, allerdings waren die Kleider nicht mehr so elegant und die Stoffe nicht mehr so fein wie einst bei Herrn Weisskopf. Berufsbekleidung wurde hier verkauft: für Köche, Handwerker, Waldarbeiter und Schlachter. Daran kann sich sogar Ole selbst erinnern.

Das Haus verfiel, und das Geschäft wurde geschlossen. Das alternde Mietshaus verwahrloste rasch. Aber Ole mochte den Blick auf den breiten Boulevard, über den in regelmäßigen Abständen Straßenbahnen kreuzten. Die Miete war fast für umsonst, wie überall zu der Zeit, als in einem Teil Europas Deutsche mit Deutschen zusammenwuchsen, während sich in einem anderen Serben, Kroaten und Kosovo-Albaner auseinanderdividierten, denn es hängt nicht nur alles mit allem zusammen, sondern die Welt hat auch aufs Gleichgewicht zu achten, so sagte es Frank zumindest.

Ole eröffnete seine Bar und nannte sie Helsinki. Nach jener Stadt, in der *Automat* den Höhepunkt ihrer Tournee erleben sollte, in der die Band jedoch nie angekommen ist. Ole war nun hier angekommen, und das war sein Helsinki.

Seine Vorstellungen von Finnland waren sehr nebulös, sie stammten aus ein paar langsamen Filmen, in denen kaum gesprochen wurde. Er kannte auch ein paar finnische Rockbands. Irgendwo hat er gehört, dass die Nordländer eine Vorliebe für Minimalismus haben, und entsprechend hat er seine Bar auch eingerichtet: Kaffee, Bier, Wein, Wodka, ein paar andere Schnäpse, ein bisschen alkoholfreies Zeug. Aus Wodka wird auch der einzige hiesige Cocktail zubereitet, Wodka gemixt mit Mineralwasser, ein altes finnisches Rezept.

Manchmal verirrt sich ein Finne, der aus Versehen in Oles Stadt geraten ist, in die Bar und fotografiert sie dann. Auf die Frage, warum seine Bar Helsinki heißt, antwortet Ole jedes Mal, dass er dort geboren wurde.

»Sind Sie ein Finne?«

»Ja. Aber ich kann kein Finnisch mehr.«

So richtig gelogen ist es nicht, denn das hier ist Oles Neuanfang gewesen. Ohne das Helsinki wäre er womöglich genauso komisch geworden wie Frank. Ist es denn so viel anders, ob man eine Sprache oder ein ganzes Leben vergisst? Oles Leben vor Helsinki spielte sich im Halbdunkel und im Dämmerlicht ab, inmitten von Staub und Rauchwolken, es war eher ein Abglanz als ein echtes Leben, es ist und es ist nicht gewesen, nur manchmal schrie es schmerzvoll aus dem Nebel heraus.

Die Bar lief schon ganz gut, als Gabi vorbeikam und fragte, ob Ole jemanden für die Küche brauchte. Er suchte niemanden, aber am nächsten Tag brachte sie ihre Soljanka mit. Er wollte sie nicht probieren, früher hat er sie jede Woche in der Schule, später manchmal zu Hause und oft in der Brauerei essen müssen. Aber dann kostete er doch. Sie schmeckte ausgezeichnet, fein und trotzdem gut gewürzt.

»Sogar unser Generalsekretär hat das Rezept haben wollen, als er sie im Zug nach Moskau gegessen hat. Aber ich habe es ihm nicht gegeben«, sagte Gabi. »Da war er stinkesauer. Aber bei Kochgeheimnissen ist es genauso wie bei Beichtgeheimnissen, oder? Er hätte mir auch nicht gesagt, ob die Russen bei uns Atomraketen stationiert haben oder nicht. Was ja der Fall war. Manchmal frage ich mich, ob die Mauer vielleicht doch nur deswegen gefallen ist, weil er mein Soljanka-Rezept nicht gekriegt hat. Also hab ich es richtig gemacht.«

Gabi ist nur ein kleines bisschen jünger als Oles Mama und hat früher im Mitropa-Speisewagen gearbeitet und ostdeutsche Touristen nach Bulgarien oder in die Tatra begleitet. Dort hat sie die besten Eieromeletts der Welt gelernt und auch ihre Soljanka, das Wunder aus Gemüse und übrig gebliebenen Braten- und Wurststückchen, das mit einer Scheibe

Zitrone und einem Tick sauerer Sahne serviert wird und zuverlässig jeden Kater verjagt. Genau an dieser Suppe gründete sich der kulinarische Ruhm des Helsinki.

Soljanka ist das Einzige auf der Welt, was Selbst-ist-der-Mann nicht selbst hinbekommt, weil er kein Händchen für Rezepte hat. Daher lässt er sich gerne die gelegentlichen Reparaturen mit Soljanka und Bier bezahlen. Als Ole nach ein paar Jahren beschlossen hat, neue Stromleitungen zu legen, klopfte Selbst-ist-der-Mann im Flur gegen die Wand und ein Ziegelstein fiel heraus. Er klopfte ein Stückchen weiter, und der nächste fiel heraus. Ganz langsam kam eine alte Tür zum Vorschein, hinter ihr ein zugemauerter Raum. Innen drin ein paar Tischchen, eine Couch, ein Filmprojektor, eine Leinwand und vor allem zahlreiche Schachteln mit Filmen. Auch eine kleine Hausbar gab es dort, die Cognakflaschen, die dort standen, waren siebzig Jahre alt.

Ole leuchtete mit einer Taschenlampe in dem verwunschenen Raum alle toten Ecken aus. Selbst-ist-der-Mann staubte den Projektor ab, brachte ein Kabel, baute kurzerhand die Leitung um und legte einen Film ein. Wer weiß, welche Leute hier zusammengekommen waren, in der Backstage des luxuriösen Modegeschäfts, um solche Filme zu kucken, wer weiß, welche Soirees sich hier abgespielt hatten. Wer weiß, warum Herr Weisskopf die Tür zumauern ließ, damit sein Geheimnis unsichtbar blieb.

Geheimnisvolles Burgverlies.
Winter auf der Berghütte.
Heißer Sommer in Afrika.
Schwarz.
Braun.
Leder.
So heißen die Filme. Und auch noch:

Drei Jungfrauen.
Abend im Mädcheninternat.
Das Schiff der Liebe.
Fräulein Rosa.
Es muss sich auf jeden Fall um ganz doll geheime und ganz doll wilde Soirees gehandelt haben.

Ole beschloss, sie fortzusetzen. Ab und an lud er Freunde ein und führte einige der Filme vor. Am Kino-Tag war das Helsinki zu. Und alle Stammgäste, die kamen, mussten Ole in die Hand versprechen, nirgendwo darüber zu erzählen, sonst würde es nie wieder Filme geben.

Manchmal legt Ole nur für sich selbst einen Stummfilm ein. Er fläzt sich in den Sessel, trinkt sein Schnittbier und raucht. Er sieht sich die unrasierten Schöße, die langen Schnurrbärte, die saugenden Münder und die strampelnden Gliedmaßen der alten Zeiten an, und denkt darüber nach, was aus all den Menschen geworden ist. Ob die Männer als Soldaten irgendwo in Weißrussland Dörfer niedergebrannt, gemordet und Frauen vergewaltigt haben. Oder ob ihre Nachbarn sie nicht mehr als Nachbarn haben wollten und sie sich genauso wie Herr Weisskopf mit seiner ganzen Familie irgendwo in der Luft über Ostpolen aufgelöst haben.

Von den Aufnahmen lässt sich schwer darauf schließen, ob die rammelnden Zauberkünstler später Nazis wurden oder deren Opfer. Oder etwas dazwischen. Ein Pornofilm hebt jede Grenze und jegliches Zeitgefühl auf, weil er für immer zeitlos bleibt.

Und was war aus den Frauen geworden? Aus den hübschen molligen Busenwundern, aus den Drachenweibern, vor denen die Männer auf die Knie fielen, wo sind die wohl abgeblieben?

Vielleicht sitzt Ole am liebsten in seinem Kino allein. Hier verfolgt ihn keiner, und keiner will was von ihm. Vielleicht ist Ole hier zu Hause. Hier in seinem Privatkino. Manchmal hört er etwas leise quietschen, als liefe jemand über zerbrochenes Glas. Aber wenn er sich umdreht, ist keiner da. Das gehört zu dieser Stadt und auch zu diesem Land. »Nach dem Holocaust sollten sich die Deutschen an Geister gewöhnen«, sagt Frank. »Die Geister bleiben.«

Wenn der Film zu Ende ist, bleiben auf der Leinwand zwei stechende blaugrüne Augen leuchten, die Augen, die ihm einst gesagt hatten, er sollte mitkommen, und die er im Stich gelassen hat. Es gab Zeiten, da haben sie sich nicht gemeldet. Sogar ein paar Jahre lang. Dann kamen sie aber wieder. Er hat versucht, sie durch Joggen loszuwerden, sie durch Kiffen, Saufen und Vögeln zu vertreiben. Aber sie kehrten immer wieder zurück. Auch wenn er sie nicht sah, war die Frau bei ihm. Das kleine tschechische Mädchen bestand einfach darauf, dass er bei ihr bleiben sollte. Er probierte es manchmal mit dem Echo und schrie betrunken ihren Namen vor sich hin. Aber der Name kam nicht zurück, die Wände haben ihn verschluckt. Und das hieß, dass das Mädchen immer noch da war.

GESCHLOSSEN

Den Typen hat er zunächst nicht einmal bemerkt. Er ist eines Tages genau zu der Zeit aufgetaucht, als manchmal Frank im Helsinki vorbeikam, kurz vor der Mittagsexplosion.

»Im Sommer Hitze, im Winter Frost. Furchtbar«, seufzte der Mann. »Wahrscheinlich haben Sie noch zu, was? Ich bekomme hier nichts, oder?«

»Was hätten Sie denn gerne?«

Während der Gast nachdachte, füllte Ole den Filter und rammte ihn der erhitzten Italienerin in den Mund.

»Vielleicht einen Kaffee.«

»Hab ich mir doch gedacht.«

»Ist das Ihre Bar?«

»Ja.«

»Warum Helsinki?«

»So viel Zeit haben wir heute nicht.«

»Ich bin auch mal da gewesen, mit einer Reisegruppe. Aber ich kann mich nur noch an den Hafen und an den Bahnhof erinnern. Waren Sie auch mit einer Reisegruppe da? Meine Frau liebte Pauschalreisen. Wir sind fast überall gewesen.«

Der etwa fünfzigjährige Typ mit länglichem Pferdekopf, der auf dem langen und dünnen Stiel seines Körpers aufgepropft war, geriet ins Schwärmen. Sein Kopf wackelte dabei, als wäre er eine Marionette, die sich verlaufen hatte. Ein Mann mit langen, ausgeleierten Ohren, die darauf hinwiesen, dass er zu der

Sorte serviles Arschloch gehörte, das in einem Moment nett lächelt und im anderen sein Gegenüber kaltblütig erschlagen kann. Eine ziemlich gängige Menschenart, die in dieser Stadt produziert wurde wie in einer riesigen Geheimfabrik.

»Hier wird geraucht, oder? So was rieche ich sofort. Früher habe ich auch geraucht, aber meine Frau mochte das nicht, sie sagte, sie riecht es an meinen Taschentüchern, sogar an meinen frisch gewaschenen Socken hat sie es gerochen, also habe ich es gelassen.«

Dann bebte unter dem Helsinki die Erde, und die Gläser legten mit ihrer Tanznummer los, es war Mittag, aus dem Riss an der Wand bröselte feiner Sand heraus, und das sah der Typ sofort. Er stand auf und stürzte sich auf die Stelle, fuhr mit seinem Bleistift über die Narbe, die im Zickzack über die Wand lief, rammte den Bleistift hinein und wühlte darin wie ein Zahnarzt im verfaulten Zahn. Feiner Sand rieselte zu Boden. Der Pferdekopf wischte den Bleistift mit der Hand sauber, warf einen Blick auf den Staub, der nun auf seinen Fingern haftete, und wischte die an seiner Hose ab.

»Sie hat nicht einmal getrunken. In ihrem ganzen Leben hat sie kein einziges Glas Alkohol zu sich genommen, können Sie sich das vorstellen? Sie hat richtig gesund gelebt. Und sehen Sie, fünf Jahre ist es her, da hat sie bei einer Reise nach Budapest einen Schlaganfall bekommen. Ich dachte, sie schläft, sie hatte den Kopf an meine Schulter gelehnt. Wir sind durch Bratislava und durch Györ, danach bin auch ich eingeschlafen. Bloß, sie war für immer eingeschlafen, das habe ich aber erst in Budapest kapiert. Gibt es noch mehr davon?«

»Was?«

»Mehr von solchen Löchern.«

Der Pferdekopf galoppierte durch den Raum, wühlte mit

seinem Stift in jedem Mauerriss herum, und noch mehr Sand rieselte auf den Boden.

»Hier... Und hier auch... Und hier! Unmengen von Sand wie in der Sahara. Dort bin ich auch gewesen, ja, ja. Und was verbirgt sich hinter dieser Tür?«, Pferdekopf rüttelte an der Klinke des verschlossenen Kinoraums.

»Keine Ahnung. Da habe ich keinen Schlüssel für.«

»So ein Mist, dieser Bau... Sie sind hier also der Chef?«

»Ja. Warum?«

»Mein Name ist Kluge.«

»Wenn Sie mir etwas verkaufen wollen – ich brauche nichts, bin bestens versorgt.«

»Wir müssen zumachen!«

»Aber ich bin gerade dabei aufzumachen und warte auf die ersten Kunden«, lächelte Ole. »Sind Sie vom Gesundheitsamt? Wegen dem verstopften Klo? Das ist auch in Ordnung.« Ole fiel die verstopfte Toilette ein, die unter Wasser stand, weil jemand eine zerrissene Strumpfhose heruntergespült hatte.

»Nein, nein, nein. Ich komme vom Rathaus.«

»Worum geht es denn?«

»Wir haben ein Problem.«

»Wir?«

»Sie und ich. Im Interesse der Allgemeinsicherheit. Der Laden muss dichtgemacht werden, da gibt es kein Pardon.«

»Mein Vertrag läuft erst in zwanzig Jahren aus.«

»Da kann man nichts machen. Wie lange brauchen Sie, um hier zu räumen? Eine Woche?«

»Wie? Ich werde hier nicht räumen.«

»Das gesamte Haus muss saniert werden. Es tut mir leid, das war nicht unsere Idee, aber die Sicherheit geht vor. Das ist richtig Scheiße, ich weiß.«

»Und wo sollen die Leute hin?«

»Ersatzwohnraum. Die ersten Umzüge gehen schon heute los.«

»Und wo soll ich diese Bar unterbringen?«

»Sie finden bestimmt bald eine neue Lokalität. Hier in der Stadt gibt es viele geeignete Räumlichkeiten.«

»Wissen Sie, wie teuer das ist, irgendwo anders eine Bar aufzumachen?«

»Hier dürfen Sie nicht bleiben«, Pferdekopf kratzte sich mit dem Bleistift hinterm Ohr. »Im Interesse der Allgemeinsicherheit.«

Die Erde unter dem Helsinki bebte wieder, die erste Sprengung schien nicht viel gebracht zu haben.

»Sie sehen es selbst.«

»Schließen sollte man eher bei denen, oder?«

»Kleiner Herr, kleiner Laden. Dieser Tunnel ist für alle. Wenn er mal fertig ist.«

»Falls er mal fertig wird. Dieses Haus hat die Bombardierung überlebt! Als Einziges in dieser Straße ist es heil geblieben.«

»Da haben Sie es, das ist der Lauf der Welt. Wir von der Behörde können nichts dafür, aber wenn das Haus einstürzt und jemand in Ihrer Bar verletzt wird, dann tragen wir die Schuld. Ein Wandriss neben dem anderen, mein lieber Schwan.« Pferdekopf schüttelte sich. »Bestätigen Sie bitte hier mit Ihrer Unterschrift, dass Sie den Ernst der Lage nachvollziehen können und freiwillig schließen.«

»Ich unterschreibe nichts.«

»Trotzdem müssen Sie schließen.«

»Hau ab!«

»Das ist Vereitelung der amtlichen Entscheidung...«

»Verschwinde aus meiner Bar!«

Ole bekam große Lust, Pferdekopf zwei Finger in die Nase zu stecken und ihn vor die Tür zu zerren.

»Wie Sie meinen, mein Herr«, sagte der Typ und verschwand.

»Und Sense«, seufzte Gabi, die in der Küche alles mitgehört hat.

»Nix Sense«, sagte Ole und zapfte sich ein Schnittbier.

Die Erde unter dem Helsinki bebte zum dritten Mal. Die Gläser tanzten miteinander, und aus den vernarbten Wänden rieselte leise der Sand.

CONNIE ISLAND

Zum ersten Mal hat Ole mit Connie geschlafen, als sie noch mit Malcolm zusammen war. Ein paar Mal vertraute sie ihm beschwipst nach einem Konzert an, Malcolm würde sie schlagen und sie ihn auch. Sie wollte von Ole wissen, ob das Liebe war. Ole hatte nicht vor, sie zu retten. Aber sie hatte diesen wunderschönen Mund, der ihn wie kein anderer anzog. Er schlief mit ihr, obwohl er wusste, dass er damit gegen das Gelöbnis ihrer Bauern-Punk-Kommune verstieß: Wir teilen alles durch drei bis auf die Frauen. Somit wird wohl auch er zum Zerfall von *Automat* beigetragen haben.

Als die Sache mit Malcolm öffentlich wurde, zeigte sich, dass Major Menschik nicht nur alles über Ole und Frank wusste, sondern auch über Connie. Ihr Vater war Maler, und er lebte im Exil. Connie tobte und trennte sich von Malcolm. So hat Malcolm schließlich Connie und Ole zusammengebracht, im Guten wie im Schlechten.

Ole kann nicht sagen, dass es mit Connie schlecht gewesen wäre. Im Gegenteil. Es war richtig gut. Arm im Arm lehnten sie aus dem Fenster und redeten miteinander. Gemeinsam bauten sie die Wohnung um, und Ole suchte sich für Connie einen neuen Namen, er nannte sie Connie Island und versprach ihr, sollten sie eines Tages heiraten, dann nur in New York auf dem Coney Island Strand, wo alle amerikanischen Rocker geheiratet hatten. Am Ende haben sie sich das Ja-

Wort in einem Plattenbau gegeben, denn dort befand sich das Standesamt in ihrem Viertel, an der gleichen Stelle übrigens wie das alte Rathaus, das am Kriegsende eine amerikanische Bombe getilgt hatte.

Sie bekamen eine Tochter, und das war womöglich der Moment, ab dem alles in die Brüche ging. Sie hatten kein Geld. Ole mischte abends Musik bei Konzerten, und tagsüber nahm er in einem kleinen Studio einheimische Musikgruppen auf, die Namen berühmter Bands, deren Musik sie kopierten, tonnenweise aus dem Ärmel schütteln konnten, mehr zu bieten als die Namen hatten sie aber nicht. Connie wollte, dass er sich eine ordentliche Arbeit suchte.

»Liebling, das ist gar nicht schwer«, sagte sie immer wieder. »Du brauchst nur anzurufen, hinzugehen und einen guten Eindruck zu machen.« Sie strich in der Zeitung die Annoncen für ihn an.

Ole versprach jedes Mal, dort anzurufen, und erzählte später, die Stelle wäre schon besetzt. Ein paar Mal hat er sich doch zu einem Vorstellungstermin hingequält, in einen Copyshop, ein Fitnesscenter oder in ein Fleischkombinat, wo er dann vermutlich keinen guten Eindruck hinterließ, was ihn eigentlich auch freute. Aber das Geld floss nur raus, nie kam etwas rein, und Connie wurde immer wortkarger. Ole jonglierte mit Witzen und Versprechungen, er war sich sicher, dass alles bald wieder ins Lot kommen würde, aber er spürte, dass Connie ihm verloren ging. Er ihr übrigens auch. Zu Hause redete sie nur mit dem Kind, mit Ole stritt sie sich nur noch. Auch deswegen wird er wohl angefangen haben, mit anderen Frauen anzubandeln. Und als er eines Tages spätabends nach Hause kam, stand die Wohnung leer.

Danach hat er seine Bar Helsinki eröffnet.

TAL DER HOHLKÖPFE
Mai

Der Erste Mai: der Liebe Zeit. Außerdem der Tag der Arbeit, den wir Punks gemeinsam mit anderen begehen wollten. Ich, Helmut, Chaos, Haschkarla, Ulknudel und Typhus, unsere ganze Clique also, die im Umzug die Schule, den Betrieb und alle Waldarbeiter (Helmut) vertritt. Funus tauchte im Blaumann auf obwohl er keine Arbeit hat aber er trägt den Blaumann wegen der Bullen damit sie ihn nicht behelligen.
Gestern Abend noch der echte Hexentanz des Altvatergebirges, es war ja die Nacht wo die Gräber aufgehen, außerdem gab's das allererste Konzert von *Tschernobyl*! Lauwarmer Abend, Feuer, Würstchen und ein Fass Bier. Die Jungs waren so voll mit Bier dass sie nach fünf Songs völlig knülle zu Boden gegangen sind wie geknickte Streichhölzer, aber die Musik war geil, richtig abgefahren. Das erste Punk-Konzert im Altvatergebirge, das ich gesehen hab, ich hab alles mit meiner Zenit geknipst und alle sagten, würde der Schwarze hier sein hätte er das toll gefunden. Und er wäre stolz auf *Tschernobyl* weil der Schwarze ist ja der erste Punk in Freiwaldau gewesen und noch dazu der erste Typ mit dem ich geschlafen habe. Ich war vierzehn er achtzehn und würde Mutti das rauskriegen reißt sie mich noch heute in Stücke. Aber der Schwarze ist irgendwo in der Pampa und ich hab den Helmut, der mich mal wohl wieder liebt.
Aber zurück zum Ersten Mai: Wir waren direktement von Helmut seiner Hütte gekommen, unterwegs hat uns jemand Wimpel in die Hand gesteckt und wir haben gewedelt so viel das Zeug hielt, aber Genossin Klassenlehrer war fast in Ohnmacht gefallen. Sie hat mich nach Hause schicken wollen, damit ich mich umziehe, aber Helmut hat gesagt, er ist ein Arbeiter und alle Punks sind Söhne und

Töchter der Arbeiterklasse, und dann hat er ihr unser Transparent mit der Friedenstaube und MÍR FRIEDEN PEACE vor die Nase gehalten und ich hab es geknipst. Die Mathelehrerin hat was von Provokation, Nazi-Punks und KZs gequasselt und um uns herum bildete sich eine Traube von neugierigen Bürgern, alle ausstaffiert wie zur Hochzeit oder Beerdigung, und auch sie mussten natürlich ihren Senf dazugeben. Währenddessen hat Chaos bei den Pionieren mit einer Stecknadel in die Luftballons reingestochen, was ein Fehler war, weil eine kleine Pionierin hat angefangen zu heulen und Genossin Klassenlehrer hat herumgeschrien: Haben das alle gesehen?

Dann haben uns die Bullen ins Visier bekommen und sich rangemacht und uns weggeschafft, einer hat mir gleich hinter der nächsten Ecke eine gepfeffert und mir die Gasmaskentasche von der Schulter gerissen und ist drauf herumgestampft, so wütend war der, und die Jungs haben so richtig eine auf den Deckel bekommen. Einer von den Bullen hat Helmuts Transparent mit Frieden und Taube klein gehauen und mir den Film aus der Kamera gezogen. Ich hatte *angst*, dass er auch die Zenit auf den Boden schmeißt, was er aber schließlich nicht gemacht hat, wahrscheinlich weil man sowjetische Erzeugnisse lieber nicht anfasst. Er kann sich ruhig den Film was weiß ich wohin stecken, aber es kotzt mich schon an dass meine Fotos weg sind.

Zu Hause logischerweise Aufstand und Verbote und Tränen und Mutti musste Schnaps trinken, ich war geil auf Helmut, der war aber nicht da. Die Welt ist am Arsch singen die HNF. Und ich kann und kann nicht einpennen und muss an das große schwarze Tier mit den Goldaugen denken, wenn das da reingestürmt wäre und die Bullen und die Genossin Klassenlehrer gebissen hätte. Danach hätte es noch die Tribüne heruntergerissen, auf der die Bonzen gestanden hatten und auch die Russen mit ihren riesigen Mützen auf dem Kopf, die wie LPs aussehen, in denen sich kein einziger

Song versteckt und falls ja, dann kann man den bestimmt nicht hören, so fürchterlich klingt der.

Im Direktorenzimmer versammelt: der spindeldürre schweigsame Herr Direktor, der ursprünglich mal Sportlehrer war, seine fette Stellvertreterin mit der großen Schnauze, Genossin Klassenlehrer, ein Bulle in Uniform und ein Typ ohne Uniform, garantiert ein Geheimbulle, und außerdem noch ein Bürschchen, das auf unserer Schule die Jugendorganisation leitet, so ein Muttersöhnchen mit Bügelfalte und lauter Pickeln im Gesicht, der vermutlich nicht mal weiß, was Wichsen heißt, und der am liebsten slowakischen Rock hört.
Gesprochen haben nur die Stellvertreterin, der Bulle und die Genossin Klassenlehrer, der Bulle wollte wissen wie es bei mir in der Schule läuft und die Stellvertreterin sagte, ich hätte die Wehrübung sabotiert, aber ich sagte, das hätte mit der schulischen Leistung nichts zu tun. Und dann hab ich noch gesagt, dass ich gut in Deutsch bin und er wollte wissen, wie es mit Russisch aussieht, da bin ich aber nicht gut. Da meinte er, da würde man sehen, dass die Punks versteckte Nazis sind wenn sie besser Deutsch als Russisch können, also hab ich gesagt, dass ich eine Deutsche bin, wegen Mutti und Oma und Opa, und dass man sich das nicht aussuchen kann, ob man als Russe zur Welt kommt, ich wäre gerne eine Russin, und er sagte, auch das noch. Also habe ich hinzugefügt, dass mein Opa als deutscher Kommunist im KZ gesessen hatte, und auch noch, was mir mal Helmut erzählt hatte, dass nämlich die Punks zur leidgeprüften Arbeiterklasse gehören und dass die Arbeiterklasse auf der ganzen Welt leidet und gestern ihre Befreiung gefeiert hat.
Sie wollten wissen, ob ich es würdevoll finde, den Tag der Arbeit in beschmierter Lederjacke mit Gasmaskentasche zu begehen, auf der Nazi-Aufschriften draufstehen wie punksnotdead fuck off *Sex*

Pistols, und in kaputter Kleidung mit lauter Nieten und Sicherheitsnadeln, also sagte ich, genauso wie wir nach außen widerlich sind, so sind normale Menschen in ihrem Inneren widerlich, darauf würde Punk eben hinweisen, wir verstellen uns nicht, wir sind aufrichtig. Da grinsten sie alle und die Stellvertreterin wollte wissen ob ich weiß was *Sex Pistols* heißt, das würde nämlich Geschlechtspistolen heißen und das wäre nun keine Würdigung von Arbeit sondern von Geschlechtskrankheiten und Promiskuität.
Und dann hat sie noch gefragt, was fuck heißt. Auf Englisch würde es bedeuten Geschlechtsverkehr auszuüben, so genau hat sie das gesagt, und was hätte das bitte schön mit Aufrichtigkeit und mit dem Tag der Arbeit zu tun? Ich dachte kurz, dass es die Kommunisten bei Ausübung von Geschlechtsverkehr wohl nicht ganz so eng sehen würden mit der Aufrichtigkeit, aber ich behielt das lieber für mich. Was off heißt, das sagte sie nicht, und der Zivilbulle fing plötzlich an über die hohen Militärstiefel zu plappern, mit denen wir auf Gräbern der Arbeiterklasse herumgetrampelt hätten, und der Direktor brach sein Schweigen und sagte, genau, Genosse, genau so ist es gewesen, und dann sagte noch Genossin Klassenlehrer ob mir klar wäre, dass die Genossen für uns auf den Barrikaden ihr Leben geopfert hätten, damit wir umsonst zur Schule gehen können, und stattdessen würden wir jetzt auf ihre Gräber spucken. Dass es am Marktplatz irgendwelche Arbeitergräber gab, das wusste ich nicht, aber wenn sie meint. Außerdem ist mir gut in Erinnerung geblieben, dass die schmerbäuchigen Opas von der Miliz, die im Umzug mitmarschiert waren, genau die gleichen Schuhe anhatten wie wir, dann werden wohl auch die auf Arbeitergräbern herumgetrampelt haben.
Dann fielen mir noch die Barrikaden der Neuen Front ein, von denen die *HNF* singen, aber ich hielt lieber die Klappe. Blöd ist nur, dass mir der Schulverweis droht. Zu Hause Aufstand und Verbote, am liebsten würde ich mich mit Helmut irgendwohin weit weg verpissen.

In der Clique haben wir uns auf eine Art Protest geeinigt: wir
eröffnen die ersten Dreckstage vom Altvatergebirge. Ab jetzt
waschen wir uns nicht. Wie wir nach außen stinken, so stinkt
ihr nach innen.

Direkt von der Schule wurde ich auf die Bullerei verfrachtet, wo
man mir Fotos von irgendwelchen Punks und anderen Leuten
gezeigt hatte, von langhaarigen Kiffern und so, man wollte wissen,
welche davon ich kannte und wie die hießen. Ein paar kannte ich
schon von irgendwelchen Aktionen, aber ich habe gesagt, ich
würde keinen kennen, die sind alle nicht von hier.
Das hat die Bullen richtig sauer gemacht und der eine hat mir eine
geknallt, als sein Kollege Kaffee kochen war. Ich sagte, dass ich
mich beschweren werde, und er hat mir gleich noch eine verpasst,
und zwar mit dem Heft, in dem er sich Notizen machte, und das
hat noch mehr wehgetan und ich hab angefangen zu heulen.
Später hat der andere gesagt, ich kann mich gerne beschweren,
aber er würde bestätigen, dass ich den Genossen Kollegen physisch
angegriffen habe, dabei wussten wir beide, dass er gar nicht da
gewesen war, und dann hat er mir geraten, lieber zum Friseur zu
gehen und mich wie ein anständiges junges Mädchen zu benehmen, weil für Leute wie mich gäbe es im Knast eine ganze Spezialabteilung und wenn ich darauf bestehe, würde er sie mir gerne
aus nächster Nähe zeigen. Arschloch.

Helmut hatte man auch zum Verhör gebracht und er hat jetzt
ein hübsches Veilchen am Auge. Ich hab ihm gesagt, das würde
wie die Farbmusik in der Disko aussehen, so schön gelb grün und
blau, und er lächelte, aber man sah ihm an, dass es wehtat. Die
anderen wurden auch vorgeladen, aber Helmut meinte da würde
nix passieren, sie würden uns nur einschüchtern wollen. Ich habe
ihn gestreichelt und er hat gesagt, ich wäre mutig, ich wäre die

beste Nancy von allen Nancys der Welt und er würde nur mich lieben.

Doppelbruder hat sich bei Mutti beschwert, dass ich stinke weil ich mich nicht wasche. Als sie wissen wollte aus welchem Grund, erklärte ich ihr, dass es mein Protest ist gegen alles und alle und sie fing an zu heulen. Ich soll mich mal ankucken, wie weit mich meine Proteste schon gebracht hätten, sagte sie, so würde ich nie unter die Haube kommen, und sie kann das Ganze nicht mehr ertragen. Sie packte mich an den Haaren und zerrte mich vor den blöden Spiegel ins Bad, damit ich es mir genau ansehen konnte, wie ich uns zum Gespött mache. Danach Geschrei und Ohrfeigen und dann einen Schnaps trinken und heulte die ganze Nacht ihrem Typen die Schulter nass, man konnte das in der ganzen Wohnung hören, und ich wünschte mir mein schwarzes Tier herbei, dass es kommt und mich mitnimmt. Aber es ist nicht gekommen.

Im Fernsehen wurde berichtet, heute würden wir den Jahrestag vom Prager Aufstand von 1945 begehen und just in dem Moment ist die Platte aus Deutschland gekommen! *Die Toten Hosen*. Echt wahr. Ein deutsches Geschenk zum Kriegsende und was für eins! Schon das Cover sieht super aus, alle die es zu sehen bekommen kriegen sich kaum wieder ein, und wenn ich sie einlege zittern mir die Finger. Ich selbst kann mich auch nicht einkriegen, eine deutschen Punk-Platte habe ich noch nie in der Hand gehalten und werde wohl auch kaum eine andere bekommen.
Sie heißt *Damenwahl* und fängt mit der »Russenhymne« an, was ich ziemlich komisch fand und mir eine Weile unsicher war, ob es sich nicht um einen Irrtum handelte, aber es ist eine Verarsche, und dann kommt ein Lied namens »Disco in Moskau«, und *Die Toten Hosen* singen, dass sich das für Marx und Lenin längst ausgedingst hätte aber das gilt wohl nur bei denen zu Hause. Oma hat mir

erklärt, was Damenwahl bedeutet. Das fand ich witzig, weil ich im Gegensatz zu den dummen Schnepfen – sorry, Maruna! – aus unserer Klasse nie zur Tanzschule gegangen bin, ich glaube übrigens, *Die Toten Hosen* auch nicht, weil in dem Lied über die »Damenwahl« klingen sie total besoffen. Es ist ne BOMBE! Ne echte ATOMBOMBE! TSCHERNOBYL!
Oma hat mich dann noch ausgefragt, ob ich mit einem Jungen zusammen bin. Mit einem Jungen nicht. Mit Helmut.

Der Tag der Befreiung. Darüber muss Helmut lachen und sagt, wie kann die deutsche Stadt Freiwaldau von Russen befreit worden sein, das würde seine Vorstellungskraft sprengen, und mir fiel ein, wie die Geschichtslehrerin gesagt hat, dass die Deutschen erst mit den Nazis in die Tschechoslowakei gekommen sind, daher müssten meine Oma und Opa und ihre Vorfahren wohl ausm All heruntergepurzelt sein oder was.
Die Lehrerin meinte, Jeseník ist schon immer tschechisch gewesen, und als ich gefragt habe, warum die Stadt also Freiwaldau hieß und dann noch von meiner Oma erzählte, lief sie rot an und ihre Augen traten hervor, daran merkt man immer, dass sie wütend wird, und sie sagte, ich sollte nicht schon wieder provozieren und lieber den Mund halten.
Am Gefallenen-Denkmal vor Vinopa, wo sich die Gnädigsten gerne mit den Kurortgästen auf ein Gläschen Wein verabreden, standen zwei kleine Pioniere, ich kann mich noch gut erinnern, wie ich mal selber dort gestanden bin und Mutti mich fotografiert hat, also habe ich die beiden mit meiner Zenit geknipst. Die waren schon richtig krebsrot von der Sonne. Um den Sonnenbrand beneide ich die wirklich nicht.
Der Russenoffizier, der dort gefallen war, ist aber nicht beim Befreiungskampf gefallen sondern als er drinnen Karten gespielt und sich mit den hiesigen Deutschen gekloppt hat, weil er ge-

schummelt hatte oder was, dabei soll seine eigene Pistole losgegangen sein und so wurde er zum Helden der gesamten Russenunion und der Tschechoslowakei wie auch der heldenhaften Befreiung und des Zweiten Weltkriegs schlechthin. Die Geschichte hab ich nicht nur von Helmut sondern auch von Mutti ihrem Typ und meiner Oma gehört, also wird sie schon stimmen. Heute ist die Stadt geradezu überlaufen von den vielen Russen, also stelle ich mir vor wie das wäre wenn uns zur Abwechslung mal wieder die Deutschen oder wenigstens die Polen befreien könnten.

Ich wasche mich immer noch nicht, also pennt Bruderherz im Wohnzimmer. Mutti ist richtig vergnatzt und sagt, ich kann ruhig mit Zigeunern herumziehen, wo ich mich nicht waschen will, aber sie ist auch wegen ihrem Typen vergnatzt weil der in letzter Zeit zu viel säuft und sie deswegen dauernd Streit haben.

Das war's. Man hat mich aus der Schule geschmissen wegen dem Ersten Mai, wegen Sabotage von Wehrübung und wegen frecher Sprüche. Aus mir wird keine gelernte Köchin und Serviererin mit Abitur mehr und ich komme nie unter die Haube, also Megazoff zu Hause. Mutti hat außerdem *angst,* dass Doppelbruder meinetwegen nicht auf die Militärschule kommt, weil das alles wird in seinen Papieren vermerkt, was ich echt Scheiße finde.
Das hab ich ihm auch gesagt, aber er meinte, ich soll mich mal. Mutti heulte und ihr Typ tröstete sie, man würde das Ding schon irgendwie schaukeln, er würde sich erkundigen, welche andere Schule oder Arbeitgeber mich nehmen würden, und dann machte er sich auf in seine Kneipe, obwohl Mutti bettelte, dass er doch bitte wenigstens heute bleibt.
Zu Hause die Hölle, also suchte auch ich das Weite und sagte, ich würde zu Oma nach Adolfsdorf fahren, Mutti hatte keine Kraft mir das zu verbieten und ich hab bei Helmut auf der Hütte gepennt

und wir haben gepoppt. Danach fühlte ich mich etwas besser, aber als ich gesagt habe, wir könnten zusammen abhauen, ich wäre so weit, hat er gesagt, er würde darüber nachdenken, und als ich wissen wollte, wie lange er nachzudenken gedenkt, ging es mit Ausflüchten los, von wegen er hätte hier die kleine Krabbe und so. Einen blasen durfte ich ihm dann aber doch. Wie immer. Danach sind wir zusammen in die Badewanne und haben uns gewaschen, weil auch wir beide uns nicht mehr riechen konnten und unser Gestankprotest war zu Ende, weil er ohnehin nichts gebracht hat.

Abends bin ich zur Schule, hab mir die Hose runtergezogen und direkt vor den Eingang geschissen, damit morgen früh, wenn alle nach dem Wochenende nach Seife riechend und schulgeil die Tür ansteuern, dann auch wirklich jeder kapiert, was für ein Haufen Scheiße diese Schule ist.
Unterwegs durch den Park bin ich noch an der Ehrentafel stehen geblieben, an der Stelle soll früher eine deutsche Ritterstatue gestanden haben, sagt Oma, und ich habe jedem auf der Tafel ins Gesicht gespuckt. Ich meine, fast jedem, etwa nach der Hälfte hatte ich keine Spucke mehr. Aber unser Herr Direktor, der auch dort hängt, der hat's richtig abgekriegt, und die Ehrentafel heißt seitdem Hasstafel bei mir.

Wie das mit dem Scheißhaufen vor der Schule und der voll bespuckten Ehrentafel ausgegangen ist, das weiß ich leider nicht. Ich bin zwei Tage bei Oma geblieben. Am Ende habe ich mir hundert Kronen von ihr geliehen. Manchmal finde ich es blöd, mir heimlich Geld von ihr zu nehmen, aber sie braucht nicht viel, wo sie allein lebt.
Wir haben uns ihr altes Familienalbum angekuckt wie schon hundert Mal davor. Es gab dort auch ein Foto, das sie beim Turnen

im Bund Deutscher Mädel zeigt, und Oma sagte damals als sie jung war wäre alles so schön gewesen. Und sie blätterte zu einem anderen Foto um, wo sie mit einer Freundin auf der Decke lag und ein Junge saß daneben, ihre allererste Liebe. Wir kuckten uns auch andere Fotos an, mit ihrem Bruder Otmar drauf und mit Onkel Heinz und Tante Hildegard, die alle hat sie seit Kriegsende nicht gesehen, und keiner von ihnen schreibt ihr oder ruft sie an, weil sie wahrscheinlich denken, dass die Oma schon längst tot ist oder dass hier jeder tot ist nach Tschernobyl oder weil sie uns schlicht und einfach vergessen haben.

Also hat Oma zum Schluss kein Wort gesagt und sich nur die Fotos angekuckt und vor sich hin geweint, und ich dachte darüber nach, ob ich auch mal heulen werde, wenn ich mir als alte Schachtel die Bilder von heute ankucke, die mit meiner Zenit geschossen wurden, mit Helmut, Chaos und anderen Jungs drauf, bis auf den Schwarzen, weil der weg ist und ich ihn nicht hab abknipsen können. Vielleicht ist er im Westen. Vielleicht tot. Wer weiß.

Richtig geil auf Helmut. Also zu ihm, Kaffee mit Rum, zerkratzter Rücken, danach Brot mit Speck und saure Gurken. Er hat gesagt, ich könnte bei ihm im Wald arbeiten. Es ist ne harte Plackerei, manchmal, man muss auch beim Schneetreiben oder dichtem Regen ackern, aber wir wären zusammen. Über Nacht geblieben.

Heute mit Helmut im Wald und Bäumchen gepflanzt. Dolle Rückenschmerzen. Über Nacht geblieben.

Im Wald musste ich aufs Klo und hab danach noch eine geraucht. Und wie ich da an der Fluppe ziehe, sehe ich was im Gebüsch. Das große glänzende schwarze Tier mit leuchtenden Goldaugen, wir starren uns an und ich sehe, wie das Tier seine Schnauze nach mir reckt, wie es mich aus der Ferne beschnuppert und in seinen

Augen spiegelt sich die ganze Welt und ich auch und ich bin ganz klein und allein. Ich rufe nach Helmut, aber wenn er endlich kommt, ist das Tier weg und er denkt, ich rede schon wieder Unsinn, aber es ist kein Unsinn, das Tier ist da gewesen.

Mein Rücken tut höllisch weh, also fuck off. Diese Arbeit ist nix für mich.

Abends haben mich Mutti und ihr Typ bei Helmut abgeholt, draußen vor der Tür eine Szene wie ausm italienischen Film. Klar war es nicht schwer mich zu finden. Geschrei und Drohungen von wegen Besserungsanstalt und ich war enttäuscht, weil Helmut nicht für mich gekämpft hat. Er hat überhaupt nichts gesagt und mich mit Mutti gehen lassen. Am schlimmsten finde ich, dass ich ihn in solchen Momenten noch mehr will als sonst, weil ich ihm beweisen möchte, wie stark ich ihn liebe, nicht so lasch wie er mich.

Tschernobyl spielten gestern in Zuckmantel in einer Scheune. Mutti wollte es nicht erlauben, aber ich bin einfach hingegangen. Die Nachbarn dort haben nicht schlecht gestaunt, auf ein Konzert waren sie nicht gefasst, aber keiner hat sich getraut die Bullen zu rufen, sie hatten wohl Schiss gehabt, dass wir auch ihnen den Garten zertrampeln.
Chaos hat erzählt, dass die dortigen Bullen selber Schiss hätten, weil nach einem Tanzvergnügen einer von ihnen von einem Punk mit Messer angegriffen wurde. Der Bulle soll auf der Stelle tot gewesen sein, man hat zwar nie rausgekriegt, wer es gewesen war, aber man munkelt, es wäre der Schwarze gewesen.

Die Ärztin hat mir ne neue Packung von den westdeutschen Pillen gegeben und schon wieder ganz ernsthaft auf mich eingeredet, dass mir richtig mulmig war. Ich soll mich nochmals in dem neuen

Röntgengerät durchleuchten lassen, außerdem hat sie für Mutti einen Zettel geschrieben. Lasst mich doch alle in Ruhe.

In der Stadt Maruna, Eva und ein paar andere aus meiner Klasse getroffen, alle beneideten mich drum dass ich nicht zur Schule muss und Ferien hab. Maruna erzählte, jemand hätte vor den Schuleingang geschissen und Herr Direktor hätte die Scheiße untersuchen lassen und von einem Hygiene-Angriff auf Sozialismus gesprochen. Da haben sich die Wehrübungen doch gelohnt. Dass ich es gewesen bin, habe ich nicht gesagt. Die Ehrentafel, ich meine die Hasstafel ist wohl keinem aufgefallen.

Die westdeutschen Pillen schmecken bitter wie ein zu lang gezogener Tee. Und mein Hals tut weiter weh. Blödes Tschernobyl. Über Nacht bei Helmut.

Damenwahl. Damenwahl. Damenwahl.

Muttis Typ hat für mich ne Arbeit im Schnellimbiss Praděd gefunden. So richtig Bock hab ich nicht aber ohne Arbeit kommt man ins Kittchen, in diesem Land muss jeder arbeiten, und außerdem verdiene ich endlich Geld wenn auch nicht viel. Ich soll in der Küche stehen und dem Chefkoch zur Hand gehen, der ist sein alter Kumpel noch seit dem Militärdienst. Schon morgen früh geht's los. Mutti bekniet mich, ich soll mich anständig verhalten und anständig anziehen, und Bruder macht sich lustig über mich, dass ich ackern muss, dabei ahnt der gar nicht, was ich mir alles kaufen werde, wenn ich endlich eigenes Geld hab. Also: Fuck off.

SCHNEESTURM

Der Mann mit dem Pferdekopf tauchte nicht mehr auf, und es kam auch niemand anders vorbei. Nur die Leute, die direkt über der Bar wohnten, zogen aus, so rannte wenigstens nach Mitternacht keiner die Treppe herunter, um sich wegen Lärmbelästigung zu beschweren.

Ole reichte schon Tom mit seiner ewigen Meckerei. Aus verschiedenen Quellen hatte er noch weitere fünftausend CDs heruntergeladen und rechnete sich nun aus, dass er für diese Musik – und für die, die er schon zu Hause hatte – ein ganzes Jahrhundert bräuchte, um sie zu hören. Wobei er nach jeder CD nur kurz auf die Toilette gehen, einen Kaffee trinken und eine rauchen dürfte, für Schlaf bliebe keine Zeit übrig. Lena sprach ihm ihr Beileid aus.

Tom brachte Ole noch ein paar selbst gebrannte CDs mit, die müsste sich Ole unbedingt reinziehen, sagte er, diese Musik ist eine Bombe, eine echte Revolution, höchstens mit dem ersten Flug ins All zu vergleichen. Post Rock, post Folk, post Elektro, post Jazz, post Wave und noch eine Reihe andere post, post, post.

Frank konnte zwar immer noch nicht schlafen, dafür strahlte er wie ein Atomkraftwerk, weil ihm eine große Spielzeugfirma geschrieben hatte, sie möchte seine Weltgeschichte sehen. Cindy schrieb sich in einen Türkisch-Kurs ein. Der Allesfresser Prager verliebte sich dermaßen in Gabis Soljanka, dass er diese zum mitteleuropäischen Gericht des Jahres erklärte und Gabi sogar einen Blumenstrauß brachte.

Torsten war gerade dabei, eine Kunst- und Sportstudentin weichzuklopfen und redete nur noch darüber, dass er gerne Weihnachten abschaffen würde, weil er nie wüsste, was er seiner Frau und was er seiner Geliebten kaufen soll. Also würde er diesmal für jede die gleiche zarte Unterwäsche kaufen.

Selbst-ist-der-Mann erzählte stolz, dass er aus Hausmüll eine ökologische Weihnachtstanne gebastelt hatte, seine Frau hätte ihn aber damit rausgeschmissen, weil sie gerne alte abgefallene Nadeln aufräumte. Ramone hatte das Gefühl, an Burnout zu leiden, und Ole fragte sich, ob diese Krankheit womöglich auch auf ihn selbst zutraf. Jeden Abend pöbelte Wasserleiche alle Anwesenden an, damit er sich am nächsten Tag wieder entschuldigen konnte.

Menschen mit Weihnachtsbäumen schleppten sich durch einen plötzlichen Schneesturm, Mütter holten für ein paar weiße Tage die Schlitten aus dem Keller.

Im Helsinki lief alles wie sonst. Hauptsache, nicht in die Hosen scheißen. Spielen muss man. Aber so eine Einstellung hält nicht lange. Genauso wenig wie der Schnee auf dem Dach einer Straßenbahn.

DER IRO

Die Weihnachtstage haben sich über die Stadt gewälzt, ohne Gott sei Dank einen besonderen Schaden anzurichten. Nur Ole hat in den Pullover, den er von seiner Mama geschenkt bekommen hatte, ein Loch gebrannt, als er in seinem Kino eine halbe Flasche echten russischen Wodkas, den er von seinem Vater bekommen hatte, getrunken hatte und mit brennender Zigarette in der Hand kurz eingenickt war.

Angetrunken, wie er war, ging er dann auch noch sein Handy durch und bemühte sich um zärtliche SMS an seine Ex, Exex, Exexex und Exexexex, an all die Frauen halt, die ohne sein Zutun in seiner Erinnerung und in seinem Handy hängen geblieben waren. Connie antwortete höflich, er könnte vielleicht über höhere Alimente nachdenken. Er schrieb zurück, er würde das tun, obwohl er wusste, dass er so lange nicht darüber nachdenken konnte, bis die Italienerin, der neue Kühlschrank wie auch die paar anderen Dinge, die er für die Bar angeschafft hatte, abgezahlt werden würden.

Außerdem wollte er endlich seine Tochter treffen, sie ließ aber die Verabredung wieder platzen. Als er anrief, sagte sie, sie sei ganz doll im Stress und er könne ihr das Geld auch per Post schicken. Sie sagte Geld, nicht Geschenk, aber Ole konnte es verstehen, schließlich schenkte er ihr immer nur Geld. Sie kannte ihn gut, also schickte er ihr die zwei Hunderter per Post.

Ein paar Tage verbrachte er allein in seiner Wohnung, weil Prager zu Weihnachten weggefahren war, vermutlich nach Hause, ganz bestimmt sogar, weil die sentimentalen Tschechen jede Weihnachten nach Hause fahren, auch wenn sie am anderen Ende der Welt leben sollten. Sie müssen sich von ihrer Mama mit Karpfen, Bratwurst und Kartoffelsalat vollstopfen lassen.

Als eine der wenigen Bars in der Stadt hatte das Helsinki am Heilig Abend auf. Im ersten Jahr dachte Ole, er würde alleine hinter der Bar hocken und für sich selbst Bier zapfen. Aber gleich beim ersten Mal kamen andere Eigenbrötler dazu, eigentlich alle, die sonst im Helsinki verkehrten.

Und so ist es auch die anderen Jahre gewesen, einschließlich der sich wiederholenden Streitereien über das beste Weihnachtsmärchen. Jedes Mal holten sich *Drei Nüsse für Aschenputtel* den Sieg, denn falls die Tschechen außer mit Bier, Tatras und ihren Škodas die Welt bereichert haben sollten, dann eben mit diesem Film.

Als Weihnachtsgeschenk hat Ole eine Filmvorführung in seinem Kino veranstaltet und beobachtete dabei, wie die alten Liebesfilme der Mannschaft vom Helsinki aufs Gemüt schlugen. Er zeigte *Winter auf der Berghütte* und gleich danach, um die Welt wieder ins Gleichgewicht zu bringen, legte er *Heißer Sommer in Afrika* ein. Als Bonus gab es *Zwei Freundinnen*, die aber eigentlich drei waren, die eine davon eher ein Mann, mit welcher Enthüllung der Stummfilm aus dem Jahre 1929 nicht lange hinter dem Berg hielt.

Die meisten Zuschauer lachten, nur Lena und Ulrike tuschelten immer wieder miteinander, und Lena sagte später, die Filme würden sie schon irgendwie anmachen, und sie würde sich fragen, wie das wohl wäre, heute solche Filme zu drehen, in denen alles so gezeigt wird, wie es ist. Ohne Schnitte, ohne

Tricks, ohne Körper, die in einer Mucki-Bude gepflegt und anschließend gebräunt wurden. Auch andere fühlten sich von den nackten, ineinander verbissenen wunderschön unschönen Körpern merkwürdig gerührt, und Lena meinte später zu Ole, sie möchte sich selbst etwas zu Weihnachten schenken, einen Sommerurlaub in Griechenland. Und sie fragte, wohin er möchte, und Ole antwortete: nach Finnland. Sie sahen sich mit jenem leicht angetrunkenen, aber doch noch klaren Blick an, der unmissverständlich zum Ausdruck brachte, dass diese Wünsche nun wirklich nicht kompatibel waren.

An Silvester geht es im Helsinki ganz anders zu als am Heiligabend. Das Einzige, was die beiden Feiertage verbindet, ist Ole hinter der Bar, denn Gabi hat frei. Gefühle spielen hier keine Rolle, es wird ganz normal auf die Pauke gehauen.

Würde es nach Ole gehen, hätte er Silvester schon längst gestrichen. Kollektives Feiern kann er nicht ab. Man könnte dazu auch andere Tage nehmen. In der Hinsicht stimmte Ole mit Ulrike überein, die einmal betrunken erklärt hatte, man könnte im Helsinki immer dienstags Silvester feiern. Aber wie sollte er es den anderen klarmachen, wie pervers er es fand, sich über Vergänglichkeit zu freuen und darüber, dass man wieder ein Jahr mehr auf dem Buckel hatte. Außerdem: Geschäft ist Geschäft, und Kredite müssen abbezahlt werden.

Für Silvester bereitet Ole kein spezielles Programm vor, es gibt keinen Mitternachtsstriptease und kein Wodkafeuerwerk, nicht einmal ein besonderes Menü.

Ulrike und Lena stehen an der Bar, sie haben beide heute eine abgebrühte Miene aufgesetzt. Ole beobachtet Lenas baltische Augen, ihren schlanken Forellenkörper und ihre langen Beine in der engen Jeans und den schwarzen abgetretenen Stiefeln, diese Beine, die Lena beim Sitzen dreimal ineinander verknoten kann, als wäre sie eine Schlangenfrau. Jetzt steht sie aber gekrümmt mit hängenden Schultern da und sagt zu Ulrike, genau, das ist der Punkt, so muss man mit denen reden.

Mein Gott, denkt Ole.

Am Ecktisch sitzt eine Gruppe junger Punks der schätzungsweise fünften Generation. Ole kennt sie ein bisschen, zwei von ihnen spielen in der Band *S-Bahn*.

»Hab mir gestern die Haare rot gefärbt, wollte mir 'nen Iro aufstellen, aber keine Ahnung, wie ich es den Haaren beibringen soll. Die halten einfach nicht«, sagt der jüngste Punk, eigentlich noch ein Punkbaby. »Nimmt man Lack oder Festiger? Und wie bekomm ich die hoch?«

»Die Haarsträhnen toupieren und mit Taft besprühen, am besten mit dem schwarzen.« Tango, der bei der *S-Bahn* Bassgitarre spielt, gibt ihm Tipps und streicht sich dabei sanft über seinen Hahnenkamm. »Vor allem: Wenn du willst, dass es hält, musst du auf den Haaransatz sprühen, danach ordentlich föhnen, damit die Haare Halt haben, dann noch einmal mit Lack und Föhn drüber, und dein Iro steht wie 'ne Eins.«

Hinter den Fenstern des Helsinki donnert eine gelbe alte tschechoslowakische Straßenbahn vorbei, Husáks Rache auf Party hergestylt. Ein schwabbeliger Typ mit Glatze und Konfetti auf den Schultern und am Kragen neigt sich aus dem Fenster, in der Hand hält er eine Flasche Sekt und schreit etwas in die tauben Ohren der feiernden Stadt.

»Bist übergeschnappt, oder was? Schwarzer Taft? Der Kleine ist kein Kommerzscheißer. Wo soll er das Geld hernehmen? Es reicht doch normales Bier«, schlägt Ix vor, der in der *S-Bahn* am Schlagzeug sitzt und keinen Iro trägt, weil sich seine Haare schon längst verabschiedet haben von seinem Kopf.

»Genau, Bier, am besten Schwarzbier«, empfiehlt Hündin, die einzige Punkerin aus Oles Generation, die noch Punkerin geblieben ist, und die *S-Bahn* genauso wie *Automat* verehrt. Vor Jahren ist Ole mal in ihrem riesigen Bett aufgewacht und wusste nicht, wie er dahingeraten war. Das weiß er bis heute nicht. Hündin trägt keinen Iro. Die Vetteln auf dem Sozialamt würden sich das Maul zerreißen, und sie braucht das Geld dringend. Mit dem fünfzehn Jahre jüngeren Ix hat sie ein Kind, das über die Feiertage zur Oma aufs Land abgeschoben wurde.

»Wenn schon Taft, dann lieber rosa, der schwarze ist zu hart.«

»Wie, rosa? Ich bin ein Punk, keine Schwuchtel«, Punkbaby sieht sie böse an.

»Dann probier's mit Autolack«, mischt sich Tango wieder ein.

Punkbaby tunkt die Finger ins Bier, benetzt seine Haare damit und wirbelt an seiner Tolle herum. Die hält aber nicht. Er gießt sich etwas Bier auf den Kopf und zieht an den Haaren. Kein Erfolg. Tango nimmt das Glas und kippt Punkbaby Bier über den Kopf, und der pudelnasse Punkbaby schreit, da hätte Tango deutlich übertrieben und er würde ihn umbringen.

»Ein super Iro«, lacht Hündin und dreht sich zu Ole. »So einen hast damals nicht mal du gehabt, was? Vermisst du die Zeit manchmal?«

»Nein«, sagt Ole und trägt weiterhin Bier aus.

»Du bist 'ne richtige Legende«, sagt Punkbaby, aber Ole winkt nur ab.

»Hat euch echt der Bauernkrieg beeinflusst? Und ihr habt wirklich schon 1987 *Die Toten Hosen* gesehen?«, fragt Tango.

»Falls jemand meine Meinung hören will, *Die Toten Hosen*

sind echte Kommerzscheiße. Möchtegern Punks«, sagt Punkbaby.

»Selber Scheiße und Möchtegernpunk, also halt lieber die Klappe«, kommt auf einmal forsch und unerwartet von Frank zurück, der mit Ramone, Cantona, Wasserleiche und Torsten am Nebentisch sitzt. Punkbaby sagt lieber nichts, aber Tango gießt ihm wieder Bier auf den Kopf, und Punkbaby schreit, er würde ihm jetzt endgültig den Hals umdrehen, und dann stürzt er sich auf ihn, aber Hündin bellt nur kurz was, und er setzt sich wieder hin.

»Das macht ihr schön sauber. Putzlappen und Eimer findet ihr in der Kammer«, sagt Ole ruhig, aber der ganze Laden grölt, und alle wollen Bier haben, damit auch sie ihren Iro wienern können.

Draußen fährt erneut die Partystraßenbahn vorbei, und auf einmal geht Silvester los. Das Helsinki ist proppenvoll, an der Bar kann man sich kaum rühren, und Ole kommt nicht hinterher. Ulrike trinkt einen Wodkacocktail und unterhält sich mit drei älteren Rockern. Einer von ihnen legt ihr den Arm um die Schultern, sie wiederum tätschelt einen anderen am Knie. Lena hat sich ganz an den Thekenrand verzogen. Ihre graublauen baltischen Augen spiegeln die wogende Oberfläche vom Helsinki wieder, und Ole wird bewusst, dass er nie den Moment mitbekommt, in dem Leere zu Fülle wird und Stille zu Lärm.

Auch heute scheint Lena ihrer verträumten Plauderstimmung nachzuhängen. Keine Ahnung, woher es in ihr hochkommt. Ole spürt, dass sie heute besonders schlimm drauf ist und dass er sich dem nicht gewachsen fühlt. Er zapft ein Bier nach dem anderen, schenkt reihenweise Schnäpse ein, und Lena redet vom unendlich blauen griechischen Meer und von Fischen, die sie selbst fangen und am Strand grillen würde. Mein Gott, schon wieder, denkt Ole und kann beim besten Willen nicht verstehen, was all die durchsichtigen Mädchen wie sie mit Fischen am Strand zu tun haben.

Jede zweite Frau, mit der er mal was hatte, hat davon geträumt, wie sie am Strand Fische grillte. Wenn alle solchen Träume in Erfüllung gehen sollten, wären die Meere längst leergefischt. Ist das irgendeine Mädchenkrankheit? Ohne das Fischproblem wären es ganz nette Frauen. Aber wären sie ohne die Fische auch wirklich sie selbst?

Alle bestellen ein Bier, alle schütten es sich über den Kopf und formen mit den Fingern einen Iro aus ihrem Haar, und alle finden es zum Kringeln, nicht nur Prager, der über Weihnachten mindestens fünf Kilo zugelegt hat, sondern auch Torsten, Cantona und Wasserleiche sind wie hingerissen, dabei könnten wenigstens sie mittlerweile etwas Verstand haben.

Ulrike ist auch schon nass, und während Prager sein Bier über Frank kippt, sagt er, eine so ausgelassene Stimmung gäbe es in Deutschland selten. Für einen Moment sieht es aus, als würde Frank ihm die Nase brechen, dann aber steht Frank nur auf, schüttet Prager das Bier über den Kopf und sagt:

»Das freut mich.« Und beide lächeln, das Bier tropft ihnen in die Augen, und Ole fragt sich, ob mittlerweile alle einen Dachschaden haben.

Das scheidende Jahr tost um sie herum. Ole schenkt Wodka wie am Fließband aus. Er denkt daran, was das neue Jahr bringen würde. Er denkt an seine Tochter, an seine Schulden und Probleme, er denkt an Lena und ihre Brüste unter dem blauen T-Shirt, die auf der anderen Barseite hin und her wippen, er denkt an seinen Vorsatz, nie wieder mit einer Frau zusammenzuleben, damit sein ohnehin schon kompliziertes Leben nicht noch komplizierter wird. Erneut fällt ihm seine Tochter ein, und er überlegt, wie sie jetzt wohl aussehen mag, ob sie die Haare lang oder kurz trägt. Und dann denkt er an alle Frauen, die er mal hatte.

Dann tritt er mit Lena vors Helsinki. Er schließt die Tür. Mitternacht rückt näher. Alle wollen raus, halten Böller und Feuerwerkskörper in der Hand. Ole zeigt ihnen den Schlüsselbund und schüttelt ihn in der Luft:

»Mein Neujahrsgeschenk für euch. Solange ihr nicht aufgeräumt habt, bleibt ihr drin.«

Aber sie werden nicht sauer, im Gegenteil. Torsten und Frank drehen auf wie in ihren jungen Jahren und zapfen Bier für alle, grinsen Ole an und zeigen Stinkefinger. Selbst-ist-der-Mann schießt einen selbst gebauten Böller in die Decke, Wasserleiche tanzt mit Ulrike auf der Theke und reißt dabei die Lampe herunter, Hündin fackelt Gabis Adventskranz ab.

Draußen zünden sich Ole und Lena eine Zigarette an.

»Finnland oder Griechenland?« Ole lehnt sich an die Wand, und die alte tschechoslowakische Partystraßenbahn tuckert wieder an ihnen vorbei, sie scheint einer seltsamen Gleisschleife zu folgen. Ole versucht, sich daran zu erinnern, wann er das letzte Mal die Stadt verlassen hat. Klar, ein paarmal sind sie alle mit dem Fahrrad zu den gefluteten Gruben hingefahren, die vom Braunkohletagebau geblieben waren, sie haben dort Bier getrunken, geraucht und es sich auf den Raupenketten des riesigen Löffelbaggers gemütlich gemacht, der dort als technische Sehenswürdigkeit stand.

»Nur als Freunde.«

»Klar. Aber ich höre mir deine Geschichten nicht länger als zwei Stunden am Tag an, ja?«

»Abgemacht.«

»Also noch einmal: Finnland oder Griechenland?«

»Wie wäre es mit Böhmen?«, Lena sieht ihn an.

In der Straßenbahn brodelt die Disko, und ein paar Leute wanken mit Bierflaschen in der Hand hin und her. Aus dem hinteren Fenster des letzten Waggons hängt ein Lamettaschweif, wie ein buntes zerfetztes Iro des letzten diesjährigen Kometen flattert er im Wind. Jeder Metallstreifen eine nicht zu Ende geschriebene Geschichte des ausgehenden Jahres.

»Böhmen?«, fragt Ole. »Was findest du an Böhmen finnisch oder griechisch?«

»Es liegt genau dazwischen.«

»Ich bin schon mal da gewesen… Da gibt es nichts. Frag mal Prager. Warum meinst du, dass er hier wohnt.«

»Weil seine Beziehung im Eimer ist.«

»So geht es jedem in dieser Stadt. Außerdem werden dort schon nachmittags die Bürgersteige hochgeklappt.«

»Gemeinsam können wir die hochgeklappten Bürgersteige wieder runterlassen.«

»Unsinn. Fahr doch selber hin. Ich geb dir gerne das schlimmste tschechische Wort mit auf den Weg.«

»Welches?«

»Waitschko!«

»Was heißt das?«

»Waitschko.«

»Du meinst, Waitschko heißt Waitschko? Und was heißt Waitschko?«

»Ein Ei.«

»Ein Ei?«

»Ja.«

»Krass, oder? Die Tschechen sind komisch«, Ole schielt in das Inferno vom Helsinki, wo der schweißbedeckte Prager gerade mit Ix und Tango Pogo tanzt.

»Also im Juli? Ich mag Eier. Fährst du mit mir in das Waitschko-Land?«

»Lena, ich bin pleite. Ich muss das Helsinki abstottern, und es sieht nicht so aus, als würde das so schnell gehen.«

»Du hast doch von Finnland gesprochen, das ist viel teurer als Böhmen.«

»Das waren nur Sprüche. Klar, würde ich gerne machen, ich würde auch gerne nach Griechenland fahren oder nach Böhmen.«

»Wenn ich zahle, kommst du mit?«

»Du kannst doch nicht für mich zahlen.«

»Keine Angst, ich hole es mir anderswo zurück.«

»Wo denn?«

»Anderswo.«

Ole und Lena sehen der Straßenbahn nach. Es ist klirrend kalt. Hinter der verschlossenen Tür in ihrem Rücken lodert die Hitze des Helsinki. Auf einmal erzittert die Erde unter ihnen.

»Müssen die Maulwürfe auch heute ackern?«

»Kann sein... Nicht nur die Tschechen sind komisch, die Deutschen auch.«

»Zeig mir ein Land, das nicht durchgeknallt ist. In jedem Keller liegt 'ne Perversion. Ich glaube, unsere Maulwürfe arbeiten dran, dass das Ding nie fertig wird. Dann können sie ewig da unten bleiben.«

»Kann sein... Du, Lena?«

»Ja?«

»Ich wollte dich schon lange was fragen. Haben wir...«

»...miteinander geschlafen?«

»So in etwa, ja.«

»Ich glaube nicht.«

In der Ferne hält die Straßenbahn direkt auf der Kreuzung vor dem ehemaligen Bahnhof an. Die Fahrgäste strömen heraus, fallen sich in die Arme, küssen sich und schießen schreiend ihre Raketen ab. Ein Riesenfeuerwerk explodiert über der Stadt und schneidet den Himmel in bunte Streifen. Im Helsinki kleben die Punks am Fenster und starren den aufgeblühten Mitternachtshimmel an. Auf einmal sehen sie unbeweglich und verträumt aus, mit Bier und Zigarette in der Hand. Festgefrorene Fische in einem Aquarium.

»Waitschko!!!!«, schreit Lena in die Nacht.
»Waitschko!«, schreit Ole.
Das Neue Jahr ist da.

URLAUB

Nach Neujahr bleibt das Helsinki ein paar Tage geschlossen. Ole nimmt seinen Jahresurlaub. Er liegt in der Badewanne, liest Krimis, raucht und starrt aus dem Fenster in den grauen Himmel.

ZUTRITT VERBOTEN

Der erste Montag im neuen Jahr ist da, und die Tür zum Helsinki ist verriegelt. Von der Glasscheibe lacht allen ein eckiger Aufkleber ins Gesicht: »Aus technischen Gründen geschlossen. Zutritt verboten«.

Vor der Tür trifft Ole auf Gabi. Später kommt Frank, und kurz danach tauchen auch Lena und Ulrike auf dem Fahrrad auf. Alle rauchen, alle frieren, und keiner sagt was. Erst Frank macht den Mund auf:

»Bei uns im Kiosk am Kreuz wird ein neuer Verkäufer gesucht, der alte hat 'nen Infarkt gekriegt.«

Ole sagt nichts.

»Nur für den Fall, dass du einen Job suchst, bis sich das hier geklärt hat.«

»Danke.«

»Du machst einfach eine neue Bar auf, irgendwo anders«, sagt Lena und begrüßt Wasserleiche, Ramone und Tom, die auch gekommen sind. Wasserleiche entschuldigt sich bei allen für das, was er ihnen an Silvester angetan hat, obwohl er keinem was Böses getan und sie bloß als Diener, Mägde, Niemands und Speichellecker beschimpft hat. Wie jedes Mal.

»Woher soll ich das Geld nehmen?«

»Ich kann dir was leihen. Einhundert«, sagt Lena.

»Hm. Danke.«

»Ich kann dir auch was pumpen«, sagt Tom. »Fünfzig.«

»Toll.«

»Vielleicht kriegen wir es so zusammen«, Lena lächelt.

Ole drückt seine Fluppe aus, nimmt das Handy und ruft im Rathaus an.

Die Dame am anderen Ende ist voller Verständnis und erzählt etwas von Sicherheitsgründen. Ole sagt, dass ihm die Sicherheit egal ist, und will wissen, wann er zu seinem Besitz darf.

»Das gehört alles mir!«, schreit er.

Sie sagt mehrmals hintereinander und ganz ruhig, sicher, ja, sicher, sie würde ihn verstehen, aber im Moment ließe sich nichts machen. Erst wenn die Räumlichkeiten einer Statikuntersuchung unterzogen worden sind, würde man sie wieder betreten dürfen.

»Wann soll das sein?«

Aber die Frau entschuldigt sich tausendmal, das wisse sie leider nicht.

Ole pfeffert sein Handy auf den Gehsteig, und in dem Moment, als es in tausend Teile zerspringt, schießt ein Schmerz durch seinen Rücken. Verdammt, heute muss ich aufpassen, bloß keine schnellen Bewegungen, denkt er und geht weg.

»Wo sollen wir jetzt hin, Mann?«, fragt Ramone.

»Leckt mich doch alle.«

»Ole, soll ich in dem Kiosk fragen?«, ruft Frank ihm hinterher.

Aber Ole winkt nur ab. Er geht, zündet sich eine an und spürt, wie seine Rückenschmerzen doller werden. Aus seiner Jackentasche fischt er eine Tablette gegen den Tod heraus. Und als er sie ohne Wasser herunterschluckt, wünscht er sich, die ganze Stadt möge in eine Baugrube versinken.

Es passiert aber nichts.

TAL DER HOHLKÖPFE
Juni

Mein erster Arbeitstag. Um fünf aufgestanden genauso wie Muttis Typ und wie Mutti auch, die im Moravolen arbeitet, wo auch früher mein Vater beschäftigt war. Er war als Meister für ihren Webstuhl zuständig und hat sie eines Tages im Kurort auf einen Kaffee eingeladen. Daraus wurde eine große Liebe, Mutti kriegte einen dicken Bauch und ich und Doppelbruder sind auf die Welt gepurzelt.
Ich hab gedacht ich würde kochen, aber die haben mich nur Kutteln für die Kuttelsuppe waschen lassen und mir wurde ganz schön übel davon. Danach hab ich noch Schwarzgeschirr geschrubbt und meine Hände sehen aus, als hätte ich den ganzen Tag in der Badewanne gelegen, außerdem stinken sie nach dem ekligen Spülmittel und nach Scheuerpulver. Eine feiste fette Köchin hat sich über meine Frisur und meine Lederjacke ausgelassen, aber der Chefkoch hat sie zurechtgestaucht, also denke ich, dass er okay ist. Der will nur, dass ich ranklotze.

Helmut ist nach Feierabend im Praděd aufgekreuzt und hat sich die Kuttelsuppe bestellt und sich über mich lustig gemacht, wie ich da in weißer Kluft mit Stirnband herumlief und noch ne Gummischürze wegen Geschirr umhatte.
Ich würde darin richtig bescheuert aussehen, hat er gesagt, die erste Punkköchin im Altvatergebirge, da hab ich ihm gesagt, er kann mich mal. Wenn der wieder mal ranwill, dann lass ich ihn nicht ran, bloß ich lass ihn immer ran, das weiß ich. Ist doch Scheiße.

Im Wirtshaus U Slunce war gestern ein Rocktanzabend. Die Band kam aus Weidenau, tiefste Hohlkopfprovinz. Sie hieß *Kosmos* und der Abend war echt außerirdisch, Heavy Metal ist genauso widerlich und brutal wie es die *HNF* singen. Helmut hat sich dort mit einem Jugendverbandfutzi aus Javorník in die Wolle gekriegt und ihm ein Halbliterglas auf die Birne geknallt. Das alles meinetwegen weil der Metalist ständig nach meinem Hintern grapschte.

Helmut liebt mich also doch, dafür hab ich ihm draußen auf der Bushaltestelle einen geblasen, obwohl ich mir nicht sicher bin, ob ich ihm das gut mache, aber er sagt ja, und manchmal hab ich *angst*, dass es ihm so am besten gefällt. Einmal hab ich darüber mit Haschkarla geredet, aber sie mag Blasen nicht, ihr würde dabei alles gleich wieder hochkommen, sagt sie.

Heute schon Sonntag und morgen wieder Arbeit, also depri und schlecht drauf, weil ich um fünf aus den Federn muss. Hab Mutti gesagt, dass ich zu Helmut ziehen möchte, für immer, aber sie will nichts von hören. Ich werd's trotzdem machen.

Die Russen halten schon wieder Manöver ab, die ganze Stadt dröhnt von ihren Lastwagen, man kommt kaum über die Straße. Chaos hat erzählt, dass die bei Zuckmantel Riesengruben für Atomraketen ausgebuddelt hätten, sollten also mal die Amis und die Russen aufeinander losgehen, dann sind wir innerhalb von fünfeinhalb Minuten im Arsch, weil eine amerikanische Rakete braucht nicht länger als fünf Minuten um hierherzufinden. Uns würde es nicht mehr geben, aber die Amis im Amiland und die Russen im Russenland würden verschont bleiben, weil sie sofort wieder Frieden schließen würden.

Aber wir sind uns alle einig dass wir lieber durch eine Amirakete hopsgehen als durch eine russische. Den ganzen Tag Kutteln geschrubbt und Schwarzgeschirr gewaschen und meine Hände sehen aus wie die von einer Wasserleiche. Scheißspülmittel.

Die russischen Manöver gehen weiter und Muttis Typ hat erzählt, die Russen würden Sprit verscherbeln, bei einem Kerl in Supíkovice sind die Benzinkanister allerdings in der Garage explodiert. Auf der Arbeit Kutteln, bald kann ich nicht mehr. Abends Helmut.

Heute endlich ne Änderung. Hab belegte Brötchen gemacht, so die Sorte Kindersarg.
Heute ist unsere Nachbarin, die Witwe, zu uns in den Schnellimbiss auf ne Suppe gekommen, dann hat sie sich noch einen Tee geholt und ich hab gesehen, wie sie aus einer kleinen Flasche etwas hineingeschüttet und die Flasche dann wieder in die Handtasche gesteckt hat. Die Frau ist vielleicht fünfzig, sieht aber mindestens wie hundert aus. Alle Leute hier sehen viel älter aus. Vielleicht liegt das an Tschernobyl.

Chaos und Ulknudel haben gestern geheiratet. Es war der dreizehnte und die Eltern wollten's nicht, weil sie die Zahl nicht passend fanden, aber die beiden wollten das Datum unbedingt haben. Es ist die erste Punkhochzeit in Freiwaldau gewesen und der Bürgermeister hat was von Familie als Grundzelle des sozialistischen Staates und von Verantwortung gelabert und bei Ulknudel war unterm Kleid die Wampe mit der Krabbe zu sehen und ich hab herumgeknipst und gedacht, was für ein Schwein, dass es nicht mich erwischt hatte, sonst würde vielleicht ich dort stehen mit Helmut was ich manchmal ganz nett fände aber heute bestimmt nicht.
Gefeiert wurde in der Kneipe in Adolfsdorf direkt vor Omas Haus hinterm Bach, und weil Chaos bei *Tschernobyl* spielt, wurde beschlossen, dass *Tschernobyl* auch bei der Hochzeit für Musik sorgen würden. Wir fanden das prima, die Eltern und Onkels und Tanten des holden Paars schon etwas weniger, die hätten sich wohl eher über Blasmusik gefreut, sie hockten in der Kneipe und kippten

einen Wacholderschnaps nach dem anderen herunter, sie sind ja alle halb Slowaken und halb Rumänen, die irgendwie nach dem Krieg hierhergeraten sind. Sie warteten auf ihre Lieder, aber die Jungs haben die nicht gespielt.
Ulknudel kommt aus Zuckmantel, was für mich ein ähnliches Tal der Hohlköpfe ist wie Schönberg oder Freudenthal. Aber dann hat irgendein Cousin von ihr gesagt, dass Freiwaldau das Tal der Hohlköpfe ist, und das hätte er lieber für sich behalten sollen. Aus dem Streit wurde eine Schlägerei, und zwar so eine, dass auch die Bullen kamen und nicht glauben wollten, dass sie es mit einer Hochzeit zu tun hatten und nicht mit einer staatsubversiven Aktion, wo so viele Punks da waren. Ulknudels nette Mama stand unter Schock und wurde ins Krankenhaus gebracht, das war ihr alles doch zu viel. Als Hochzeitsgeschenk hat das Brautpaar von uns eine nagelneue Gasmaskentasche bekommen für die Kaulquappe in Ulknudels Bauch, aus der auch mal ein richtiger Punk wird, und auf die ich in wunderschönen Buchstaben *Sex Pistols* gemalt hab. In der Tasche gab's dann noch zwei Pullen Billigfusel und ein bisschen Gras aus Helmuts Garten, das aber nur für die Braut und den Bräutigam.

Gestern auf der Arbeit ist Maruna aufgekreuzt, die einzige von der ganzen Schule, die mir fehlt, weil mit der kann ich über alles reden. Sie hat *angst*, dass es sie nun auch erwischt hat, wie sie mit einem der Jeansangeber vom Gymnasium rumgemacht hat. Also hab ich ihr heißes Bad empfohlen so wie sie mir damals.

Heute schon wieder Kutteln gewaschen und am liebsten hätte ich nur geheult, die anderen Weiber in der Küche haben mir direkt ins Gesicht gelacht, richtig angekommen bin ich hier wohl nicht. Danach hab ich das Volk beobachtet, das sich hier an den Stehtischen mit Kuttelsuppe vollstopfte und das offensichtlich mit

großem Plaisir. Ich hab mir vorgestellt, was die Leute für ne Fresse machen würden, wenn die Kutteln vergammelt wären, ich dachte dabei zum Beispiel an den Bullen, der mir beim Verhör die zwei Ohrfeigen geklebt hatte und jetzt ganz hinten unauffällig die Suppe hineinschaufelte. Es gab Lob vom Chef, ich hätte die Kutteln richtig gut gewaschen und weil ich so geschickt bin, darf ich sie ab jetzt immer waschen.
Kuttelsuppe ist ein sudetendeutsches Nationalgericht, genauso wie Presswurst und Schweinshaxe, hat mir Helmut gesagt. Na dann besten Dank, meine lieben deutschen Vorfahren!

Bei Maruna kam nun raus, dass sie mit dem Gymnasialdeppen, der übrigens mit Doppelbruder in die gleiche Klasse geht, nur rumgeknutscht hatte, zuerst auf der Disko und dann im Smetana-Park am Steg, dort hat sie ihm an die Eier und an den Schwanz gefasst, und dann hat sie ein bisschen an ihm gelutscht, während er wiederum sie unten gefingert hat. So direkt gesagt hat sie es natürlich nicht, aber ich hab's kapiert, und mehr gemacht haben sie nicht, also kann sie nicht schwanger sein, aber das will sie mir nicht glauben.
Der Chef hat mich ne Suppe kochen lassen. Rindsbouillon. Heute sind nämlich keine Kutteln gekommen.
Maruna beneidet mich, dass ich ne Arbeit habe, weil ich nicht zur Schule muss, sie wird wahrscheinlich in Russisch und in Mathe durchfallen.

Eine Köchin hat mir gesteckt, dass sich nach mir die Bullen erkundigt hätten, wie ich mich auf Arbeit anstelle und so. Abends in Beseda, als wir allein am Tisch saßen, haben wir über den Schwarzen geredet, wo der wohl steckt oder ob er vielleicht tot ist. Helmut hatte man wieder zum Verhör abgeholt.

Maruna ist nicht schwanger und ich auch nicht. Hurra. In der ganzen Stadt gibt es keine Damenbinden. Wie macht es die olle Husáková wenn sie ihre Tage kriegt, ich meine falls der Husák überhaupt ne Alte hat?

Vor Vinopa versuchten zwei Armeepiloten der Albatros-Flotte, die hier gerade Kur machen, zwei Gnädigste abzuschleppen, sie hatten ihre Paradeuniformen an, auf die die hiesige Damenwelt total abfährt. Einer von diesen Jagdfliegerpiloten hat mal der Mutter von Funus den Kopf verdreht, einer total braven Tschechisch- und Musiklehrerin. Sie hat seinetwegen ihren Mann samt Familie verlassen und ist ihm nach Pardubice gefolgt, wo sie feststellte, dass er verheiratet war und drei Kinder hatte. Zurück zu Hause fing sie an zu saufen, was hier aber sowieso jeder macht, weil es hier sonst nichts zu tun gibt, hier ist no future, Tschernobyl, Sudeten, Altvatergebirge, Endstation für jede Buslinie und jeden Zug der Republik. Also ist sie nach Weißwasser in die Entziehungsklinik, mit dem Trinken hat sie aber nicht aufgehört.

Weder in Schönberg noch in Hannsdorf kriegt man Damenbinden. Darüber haben die Weiber auf der Arbeit geredet. Und Tschechoslowake, der sie ja aus Polen hätte reinschmuggeln können, ist tot. Ansonsten Hitze und Kutteln.

Hitze und dann Gewitter wie ausm Bilderbuch und beide Flüsse, Staříč und Bělá, schwollen an und sind komplett außer Rand und Band geraten. Helmut wünscht sich ein richtiges Hochwasser, das alle Russen aus der Stadt wegspülen würde.

Aber die Russen wurden nicht weggespült und sie halten schon wieder ihre Manöver ab, ihre blöden Lastwagen versperren überall den Weg und meine Halsschmerzen sind noch doller geworden.

Trinkgelage bei Helmut in der Hütte. Es hat Bindfaden geregnet, aber sonst gute Laune, wir haben große Pläne geschmiedet, Helmut möchte regelmäßig verbotene Festivals machen, vielleicht lädt er auch *HNF* und *Visací zámek* ein.

Außerdem haben wir rausgefunden, dass das beste Gras aus Sörgsdorf von der Insel im Steinbruch kommt. Typhus hat's mitgebracht, er hatte es dort auch gepflanzt. Danach haben wir so einen Kohldampf gekriegt dass wir alle Luncheon Meat Dosen verputzt haben, die Helmut in der Küche stehen hatte, und als er Nachschub in den Keller holen ging hat er dort Funus mit einer Plastiktüte überm Kopf und einem in Toluen getränkten Taschentuch drunter gefunden. Wäre er nur ne Minute später gekommen hätte Funus schon seine Beerdigung kriegen können. Sein Name kommt daher, weil er drei Monate als Friedhofsgräber gearbeitet hat. Er ist erst am nächsten Tag zu sich gekommen und musste nur noch kotzen und hat sich auch in die Hose gemacht.

Omas Geburtstag. Besuch mit Blumenstrauß, dort Kaffee und Schnaps. Muttis Typ zu viel Schnaps über den Durst getrunken also hat Mutti, sauer wie sie war, zu Hause seine ganzen Flaschen ins Klo gekippt und ich bin zu Helmut, sie hatte keine Kraft mich aufzuhalten.

FREIHEIT

*F*reunde bleiben nur so lange Freunde, bis man sich von ihnen Geld leihen will.

»Ich weiß genau, was du meinst«, sagte Torsten, »aber Jule, du weißt ja, wie es bei uns zugeht, also Jule hat das Sagen, wenn es ums Geld geht.«

»Um dein Geld?«

»Ich sag's dir, weil wir Freunde sind. Ich hab meine Freiheit, sie hat mein Geld. Es sei denn, du verkaufst mir deine romantischen Filme. Die würde ich zu Hause als eine gute Investition verteidigen können.«

»Ich weiß genau, was du meinst. Aber die Filme verkaufe ich nie.«

Fast überall ist es Ole ähnlich ergangen. Und fast überall hat er das zu hören bekommen, was er selber am besten wusste: Es wäre schade, wenn er aufgeben würde, weil das Helsinki die letzte abgeschlagene Bar im Viertel war.

HEY HEY, MY MY

Ole sieht sich in seiner Wohnung um und überlegt, was er verkaufen könnte, um Geld für ein neues Helsinki zusammenzubekommen. Seinen alten Fernseher? Den Verstärker? Die Boxen? Oder den Plattenspieler und den CD-Player? Never. Den Kassettenrecorder? Niemals. Seine Krimis? Auf keinen Fall. Das Plakat von *Automat*, das an der Glastür ins Schlafzimmer hängt, damit das Licht vom Flur nicht stört? Er lässt den Blick schleifen und denkt nach. Für seine Filmsammlung könnte er gutes Geld bekommen. Aber das kommt überhaupt nicht infrage. Außerdem gehört sie ihm nicht. Auch wenn Herr Weisskopf irgendwo im Himmel über Polen umherirrt, gerade deswegen darf Ole sie nicht verkaufen.

Er könnte in Pragers Zimmer gehen und sich aus seiner Schreibtischschublade ein paar Hunderter leihen. Er weiß, dass sie dort liegen. Prager lebt nicht schlecht und hat ihm schon mal einen Tausender geliehen. Oder besser gesagt, ihm Vorschuss auf die Miete gegeben, so hieß die Sprachregelung. Ole findet das inzwischen etwas doof, weil er ihn nicht mehr rausschmeißen kann, wenn er es möchte, und sich daher weiterhin Pragers sehnsüchtiges Gerede und seine guten Tipps und Rezepte anhören muss. Außerdem hat er ein Papier unterschrieben, dass er das Zimmer nicht für zwei-, sondern für sechshundert im Monat an Prager vermietet. Die Bestätigung hat Prager an die Brauerei geschickt und Geld kassiert. Prager, der nebst gutem Essen auch guten Fußball liebt, sagt »böhmischer Pass« und »das Spiel nach Hause schaukeln« dazu.

Ole nimmt den Stapel Banknoten in die Hand, es können etwa dreitausend sein, aber dann legt er das Geld zurück und macht die Schublade wieder zu. Überall perfekte Ordnung. Ole kommt es vor, als wäre Prager ein viel besserer Deutscher als er, von einem Deutschen erwartet man nämlich, dass er ordentlich ist, aber Ole geht Ordnung am Arsch vorbei.

Auf dem aufgeräumten Schreibtisch blinkt ein silbernes Notebook. Er klappt es auf. Der Rechner fährt hoch, und auf dem Desktop taucht ein Foto von Prager mit zwei kleinen Kindern auf dem Schoß auf. Wahrscheinlich sind das seine. Natürlich, diese vollen Wangen, die haben sie von ihm, na, vor Hunger sterben die wohl nicht.

Er sieht sich weiter um. Im Schrank Pragers feine Klamotten. Ein paar gute Hemden, die er immer locker über die Hose trägt, um seine Speckfalten zu kaschieren, Markenboxershorts und ein Jackett. Im Regal ein paar tschechische Bücher. Hrabal, Kundera, Škvorecký und eine Reihe Kochbücher.

Ole geht zurück in sein Zimmer, zündet sich eine Zigarette an und fängt an zu husten. Vielleicht sollte er den Combo-Verstärker und die rote Gitarre verticken, aber auch das würde er nie machen. Die Gitarre steht auf einem Ständer in der Ecke wie ein Denkmal gefallener Zeiten, und Ole kann sich nicht erinnern, wann er sie zum letzten Mal gespielt hat. Er nimmt sie in die Hand und dreht sie um. Das Holz ist voller Kerben. Für jedes Konzert eine.

Am Hals findet er die Stelle, wo sie entzweiging, als er sie in Berlin im Finale eines Konzerts in einem unterirdischen Bunker aus dem Dritten Reich auf den Boden geknallt hat. Damals hatte man das Publikum in Grüppchen hereingebracht, damit im Labyrinth der unterirdischen Gänge keiner verloren ging. Um sie herum dröhnten die U-Bahn-Züge, und *Automat* spielte so laut, dass Ole von der niedrigen Decke den Putz auf das Publikum herunterrieseln sah.

Die Gitarre hat er selber gebaut und ihren Hals auch damals wieder heilgemacht. Ole nimmt ein Kabel und schließt die Gitarre an den Verstärker. Er versucht, sie zu stimmen, aber es will ihm nicht gelingen. Ob der Verlust von Musikgehör mit Alter zusammenhängt, oder hat er nie eins gehabt? Er stellt den Verstärker lauter und spielt. Am liebsten würde er in den Tönen untergehen.

Hey hey, my my, singt er. Früher konnte er das Lied nicht ausstehen. Es kam ihm winselig vor, zu doll hippiemäßig, langhaarig altmodisch und voller Selbstmitleid. Dörrfleisch ohne Saft. Heute fühlt sich das Lied auf einmal ganz saftig an. Vielleicht ist er hineingewachsen oder einfach nur erwachsen geworden, auf jeden Fall begreift er jetzt, dass Neil Young der beste Punk der Welt ist, weil *it's better to burn out than to fade away*. Er spielt weiter, und in der Wohnung nebenan trommelt einer gegen die Wand und schreit, dort schläft ein kleines Kind.

»Du mich auch«, sagt Ole. Er macht den Verstärker aus und schrammt weiter vor sich hin ohne Ton. Tastend versucht er sich an ein paar alten Liedern von *Automat*. Ob sie überhaupt noch funktionieren. Er hat da so seine Zweifel.

AM KREUZ

*E*ine Bockwurst.«
»Eine Zeitung.«
»Ein Kaugummi.«
»Eine Bockwurst.«
»Einen Kaffee.«
»Etwas Zucker.«
»'ne Cola light.«
»Ein Feuerzeug.«
»Eine Zeitung.«
»'ne Schachtel Zigaretten.«
»Eine Tüte Chips.«

Er nahm keine Gesichter wahr, blickte nicht mal auf, er registrierte nur, was gesagt wurde. Er las eine Zeitung und spürte, dass es ihm auf die Füße zog und dass ihm der Würstchengeruch Übelkeit verursachte. Der Kiosk Am Kreuz gehörte Vladan, einem Serben aus Belgrad, der weit und breit den dicksten Nacken hatte. Übrigens ein Zeichen dafür, dass der Besitzer eines solchen Nackens etwas anderes tut, als er vorgibt zu tun.

Vladan kreuzte in einem schwarzen Gelände-Mercedes mit getönten Scheiben durch die Stadt, vom Rückspiegel baumelten ein Kreuz und ein Rosenkranz herunter. Einen ähnlichen Rosenkranz hatte er auch um den Hals hängen. In der Stadt gehörten ihm mehrere Kioske, nicht nur das Am Kreuz.

Und in ihnen wurde auch anderes als Kartoffelchips verkauft. Frank war mit Vladan befreundet, weil er Gras von ihm bezog. Ole hat ihn nur einmal gesehen, und zwar an dem Tag, als Vladan ihm den Schlüssel von der zwei mal zwei Meter Butze überreichte.

»Den Job hast du Frank zu verdanken, weil der ein alter Kumpel von mir ist«, sagte Vladan. »Also mach bloß keine Probleme.«

»Eine Zeitung.«
»Einen kleinen Rum.«
»Ein Bier.«
»Eine Schachtel Zigaretten.«
»Eine Bockwurst.«

Kalte Füße. Und Luftzug, der es auf seinen Rücken absah. Das wusste Ole genau. Als ihn Frank einmal besuchte, um zu fragen, wie es ihm ging, sagte Ole das Gleiche, was sonst Frank immer antwortete: »Januar.«

Frank strahlte ihn an, genau, Januar ist sein, Franks, Glücksmonat, sagte er, bald würde er in die Hauptstadt fahren und dort seine Weltgeschichte vorführen. Wenn alles gut geht, ist er bald so reich, dass er Ole nicht nur eine neue Bar kaufen, sondern ihn auch nach echt Helsinki mitnehmen würde, damit sie beide endlich wissen, wie die Stadt aussieht.

Ole wäre sich da nicht so sicher, aber er sagte nichts, seine Füße wurden durchs Reden auch nicht wärmer.

SCHNITZEL, KOMPOTT UND BIER

Jeder muss mal hin, zumindest von Zeit zu Zeit.
 Ole sitzt in der Straßenbahn. Sie fährt über einen Wasserkanal, der die Stadt hätte mit der Elbe verbinden sollen, heute aber von nirgendwo nach nirgendwo führt. Er denkt daran, dass fast allen Bauherren eines Tages die Puste ausgeht. Große Reden, große Pläne, aber null Ausdauer. Die Nazis haben den Kanal nicht zu Ende gebaut, und auch die Kommunisten mussten von ihren Plänen Abschied nehmen, in denen der Totalabriss der Altstadt vorgesehen war und die Errichtung einer neuen, komplett aus Beton bestehenden Innenstadt nach dem Vorbild einer nordböhmischen Metropole. Vielleicht wird auch der Tunnel unter der Stadt nie seine Eröffnung erleben.
 Er steigt aus und blickt auf den Kanal herunter. Das grüne Wasser ist genauso unbeweglich wie damals, als Ole klein war. Er lehnt gegen das Geländer und spuckt hinunter wie früher. Die Spucke saust durch die Luft wie ein Fallschirmspringer, dessen Fallschirm nicht aufgegangen ist. Einst haben Frank und er auf diesem Kanal schwere Seeschlachten ausgetragen.
 Vor einem baufälligen Mietshaus wirft Ole seine nicht zu Ende gerauchte Zigarette weg, er ist spät dran. Er schnuppert an seiner Jacke. Sie stinkt nach Rauch, aber vielleicht merkt es die Mama nicht. Hier am verwahrlosten Stadtrand gibt es anders als im Stadtzentrum keinen Mieterandrang. Von den Häu-

sern blättert der Putz ab, und so wird es auch in der nächsten Zukunft bleiben. Am Dach ist die Regenrinne abgebrochen, von neun Wohnungen sind nur vier bewohnt, und im Treppenhaus mischt sich der muffige Kellergeruch mit dem Duft des Mittagessens aus dem zweiten Stock. Wie oft ist er das Geländer von ganz oben bis nach unten gefahren?

»Wo bleibst du denn so lange?«, seine schlanke zierliche Mama küsst ihn in der Tür auf die Wange und rennt gleich mit wehender Kochschürze wieder in die Küche zurück: »Deine Lederjacke solltest du mal in die Reinigung bringen. Die sieht ganz fürchterlich aus. Oder du kaufst dir endlich eine neue.«

Ole schnuppert noch einmal am Ärmel.

»Komm schon, komm«, ruft Mutter.

Ole versteht nicht, woher sie nach den vielen Jahren im Schuldienst ihre Energie nimmt. Im Vergleich zu ihr sieht der Vater ziemlich schlaff aus. Er selbst wohl auch. Vielleicht halten Frauen wirklich mehr aus. Es gab eine einzige Zeit, zu der sie nicht strahlte, sondern dahinwelkte. Das war, nachdem man ihn aus der Tschechoslowakei zurückgebracht und in die U-Haft gesteckt hatte.

Ole geht weiter, Flur und Küche sind durch eine Spitzengardine getrennt. Vater sitzt am Fenster und liest in einem Automagazin. Er hält das Heft so fest und sicher, als wäre es das Lenkrad eines Lastwagens und er würde die Autobahn Richtung Rostock rasen. Zwar hatte er nie einen Laster gefahren, aber noch vor einem Jahr ist er als Straßenbahnfahrer durch die Stadt gekurvt. Er ist stolz darauf, dass seine Stadt über das längste Straßenbahnnetz Deutschlands verfügt, und von Zeit zu Zeit verdingt er sich bei den Verkehrsbetrieben als Kontrolleur, um sich etwas Bewegung zu verschaffen. Die Mama kommt immer mit, weil sie Angst hat, irgendein Schwarzfahrer könnte ihn mit einem Messer bedrohen.

Als Ole aus dem Knast entlassen wurde, schwieg der Vater zunächst lange, dann gab es einen Riesenstreit. Daraufhin büxte Ole aus und kam nie wieder zurück.

»Was gibt's Neues?«, Ole sieht sich in der Küche um. Das alte Bakelitradio. Die Kuckucksuhr aus dem Erzgebirge. Der Fernseher, in dem tonlos Sportnachrichten laufen. Das Regal, auf dem früher zwei Blumentöpfe gestanden haben, jetzt liegen dort Schachteln mit Medikamenten. Vater sitzt in der Ecke am Tisch, und Mutter in geblümter Schürze steht am Herd. Eine zwanzigjährige Familienidylle. Oder dauert sie vielleicht schon vierzig Jahre an? Passende Kulisse für eine Fernsehserie mit kleineren und größeren Dramen mit Happy End.

»Vater sollte lernen, Dinge wegzuschmeißen. Er kann sich von nichts trennen, aber wo soll ich hin mit meinem ganzen Zeug? Nicht mal alte Zeitungen, Kalender, Fahrpläne oder alte Werbung schmeißt er weg. Wenn es wenigstens Bücher wären! Aber das ist alles nur Werbung, lauter Kataloge oder Flugblätter, verstehst du? Hier stapeln sich zwanzig Jahre Papierblödsinn in der Wohnung. Außerdem alles total unhygienisch. Weißt du, wie viele Leute das Zeug in der Hand gehalten haben?«

»Mama, draußen droht keine Epidemie. Wir haben Winter.«

Vater lächelt, dann winkt er ab und vertieft sich wieder in sein Magazin.

Ole verschwindet für einen Moment im Badezimmer. Am liebsten würde er jetzt eine rauchen. Seine Mutter gießt geräuschvoll Kartoffeln ab. »Aber wo soll ich mit meinem Kram hin?«, ruft sie.

Ole wäscht sich die Hände. Wie früher schmust er lange mit der Seife, bis seine Hände voller Schaumblasen sind. Als kleiner Junge war er fest davon überzeugt, jede Schaumblase würde ihm einen Wunsch erfüllen.

Er erinnert sich, wie sich gleich nach der Wende alle im Haus riesige neue Briefkästen gekauft haben. Nicht wegen der üblichen Post, nein, wegen der bunten Flut von Westwerbung, die in ihr abgeschlagenes Haus schwappte und ihre angeschlagenen Leben und ihre müden Gesichter wieder zum Strahlen brachte. Die Eltern lagen den ganzen Abend darin, und vor dem Einschlafen freuten sie sich darauf, dass am nächsten Tag eine neue Ladung kommt und sie wieder etwas zum Lesen haben würden. Die Quelle. Der Neckermann. Der Volkswagen. Die Deutsche Bank. Die Zeugen Jehovas. Neue Teppiche. Neue Kühlschränke. Neue Fernseher. Sie blätterten in der Werbung und schnupperten daran, weil die Heftchen so herrlich dufteten. Gemeinsam mit den Werbezetteln gewannen die Menschen ihre Fähigkeit zurück, Dinge mit der Nase wahrzunehmen. Ein Jahr später gab es überall zu viel davon zu riechen, und die Nachbarn brachten den Aufkleber »Keine Werbung, bitte« an ihre Briefkästen. Zwei Jahre später ging die erste große Fabrik pleite, drei Jahre später zog der erste Nachbar aus, und die Freude am Riechen ging allmählich verloren.

»Ich frage mich, warum er das nicht wegschmeißt«, sagt Mutter erneut. »Wo soll ich mein Zeug hintun, wenn überall nur sein Kram herumliegt? Als er früher immer nur in der Garage steckte, war das besser. Er schmeißt nichts weg, weder die alten Tennisschläger noch den kaputten russischen Fernseher oder die löchrige Luftmatratze, auf der bist du ja damals auf diesem böhmischen Teich fast ertrunken, weißt du noch?«

»Du meinst meine Schwester, Mama.«

»Er hat sie immer noch nicht geflickt!«, seine Mutter hört ihm nicht zu.

»Wenn ich will, dann flick ich die«, meldet sich Vater endlich zu Wort.

»Willst du damit sagen, dass du in den zwanzig Jahren einfach keine Lust hattest, oder wie?«

»Anhand der Dinge kann ich mein Leben besser überblicken.«

»Anhand einer löchrigen Luftmatratze und eines Haufens Werbezettel, meinst du?«

Die Mutter tischt auf.

»Die Werbung zeigt mir, was ich hätte sein können und was ich nicht geworden bin, weil ich mich nicht habe verblöden lassen«, Vater fängt an zu essen. »Wenn ich nicht mehr da bin, kannst du's zusammen mit mir entsorgen. Du kriegst schon bald deine Ruhe.«

»Jetzt geht das wieder los«, Mutter setzt sich an den Tisch und schenkt sich eine Kelle Rindsbouillon ein. Sie schmeckt stark und lecker wie immer. »Wie ein Leierkasten: Bald hast du deine Ruhe, bald bin ich nicht mehr da… Da kannst du mal sehen, wie es hier läuft.«

»Wie sieht's mit dir aus? Willst du ein Bier?«, fragt Vater Ole und legt endlich sein Magazin zur Seite. Auf der Titelseite schmiegt sich eine Blondine an ein neues Mercedes-Modell. »Heftiges Ding, der neue Mercedes. Aber du kannst ihn nicht selbst reparieren. Nichts für mich.«

Ohne Oles Antwort abzuwarten, öffnet er eine Flasche Bier und schenkt ein.

»Wie läuft die Arbeit?«

»Gut.«

»Der Nachbar von unten meinte, dass du deine Bar geschlossen hast?«

»Na ja, es muss einiges überholt werden, aber das ist bald okay. Ich hab mir jetzt so 'ne Art Urlaub gegönnt.«

»Aha. Seiner Frau hast du wohl die Zeitung verkauft, im Kiosk Am Kreuz, hat sie erzählt.«

»Ich? Am Kreuz? Da muss sie mich verwechselt haben.«

»Sie war sich sicher, dass du es warst, sie sagte, du hättest aber getan, als würdest du sie nicht kennen. Ich hab ihr aber gesagt, dass du dieses Café hast... Und die Lütte, hast du sie gesehen?«

»Ja.«

Ole lügt. Er hat seine Tochter lange nicht gesehen.

»Die ist bestimmt ganz schön groß geworden.«

»Ich bitte dich, sie wird bald achtzehn, da wächst man nicht mehr.«

»Wir haben sie ja so lange nicht gesehen. Seit sie fünfzehn ist...«, sagt Vater.

»Ich hab sie einmal zufällig am Bahnhof getroffen und hab ihr gesagt, sie soll man vorbeischauen. Warum kommt sie denn nicht?«, wirft Mutter ein.

»Willst du nicht wieder heiraten? Du bist schon vierzig, vielleicht solltest du dich mal niederlassen, etwas ruhiger werden«, sagt Vater.

»Aber Papa, was hast du schon wieder... Ich werde ja erst vierzig.«

Die Eltern sehen sich an.

»Ole, du bist schon vierzig geworden, im Herbst.«

Mutter streut grüne Petersilie über die Kartoffeln.

»Du weißt nicht mal, wie alt du bist?«

»Weiß ich doch, klar weiß ich das...«

Ole spürt, dass er zu schwitzen anfängt. Er würde gerne eine Zigarette rauchen. Vielleicht sollte er wirklich mehr auf sich achten. Wie hat er seinen runden Geburtstag vergessen können? Was hat sein Vater bloß immer mit dem Heiraten. In der Richtung ist Mutter viel realistischer. Da haben Ole und seine Schwester richtig Schwein gehabt. Er ist doch schon mal verheiratet gewesen, ein Kind hat er auch, und außerdem wird er ständig vom schlechten Gewissen wegen einer Reihe anderer Frauen geplagt, mit denen es auch nicht geklappt hat. Und falls es wenigstens ein kleines bisschen Gerechtigkeit auf der Welt gibt, müsste man klar erkennen, dass nicht nur er allein Schuld trägt an dem ganzen Missgeschick.

Vielleicht sollte auch er lernen, Dinge wegzuwerfen, und in sich selbst aufräumen. Womöglich ist er genauso schlecht darin wie sein Vater. Vielleicht sind all seine Ex-Frauen etwas Ähnliches wie Vaters Werbezettel. Konservierte Erinnerungen. Und vielleicht gleicht eine von ihnen Vaters Luftmatratze, die man noch flicken könnte, wenn man sich die Zeit nehmen würde. Bloß welche? Connie? Katrin? Monika? Er versucht, für jeden Namen ein Gesicht zu finden. Aber es gelingt nicht immer. Ist Katrin überhaupt vor Monika gewesen? Mit beiden hat er was gehabt, als er noch zusammen mit Connie lebte, das zumindest weiß er genau.

Er schneidet das Schnitzel und die Kartoffeln auf dem Teller klein und sieht die Gesichter anderer Frauen vorbeidefilieren. Kerstin. Judith. Janna. Und Katrin 2. Je mehr Frauen auftauchen, desto einsamer fühlt sich Ole. Und dann sieht er noch eine, die allererste. Vielleicht ist sie der erste Messerstoß in die Luftmatratze seines Lebens gewesen, dieser Matratze, die langsam untergeht und ihn mit nach unten zieht. Vielleicht sollte er wenigstens dieses Loch finden und flicken, damit keine weiteren entstehen. Wenn er wüsste, wie er das machen soll, würde er vielleicht nicht so viel rauchen und keine Tabletten gegen den Tod schlucken, sein Magen würde nicht so oft wehtun, sein Rücken auch nicht, und er hätte richtig viel Geld. Er würde ein glückliches Leben führen wie seine Schwester, die zwei Kinder und immer noch denselben Mann hat. Es gibt kurze Momente, in denen Ole sie richtig beneidet.

»Das Bier schmeckt gut, oder?«, sagt Vater fröhlich. »Weder süß noch bitter.«

»Ich trinke jetzt am liebsten Schnitt. Der schmeckt bei jeder Sorte gut.«

»Schnitt? Was ist das?«

»So eine tschechische Spezialität. Das hat mir ein Typ aus Prag beigebracht. Du zapfst dir ein Glas voll mit Schaum und lässt es sacken.«

»Also trinkst du den Schaum.«

»Nein, Schnitt.«

»Lebst du wenigstens mit einer Frau zusammen?«, fragt Mutter.

»Mama…«

»Ich darf doch wenigstens fragen, oder?«

»Das darfst du, natürlich.«

»Also nicht.«

Ole starrt das Schnitzel aus durchwachsener Schweinehüfte an, das knusprig in Butter gebraten und mit leckerer brauner Soße begossen wurde, und kaut, ohne auf den Geschmack zu achten.

»Such dir doch eine normale Frau aus. Keine durchgeknallte Künstlerin. Eine ganz normale nette Frau, die dich liebt und für dich kocht, so wie unsere Mama«, Vater lächelt, aber Ole weiß, dass es die beiden auch nicht immer leicht hatten miteinander.

»Papa! Mama! Ich lebe allein, und es geht mir trotzdem gut, ist das klar?!!!«

»Das sehen wir doch. Reg dich doch nicht immer gleich auf, Oliver, Schatz, Hauptsache, es geht dir gut«, Mutter versucht, ihn zu besänftigen. »Wer möchte Kirschkompott?«

»Mama, ich habe dich tausend Mal gebeten…«

»Ich weiß, du magst es nicht, wenn ich Oliver sage.«

»Genau.«

»Den Namen hast du nach deinem Opa. Er hat dich so liebgehabt.«

»Ich weiß. Aber ich heiße Ole.«

»Also, wie sieht es mit dem Kompott aus?«

Die beiden Männer nicken, und Mutter verschwindet im Flur hinter der Gardine. Vater beugt sich nach vorne und flüstert Ole ins Ohr: »Vielleicht solltest du dir doch eine Frau anschaffen. Vielleicht würde es dir dann auch leichter fallen, eine ordentliche Arbeit zu finden.«

»Papa, hör doch auf… Ich habe doch Arbeit.«

In dem Moment verschluckt sich Ole, er muss husten, sein Vater klopft ihm auf den Rücken und sagt, nanana, nicht, dass du hier den Geist aufgibst. Mutter kommt mit dem Kompott zurück. Ole stehen Tränen in den Augen, er schnappt nach Luft und trinkt ganz schnell einen Schluck Bier. Gerettet.

»Dein Schnitzel schmeckt wirklich ausgezeichnet, Mama…«, dann holt er tief Luft und fährt fort: »Sag mal, ich wollte einfach nur fragen, könnt ihr mir etwas Geld leihen?«

Seine Eltern werfen sich einen Blick zu. Man hört, wie in der Küche das Wasser vom Hahn in die Spüle tröpfelt.

»An wie viel hast du gedacht?«, fragt Vater.

»Nicht viel… Vielleicht so zehntausend.«

»Zehntausend?«, wiederholt Mutter erschrocken.

»Na ja, eher zwölf, wenn ich realistisch bin.«

»Wofür?«, fragt Vater. »Du steckst schon wieder in der Scheiße, oder?«

»Ole, ist was passiert?«, fragt Mutter.

Die Eltern sehen ihn an. Ihre Blicke sind wie scharfgezeichnete Schweife von Jagdflugzeugen, die bis dahin friedlich den Himmel gekreuzt und nun Ole ins Visier genommen haben. Jeder von ihnen hält ein Stückchen Schnitzel auf der Gabel.

»Nein, ich stecke nicht in der Scheiße. Mir geht es gut«, Ole kämpft verzweifelt um den richtigen Ton. »Vergesst, dass ich gefragt habe. Ich wollte bloß die Bar richtig umgraben. Ein echtes Café daraus machen und auch ein Kino für Mütter mit Kindern. Alle haben jetzt kleine Kinder, und überall wachsen neue Häuser, und ich könnte im Kino alte tschechische Märchen zeigen, die kriegt man heutzutage nirgendwo zu sehen. Es gibt kaum noch Einrichtungen, wo eine Mutter mit ihren Kindern in Ruhe ihren koffeinfreien Kaffee oder Milchshake trinken kann.«

»Du willst Milchshakes machen?«, der Vater ist verwundert.

»Na ja… hab ich mir so ausgedacht. Aber vergiss es, alles nur Blödsinn.«

»Wieso? Als Kind hast du sie gerne getrunken. Erdbeershakes, weißt du noch? Und die Simone, die mochte wiederum die mit Himbeeren«, sagt Mutter. »So ein Laden könnte ganz gut laufen.«

»Klar, weiß ich noch, die haben super geschmeckt. Hast du das Rezept noch?«, sagt Ole, aber er erinnert sich nicht.

»Aber wir haben dir schon vor zwei Jahren dreitausend geliehen«, Mutter wendet sich wieder dem Kompott zu.

»Echt?«

Ole erinnert sich nicht mehr.

»Ja. Damals wolltest du aus der Bar einen Delikatessenladen machen.«

»Und davor sollte es ein, na, wie hieß das denn noch, ein vegetarisches Restaurant werden. Als du damals mit der…«, Vater sucht angestrengt in seinem Gedächtnis, und Ole wünscht sich, er würde den Namen vergessen haben.

»Mit der Marta zusammen warst.«
Mein Gott.

»Ach, die Marta, wie geht es der?... Damals haben wir dir doch auch Geld geliehen. Und deine Schwester hat noch was dazugelegt«, sagt Mutter.

Daran kann sich Ole gerade noch erinnern.

»Ihr kriegt selbstverständlich alles zurück, versprochen. Bis zum Sommer habt ihr das Geld wieder. Und wie geht es Simone eigentlich? Was machen die Kinder? Und Leonard?«

»Leopold.«

»Leopold?«

»Ihr Mann heißt Leopold.«

»Ja, natürlich. Wann hab ich den zum letzten Mal gesehen...« Ole versucht, sich zu erinnern. »Wahrscheinlich bei der Hochzeit. Ein komischer Name, wie bei einem Dackel.«

Vater lacht. Und Mutter tut, als hätte sie nichts gehört.

»Gut geht es ihnen, wie sollte es ihnen auch sonst gehen. Leopold leitet nicht mehr die Zweigstelle, sondern die Zweigstelle der Zweigstellen«, sagt sie.

»Was heißt das?«

»Dass er der Chef der Zweigstellen geworden ist. Chef der deutschen Zweigstelle aller Zweigstellen der Firma«, fügt Vater hinzu.

»Ach so. Was für eine Firma?«

»Eine große Firma.«

»Welche denn?«

»So eine... übernationale halt.«

»Was stellen die denn her? Autos, Puppen oder Klodeckel?«

»Das wissen wir nicht genau«, Vater gibt schließlich auf.

»Weißt du, was ich neulich im Briefkasten fand?« Mama strahlt auf einmal. Sie steht auf und holt vom Kühlschrank eine Postkarte mit einer Schlossruine darauf.

»Die Munzars haben sich gemeldet, nach all den Jahren!

Kannst du dich an die erinnern? Die sind doch immer so lustig gewesen.«

»Aber die Postkarte hat ein Kind geschrieben.«

»Sie sprechen ja auch kein Deutsch. Wird 'ne Enkeltochter oder so geschrieben haben. Du, Vati, wir sollten denen bald mal antworten, oder?«

Ole schnuppert an der Postkarte.

»Kuck mal, Mama, die riecht ja nach dem fürchterlichen Russenparfüm.«

»Zeig mal«, Vater nimmt die Karte in die Hand. »Stimmt, ja, ja, ich riech das auch.«

Nur Mutter riecht nichts.

»Ob der alte Munzar noch seinen alten Škoda fährt? Oder hat er auch vielleicht ein Auto, das er zu Hause nicht reparieren kann. Da bin ich aber neugierig«, sagt Vater noch.

»Wir müssen uns auf jeden Fall zurückmelden«, sagt Mutter, steht auf und räumt die Teller vom Tisch. »Wer möchte jetzt ein Stückchen Kuchen?«

»Ich kann nicht mehr, Mama.«

»Aber das ist Rhabarberkuchen, den hast du doch früher so gerne gemocht. Oder schmeckt er dir nicht mehr?«

TAL DER HOHLKÖPFE
Juli

Nix geschrieben wegen Faulheit. Gar nichts passiert.
Nur Bruderherz hat sich in eine Schnalle aus Schönberg verknallt und rennt ständig in die Telefonzelle um sie anzurufen oder schreibt ihr lange Briefe. Ich hab angefangen öfters bei Helmut zu übernachten und hab Mutti gesagt, ich werde ihn eines Tages heiraten und sie ist völlig mit den Nerven runter, aber sie kann nix tun.
Mit der Clique haben wir eine Wanderung nach Hundsrücken gemacht. Zuerst mit dem Zug nach Jauernig, dann zu Fuß weiter, hinter dem Schloss hinauf in die Berge. Die ersten Steinpilze gefunden, auch Kahlköpfe gibt's schon.
Wir liefen durch ausgestorbene alte deutsche Dörfer, wo seit dem Krieg keiner mehr lebt und wo von den Häusern nur noch Grundmauern geblieben sind. Manchmal ist ein Dorfteich oder eine Kirchenruine zu sehen und ich knipse das alles ab. Wir haben ein Paar Kahlköpfe reingeschmissen und plötzlich sah alles scharf und bunt aus.
Als ich nachts aufgewacht bin sehe ich hinter der Mauer von einem ehemaligen Gutshof das große schwarze Tier mit den goldenen Augen stehen, es kuckt mich an und ich höre ganz deutlich wie es schnauft. Ich geh zu ihm, nach den Pilzen fühle ich mich leicht schwindelig und auf einmal sehe ich fünf Tiere und sie stehen im Kreis um mich herum und ich komme nicht mehr raus. Plötzlich nimmt mich eins mit dem Horn auf und trägt mich zum Wald und ich höre von irgendwo die Stimme von dem Schwarzen, und er sagt, ich soll zu ihm kommen, und ich frage wohin, aber da schweigt er schon wieder. Später wache ich im Gras auf, überall Tau, mir ist kalt und die anderen sind weit weg, ich liege ganz allein am Waldrand.

Helmut sagt, ich habe einen Knacks und ich sollte mit dem Kiffen aufhören und auf jeden Fall nie wieder Pilze anfassen. Beim Nachhauseweg werden wir in Friedberg auf dem Bahnhof von zwei gelangweilten Eisenbahnbullen aufgegriffen. Schikane wie immer: der Perso raus aus der Tasche, blöde Sprüche von wegen Klamotten und Frisur, außerdem Drohungen, sie würden uns auf die Volkspolizei vorladen und uns zwingen, dass wir uns gegenseitig die Haare schneiden. Zwei alte Herren, die auf der Bank mit einem Riesenkorb voller Steinpilze hocken, nicken eifrig, ja, ja, richtig so, so muss man mit denen reden, das ist das Einzige, was die verstehen, in die Kohlegrube mit ihnen, so wie damals unter Gottwald, das macht das junge Volk gefügig. Man wollte uns auch andrehen, dass wir schwarz rüber nach Polen gegangen sind, die Grenzer hätten uns hinter der Trennlinie gesehen.
Es stimmt schon, dass wir kurz da gewesen sind, unterm Blaubeerberg, aber da kann uns keiner gesehen haben, echt nicht.

Bei Helmut im Haus sind Deutsche aufgekreuzt. Keine Dederonen sondern die echten Deutschen ausm Westen. Natürlich hatte er ziemlichen Bammel vor, was die wohl wollen würden, aber das Paar hat nur darum gebeten, das Haus besichtigen zu dürfen, der Alte war hier geboren, also hat Helmut es ihnen gezeigt. Richtig zugedröhnt waren sie davon nicht, weil bei Helmut alles ziemlich zugemüllt ist, aber sie haben alles geknipst und der Alte weinte vor sich hin, wo er sein Haus wieder gesehen hat, und wollte dann wissen, ob ich Helmuts Tochter bin, der tickt wohl nicht richtig, Helmut ist doch nur ein paar Jahre älter als ich. Helmut hat ihnen einen türkischen Kaffee mit Satz gekocht und der Alte konnte sich kaum wieder einkriegen, einen besseren Kaffee hätte er noch nie getrunken und er hat Helmut zwanzig!!! Westmark gegeben und ihn gefragt, ob er und seine Alte nochmals kommen dürften, und wir haben genickt. Er hat erzählt, dass das

Haus, was mal ihnen und jetzt nun Helmut gehörte, 1799 gebaut wurde und dass es von hier den schönsten Blick auf Jeseník gibt, da hat er allerdings Freiwaldau gesagt, aber das sagen wir ja auch. Ich musste Helmut alles übersetzen, weil er nennt sich zwar Helmut und benimmt sich manchmal wie ein kleiner Nazi, aber Deutsch kann er nicht. Er ist aber nicht blöd und hat sich den beiden nicht als Helmut sondern als Mikeš vorgestellt, weil so heißt er richtig. Wie die beiden hießen, das weiß ich nicht.
Abends tauchten die Bullen auf und wollten wissen, was die Teutonen im BMW hier gesucht hätten, aber Helmut sagte, die hätten sich bloß auf dem Weg ins Kurbad verfahren, also haben die Herren wenigstens meinen Perso sehen wollen, obwohl wir uns alle schon lange kennen.

Mutti und ihr Typ und auch Doppelbruder sind in die Slowakei gefahren, Urlaub in Zemplínská Šírava, das ist ziemlich weit weg, also habe ich beschlossen bei uns eine Party zu machen. Mutti hat Wind davon gekriegt, ich musste also schwören, dass alles in Ordnung bleibt und ich regelmäßig zur Arbeit gehen und brav bleiben würde. Klar doch.

Bin allein zu Hause und es fehlt mir echt keiner, also *danke an alle*. Auf der Arbeit haben wir Presswurst gemacht. Bei dieser Hitze hätte man echt von kotzen können, den Majorangestank habe ich noch jetzt in der Nase.
Eine der Köchinnen hat schon wieder über meine Frisur hergezogen, also hab ich Helmut gebeten, mir abends noch mehr Haare wegzurasieren, damit die einen Grund zum Lästern hat.
Er schläft zum ersten Mal bei uns!

Als Helmut wegging, hat ihn die Nachbarin im Flur gesehen, die Olle merkt echt alles, obwohl sie sich kaum noch auf den Beinen

halten kann, nach den vielen Flaschen die sie in sich reinkippt.
Die wird bestimmt bei Mutti petzen. Soll sie auch.
In der Glotze haben sie gesagt, dass es auf der Erde fünf Milliarden Menschen gibt und dass die Polizei in Amerika Schwarze vermöbelt und dass wir froh sein sollten, dass es so was bei uns nicht gibt. Das stimmt, hier gibt es auch keine Schwarzen, nur die paar Vietnamesen, die in Moravolen am Webstuhl schuften. Unsere freundlichen Bullen dreschen lieber auf uns ein.
Ansonsten fette Depri wegen Sonntag. Daher Kassettenrecorder, *Die Toten Hosen*, Helmut und zerkratzter Rücken.

Nach Feierabend bei Oma. Ich hätte nicht hingehen dürfen. Sie hat mich erwischt, wie ich mir aus ihrem Portemonnaie Geld holte, weil das Leben so viele Ansprüche an einen stellt und ich ständig pleite bin. Wir haben uns auf Deutsch gezofft und die Nachbarn haben sich die Augen aus dem Kopf glotzen können. Dann hat Oma angefangen am ganzen Körper zu zittern und hat geheult, das hätte sie nicht verdient und es würde ihr das Herz brechen. Das fand ich doof, also hab ich mich bei ihr entschuldigt und ihr sogar noch Kartoffeln geschält.

Mutti hat bei der Nachbarin angerufen, ob alles in Ordnung ist. Die hat dann bei uns geklingelt, um mir Bescheid zu sagen, und man konnte auf zehn Schritte ihre Fahne riechen. Sie hatte total wässrige Augen, und wenn sie den Mund aufmachte, war kaum was zu verstehen, keine Ahnung, wie Mutti mit ihr telefonieren konnte, ich hab nur verstanden, dass sie mich hat grüßen lassen und dass sie es prima hätten, tolles Wetter und viele Kamele.
Also hab ich nachgefragt, ob es in der Slowakei wirklich Kamele gibt, und die Nachbarin hat gesagt Kamele.
Sie ist die Einzige im Haus, die ein Telefon hat, weil ihr Alter ist bei den Bullen gewesen, bis er sich letzte Weihnachten wegen Bauch-

krebs im Keller auf dem Heizungsrohr aufgehängt hat, nach Muttis Meinung hatte er zu viel gesoffen und zu viel fettiges Schweinefleisch gegessen. Seitdem trinkt sie selbst wie ein Weltmeister und glaubt, das fällt keinem auf.

Heute ist es acht Jahre her, seit Papa nicht mehr da ist. Ich will nicht schreiben, dass er gestorben ist, weil ich einfach nur sagen will, dass er nicht da ist, auch wenn ich weiß, dass er nicht mehr zurückkommen würde, obwohl ich es mir als Kind lange so gedacht hatte.

Nachmittags nach Feierabend bin ich mit Oma in Adolfsdorf zu seinem Grab, das mit dem Geld hat sie schon vergessen, jetzt hat sie geschnieft, Vati hätte so ein tolles Grab, weil man von da aus den Altvater und das ganze Altvatergebirge sieht. Um Papa herum liegen lauter Deutsche, ihre Gräber bröckeln auseinander und sind total zugewachsen, die Einzige, die sich manchmal mit ein paar Blumen hierher verirrt, ist meine Oma, weil sie halt all die Leute gekannt hatte.
Vor dem Friedhof hat sie mir dann lange die Wange gestreichelt und konnte nicht aufhören zu heulen und sagte immer wieder auf Deutsch, ach du mein kleines Mädchen. Mir war es richtig peinlich, weil zum Ersten bin ich nicht mehr klein und zum Zweiten glotzten uns die Leute auf der Bushaltestelle an.
Die Hitze dauert an, abends im Freibad. Aber auch bei diesem Wetter bleibt die Lederjacke dran.

Weil es so heiß ist, hat unser Chefkoch beschlossen, auf leichtere Kost umzusteigen, also kochen wir statt Kuttelsuppe Krautsuppe, und statt Schweinebraten mit Semmelknödeln und Weißkraut gibt es Schweinebraten mit Kartoffelknödeln und Weißkraut. Nach dem Feierabend im Freibad, viele Mädels aus meiner Schule waren da, später sind Haschkarla, Funus und auch noch Helmut gekommen.

Gestern sauheiß, Abschiedsgelage bei Chaos im Garten.
Zuerst alles nur lustig, dann aber richtig depri. Alle Konzerte von *Tschernobyl* bis auf Weiteres verschoben.
Diskutiert, wer wohin abhauen würde, wenn man könnte.
Laut Funus totaler Blödsinn, weil wenn er ganz normal überallhin fahren dürfte, nicht nur nach Ungarn und in die DDR, dann würde er gar nicht abhauen wollen, und außerdem möchte er nicht abhauen sondern kiffen, fuck off das Ganze, ohnehin no future, und dann hat er sein Toluen rausgeholt.
Ich würde wahrscheinlich ins Reich abhauen, in das echte, nicht zu den Dederonen, ich kann ja Deutsch und könnte dort kochen oder Geschirr abwaschen und endlich tun, was ich will, ins Konzert von *Die Toten Hosen* gehen oder mir andere Bands ankucken, die ich nur von Kassette oder vom Band kenne oder aus dem polnischen Radio. Vor allem würde ich mir nicht immer anhören müssen, was ich zu tun habe.
Zum Schluss ist alles aus dem Ruder gelaufen. Chaos hat voll zugedröhnt versucht sich mit ner Glasscherbe die Pulsadern aufzuschneiden, das Blut spritzte aus ihm wie aus einem frisch geschlachteten Ochsen. Ulknudel hat geheult, als sie ihm den Arm verband und ich hab ihr geholfen und Chaos war windelweich und hat auch nur geheult.

Chaos ist mit verbundenem Arm in den Krieg gezogen und wurde von Ulknudel, mir und den anderen zum Bhf gebracht, von wo er in irgendein JWD in der Ostslowakei gefahren ist.
Ich erzählte ihm, dass Mutti dort gerade Urlaub macht, dass es schön ist und dass es dort Kamele gibt, aber er war trotzdem furchtbar niedergeschlagen und Ulknudel hat geheult, aber Chaos

noch mehr, weil sie ihm die Haare abschneiden würden. Und
weil er nicht dabei sein würde, wenn seine kleine Krabbe zur Welt
kommt. Noch vor der Abfahrt haben uns die Bullen kontrolliert
und Chaos ins Gesicht gelacht, beim Militär würden ihm alle
Gedanken an Punk und Iro ganz schnell vergehen. Arschlöcher.
Danach sind wir ins Morava, um die Trauer wegzuspülen. Und ich
hab das alles mit meinem Russengerät geknipst.
Ein Punk weniger in Freiwaldau.

Ulknudel ist bei mir auf Arbeit vorbeigekommen und hat geplärrt.
Sie hat schon eine richtige Wampe und ich durfte sie anfassen,
um zu sehen, wie der Keimling da drinnen um sich trat, aber der
hat wohl geschlafen oder was, weil getreten hat er nicht.
Meine Halsschmerzen werden immer fetter.

Heute ne ganze Schachtel Filterlose weggezischt, ich wollte das so.
Leichter Durchfall, aber: Panksnotdäd.

Ne Stunde früher von der Arbeit weg, hab gesagt, mir wäre
ganz schlecht geworden, wegen meiner Tage, das stimmte aber
nicht, ich muss ja die Party vorbereiten. Also schnell aufrauchen
und los.

Die Party war super, Bier Musik Hasch Pflaumenwein und auch
Rum und Wodka aus den Vorräten von Muttis Typen, die besoffene
stinkende Nachbarin im Nachthemd sah in der Tür wie ein Schloss-
gespenst aus, sie hat gedroht, sie würde die Bullen rufen, weil sie
nicht schlafen konnte, also hab ich ihr gesagt, sie soll mal zur
Beruhigung einen Schluck nehmen und hab ihr ne halbe Flasche
Rum in die Hand gedrückt, noch im Flur hat sie sich den Inhalt
in die Kehle gekippt, danach hat sie nirgendwo anrufen wollen.
Zum Schluss war der Alk alle, also hat Funus gewettet, dass er

Muttis Fensterputzmittel leer trinkt. Das hat er tatsächlich geschafft und alles sofort gleich vom Balkon gereihert, das haben die Leute von gegenüber beobachtet und uns was zugeschrien. Außerdem Musik und Hackbraten, den hab ich selbst gemacht.
Später hab ich vom Balkon mein großes glänzendes schwarzes Tier gesehen, wie es durch die Straße stromerte, da war ich gerade eine rauchen und alle waren schon zu knülle. Es rieb sich an geparkten Autos und war so groß wie ein ausgewachsener Schäferhund und heute ging ein unglaubliches Strahlen von ihm aus, es wühlte in Mülltonnen herum und warf den ganzen Inhalt auf die Straße, aber als ich die anderen geholt hab, da war das Tier weg. Aber der Müll lag noch am nächsten Morgen da. Keine Ahnung, warum mir solche komischen Dinge erscheinen.

Die Family kam aus dem Urlaub einen Tag früher zurück als abgemacht. Scheiße Scheiße Scheiße. Mutti hat gerade in dem Moment die Badezimmertür geöffnet, als Funus in der Wanne die Kotze von sich runterspülte. Ich hab mit Helmut in ihrem Bett geschlafen und im Kinderzimmer und im Wohnzimmer lagen stapelweise fremde Leute. Geschrei Streiterei Drohungen, dann haben auch noch die Nachbarn von unten geklingelt und die unter ihnen auch, wegen Kotze auf dem Balkon, Danke Funus, du Sack, ich hab das alles abwischen müssen.
Hier redet nicht mal der Ascher mit mir. Also ziehe ich zu Helmut, ich meine, falls er mich wirklich liebt. Behaupten tut er das.

Jeden Abend stehen die ollen Familienväter in kurzer Hose und ausgeleiertem Unterhemd, das um ihren Schmerbauch spannt, vor dem Haus und schrubben all ihre Škodas Trabis Wartburgs oder Zhigulis blank. Sie würden natürlich auch gerne andere Autos schrubben, aber in Freiwaldau gibt es keine anderen Karren, höchstens nur auf der Rückseite von *Welt der Motoren* die Muttis

Typ gerne liest. Als hätten sie sich verabredet, beugen sich alle gemeinsam über ihre Eimer und polieren ihre fahrbaren Untersätze, während über ihnen die Schwalben kreisen.
In Beseda haben Helmut, Typhus, Funus, Haschkarla und ich beschlossen, dass wir urlaubsreif sind. Am liebsten würden wir ans Meer fahren, aber weil wir in Polen Einreiseverbot haben, Bulgarien Rumänien und die DDR zu weit weg liegen, Ungarn kein Meer hat und wir außerdem alle chronisch pleite sind, haben wir beschlossen bei uns ans Meer nach Sörgsdorf zu fahren, de facto um die Ecke hinter den nächsten Berg. Dort gibt es einen alten überschwemmten Steinbruch mit einer Insel, wo das beste Gras der Welt wächst, das hatte Typhus dort gepflanzt. Die Grube wird unsere Ostsee sein und die Insel unser Rügen, sagt Helmut.
Übermorgen wollen wir los, ich werde Fotos machen, Ulknudel möchte auch mitkommen aber sie hat Schiss wegen dem Keimling, der sich in ihrem Bauch breitmacht. Also bleibt sie lieber hier.

Mein erster freier Urlaub am Meer. Mutti hat zuerst nichts von hören wollen, sie war ja immer noch sauer wegen der Party, aber ich hab gesagt, dass ich als arbeitende Bevölkerung Anspruch auf Urlaub habe, sie fand es nicht überzeugend genug. Es folgten Predigten Nervereien Tränen Schnaps und Drohungen à la Wir rufen die Polizei, aber ich hab mir einfach meine Jacke, zwei T-Shirts, Unterwäsche und Schlafsack geholt, hab die Tür hinter mir zugeschlagen und bin zu Helmut, noch im Treppenhaus hab ich gehört wie Mutti in der Küche heulte.
Und wie ich da durch unsere Plattenbauten marschiert bin, hab ich auf einmal jede Fresse gespürt, die mich anstarrte. Jeden fetten Bauch und jeden Arsch, die an der Sonne schmorten. Und jemand rief mir hinterher, solche wie ich gehörten ins KZ, aber ich habe nur den Stinkefinger hochgehalten und bin weitermarschiert und auf einmal fühlte ich mich saustolz und erhaben wie eine Prinzessin.

Gleich nach Feierabend sind wir mit dem Bus losgefahren, mitgenommen haben wir Brot Bier Fleischkonserven Gitarre und einen kleinen Kassettenrecorder made in Ungarn und einen Haufen Kassetten. Um die Batterien zu schonen, spult Haschkarla die Kassetten mit einem Bleistift zurück, den steckt sie in das Loch und lässt die Kassette um ihn herum kreisen.
Im Bus war's total stickig auch wenn alle Fenster offen waren. Wir fahren zur Ostsee, Typhus grinste mit seinem ausgeschlagenen Vorderzahn eine alte Omi an, die wissen wollte, wo es bei den jungen Leuten hingeht. In Wildschütz bei der Kneipe sind wir ausgestiegen, jeder hat ein Bier getrunken und dann sind wir zu Fuß querfeldein nach Sörgsdorf marschiert.

Im Campingplatz auf der einen Seite von dem See, der jetzt unsere Ostsee wird, wohnen ganz schön viele Leute. In der Kneipe grölt eine altbackene Falsettstimme ausm Radio, außerdem gibt's hier ein paar ziemlich fortschrittliche DDRler mit ordentlich aufgebauten Zelten und einem kleinen Garten drum herum, nur noch die Blumenrabatten fehlen.
In so einem Gärtchen hat gerade eine Trabi-Family um ihr Abendbrot gesessen. Auf Plastik-Tellerchen schnitten sie mit Plastik-Besteck ihre belegten Brote zurecht, ob die vielleicht auch aus Plastik waren?

Helmut hat eine Luftmatratze aufgeblasen, wir haben unser Zeug draufgeschmissen und sind damit nach Rügen geschwommen, es ging gut, wir mussten nur zweimal hin und wieder zurück. Funus und Typhus haben sich gleich um die Grasernte gekümmert, wir anderen haben Feuer gemacht und Speckwürstchen gebraten und das ganze Bier leer getrunken, also haben die Jungs mit der Luftmatratze wieder über das weite Meer schwimmen und aus der Kneipe aufm Campingplatz Nachschub holen müssen. Wir haben auch gekifft. Es gibt nichts Besseres als auf einer Insel der Freiheit zu kiffen und in einen Sternenhimmel zu starren, aber auf einmal hab ich nur noch zwei Sterne gesehen und das waren die goldenen Augen von dem schwarzen Tier, das mich immer wieder besuchen kommt.

Zum ersten Mal bin ich allein ohne meine Eltern im Urlaub und zum ersten Mal im Leben am Meer in Sörgsdorf und schon gleich auf der Punkinsel Rügen, die nur uns gehört und wo keiner hinkann und auch gar nicht hinwill, weil anständige Leute ihre Zelte auf einem Campingplatz aufschlagen, dort wo es warmes Wasser und Klos gibt.
Jetzt liege ich da und bräune meine Brüste, die zwar nicht üppig sind, aber Helmut findet mich auch so klasse, weil er pausenlos drängelt dass wir uns doch ein bisschen abseitspacken und eine Runde schieben, aber jetzt gerade macht dort Haschkarla mit Typhus herum.
Helmut hat eine kleine Angelrute und er hat schon zwei Karpfen aus dem Wasser gezogen, die er zum Abendessen braten will, ich finde es super, dass er mit seinen von der Waldarbeit gestählten muskelbepackten Pranken angeln und Fische ausnehmen kann.
Wir haben Urlaub. Herrlich. Bloß Funus sind Gras und Bier zu wenig, er hat sich aus einer kleinen Flasche Toluen auf sein Taschentuch gekippt und ist dann komplett weg gewesen, drei geschlagene Stunden hat er wie tot in der Sonne gelegen.

EIS

Am Kreuz ist eine Insel im Asphaltmeer. Eine große Kreuzung und gleichzeitig eine Straßenbahnhaltestelle, wo auf dem Weg von Süden alle Linien der Stadt noch einmal zusammenkommen, um dann in alle Himmelsrichtungen auseinanderzustreben. Die Sechs hält hier. Die Achtzehn. Die Drei. Die Sieben, die in die Richtung von Oles einstiger Brauerei fährt, die längst einem Einkaufszentrum und einem 3-D-Kino hat weichen müssen. Die Dreizehn folgt dem Ring und kreist um die Innenstadt herum. All die Straßenbahnen schieben sich quietschend an Oles Kiosk vorbei, der genau in der Mitte steht, sie engen ihn immer mehr ein und werden ihn eines Tages vermutlich auch entzweischneiden.

Über der Kreuzung tanzen die Wasserrohre, und darüber hängt ein öliger Winterhimmel. Den sieht Ole aber nicht, weil er gerade in der Zeitung liest, dass die amerikanischen Wissenschaftler herausgefunden haben, Koffein in größeren Mengen würde nicht Infarkt herbeiführen, wie ursprünglich gedacht, sondern im Gegenteil das Herz beruhigen, lediglich kleinere Mengen von Koffein würden das Herz durcheinanderbringen und zum Infarkt führen.

»Ein Vanilleeis.«

»Gibt es nicht.«

»Dann ein Zitroneneis.«

»Erst im Sommer.«

»Na, dann ein cremiges Speiseeis.«

Erst als er die Fahrradklingel hört, hebt Ole die Augen von seiner Lektüre hoch. Lena.

»Komm raus.«

»Ich bin draußen, falls du es nicht bemerkt hast.«

»Ich lade dich zu einem Ausflug ein.«

»Du kannst dir deine Trostaktion sparen.«

»Ich erzähl keine Geschichten, Ehrenwort. Ich will dir nur was zeigen.«

»Ein andermal, danke.«

»Den schönsten Ort der Stadt, den keiner kennt.«

»Ich kenn diese Stadt seit vierzig Jahren. Schon früher habe ich sie nicht schön gefunden, und heute finde ich sie auch nicht schön. In dieser Hinsicht wird sich kaum etwas ändern.«

»Wie du meinst.«

Lena schwang sich aufs Fahrrad.

»Warte doch, Mensch.«

Ole machte das Wasser aus, in dem die Würstchen warm gehalten wurden, steckte sich eine Schachtel Zigaretten in die Tasche, und dann schob er noch eine zweite hinterher. Er packte seine Sachen zusammen und schrieb auf einen Zettel *Wegen Krankheit geschlossen*. Lena schloss ihr Fahrrad an der Haltestelle an.

INSELN

Nun gehen sie unter einem endlosen Gewirr von rauschenden Rohren nebeneinander und rauchen. An der Ampel machen sie halt und warten, bis Lastwagen mit Sand und Kies aus dem Tunnel vorbeigedonnert, bis Straßenbahnen über die Weichen gekrochen sind, bis die Ampel endlich wieder Grün gezeigt hat.

In der Ferne sieht man aus dem Schornstein eines Elektrowerks mächtige Rauchwolken in die Luft steigen. Man hat den Eindruck, als würde die Strom- und Wärmefabrik direkt am Stadtrand stehen, aber sie liegt gute zwanzig Kilometer weiter, das weiß Ole genau. Den Trick hat er noch nie richtig verstanden. Die weißen Kühltürme erinnern an Schachfiguren, die ein besoffener Spieler auf einem anderen, noch verrückteren Planeten auf die Erde hat fallen lassen. Einmal hat sich Ole mit dem Fahrrad dahinbegeben, aber auf dem Rückweg war er fast zusammengebrochen, er war schlicht und ergreifend außer Puste gewesen, woran vermutlich die ganzen Zigaretten Schuld trugen.

»Als kleiner Junge hab ich immer wieder Inseln gezeichnet«, Ole starrt in die Berge von Rauch, die sich langsam über den Himmel schieben.

»Du meinst Rügen und so?«

»Nichts Konkretes. Ganze Inselgruppen. Und auf ihnen gründete ich dann Städte.«

»Hatten die auch Namen?«

»Die Städte waren nicht wichtig. Mich haben die wachsenden Organismen fasziniert, ihre Fähigkeit, immer größer zu werden und sich mit den anderen zu verbinden. Es war eine Welt, die nur mir gehörte. Das war das Wichtigste. Inseln, Städte, Schienennetze, Straßen, Häfen und Autobahnen. Einmal kam mein Vater zu mir ins Zimmer, er war leicht angetrunken, der ganze Boden war mit Bahnen von bemaltem Papier ausgelegt, er kuckte sich eine Weile meine Inseln an, das ganze Riesenreich, auf das ich so stolz war, und sagte: Ist doch 'ne Onanie.«

»Onanie? Und weiter?«

»Das war's. Er schloss die Tür hinter sich zu und machte ein Nickerchen. Das war zum ersten Mal, dass ich das Wort gehört hab. Oder eher verstanden hab, dass es echt was bedeutete, da wurde mir erst bewusst, wie schwer es wiegt.«

»Mein Vater wiederum kurvt jeden Morgen mit seinem Fahrrad auf dem Asphalt vor unserem Plattenbau. Eine liegende Acht nach der anderen.«

»Ich dachte, dieser Unfall damals, in dem Wartburg, ich meine, wo deine Mutter diese Splitter im Ellbogen und so, ich dachte, dass dein Vater…«

»Klar, ja, er ist tot. Das hier ist mein zweiter Vater, der Typ, den meine Mutter später geheiratet hat. Ich sag Papa zu ihm, weil er mich großgezogen hat, und ich will da keine Unordnung haben.«

»Also dein Ersatzvater.«

Sie gehen an einer Villa aus der Vorkriegszeit vorbei, der seit dem Luftangriff immer noch ein Turm fehlt.

»Mein Vater, ganz einfach.«

»Man hat nur einen Vater.«

»Und ich hab halt zwei gehabt. Rede bitte nicht immer dazwischen, wenn ich dir was erzähle. Ich wollte nur sagen, dass sein Fahrradfahren auch eine Art Onanie ist.«

»Wenn es ihm guttut.«

»Er kurvt in Achten, stundenlang. Er könnte auch von einem Ende der Stadt zum anderen fahren, seit er aus der Arbeit rausgeflogen ist, hat er einen Haufen Zeit, aber er fährt seine Achten und folgt der Unendlichkeit. Vor ein paar Jahren hatte er was mit dem Knie, er wurde operiert, und seitdem muss er es trainieren. Mutter sagt ihm immer beim Mittagessen, er soll bitte mit seiner Herumkurverei aufhören, ihr wäre es richtig peinlich, was er da tut, er sollte doch lieber zur Krankengymnastik gehen. Aber ihm macht das Spaß, seine Achten zu fahren. Man sieht die Spuren schon auf dem Asphalt. Unsere Plattenbausiedlung sollte das Herz einer neuen, modernen Stadt bilden, nachdem die alte von den Kohlegruben verschluckt werden würde. Aber dazu ist es ja nicht gekommen. Also wurde ein Drittel von unseren Häusern von Baggern wieder auseinandergenommen, die Asphaltstraßen sind aber geblieben. Wenn auch dieser Vater nicht mehr lebt und wenn auch das letzte Haus verschwunden ist, wird man auf dem Asphalt immer noch seine Achten sehen können. Sie sind eine Art Unterschrift von ihm.«

»Vielleicht sind wir alle dabei, überflüssige Achten in den Asphalt zu stampfen.«

»Aber jede liegende Acht kann sich doch aufrichten und etwas bewirken, verstehst du?«

»Aber auch so bleibt sie eine überflüssige liegende Acht.«

»Du kannst mich echt mal, Herr Selbstmitleid.«

»Lass mich doch in Ruhe, ich kann so sein, wie ich will.«

»Natürlich kannst du das. Aber du hast ein Problem. Und damit solltest du verdammt noch mal was machen.«

»Lena, ich muss rein gar nichts, damit es klar ist.«

»Klar. Aber trotzdem wirst du damit etwas machen müssen. Und bevor du es in Angriff nimmst, wollte ich dir etwas zeigen, damit du auf andere Gedanken kommst.«
»Sind wir schon da? Mir ist kalt.«
»Noch ein Stückchen.«
»Krieg ich dort einen Kaffee? Einen Kaffee mit Rum?«
»Gleich daneben gibt es eine super Bar.«

HITLER MACHEN

Sie gehen weiter, und Ole zieht den Reißverschluss an seiner Jacke so hoch, wie es nur geht, aber auch so zieht es ihm von oben kalt auf den Rücken. Mit zwanzig hat ihm Luftzug nichts ausgemacht. Mit dreißig auch nicht. Allmählich wird ein störrischer, vor Kälte schlotternder alter Opa aus ihm, denkt Ole, schließlich ist mittlerweile die Rente näher als die Pubertät. Er starrt in den schweren Himmel, in die tiefliegende Januardecke, die Schnee birgt. Auf einmal sieht er statt Wolken große Inseln, die eine große liegende Acht bilden, die sich aufrichtet und immer größer wird.

»Warum gehst du nicht weiter?«
»Ich geh doch schon.«
Er zündet sich eine an.
»Du brauchst dich nicht zu wundern, dass du frierst, wenn du ständig stehen bleibst.«

Sie haben schon längst ihre angestammten Viertel verlassen. Jetzt laufen sie durch einen Park, danach folgen sie dem Fluss, der in ein künstliches Flussbett eingezwängt wurde. Vor dem geschlossenen Ausflugsrestaurant liegen zwei vergessene Bierflaschen auf einer Bank. Weit und breit keine Menschenseele.

Früher ist Ole häufig mit Connie und der Kleinen hier gewesen. Als das Kind noch klein war und sie alle zusammengelebt haben. Als ihre Ehe noch funktionierte, als er nur manchmal fremdging und Connie nichts davon wusste. Oder zumindest so tat, als hätte sie es nicht gewusst. Damals konnten sie sich noch an der Hand halten, sich umarmen und miteinander reden.

Lena und Ole gehen eine Zeit lang dicht an den Gleisen entlang, der nasse Schotter lässt sie schlittern. Lena rutscht aus, fällt hin und stützt sich auf die Arme, Ole hilft ihr aufzustehen. Das Signal senkt die Lichter, die einzigen Farbtupfer an diesem grauen Tag, und in den Gleisen zuckt es. Ein weißer Schnellzug mit Innenbeleuchtung saust kaum hörbar vorbei, und Lena und Ole müssen gut aufpassen, damit er sie nicht zur Seite fegt. Sie überqueren die Gleise, und Lena führt ihn zu einem Loch im Zaun. Nachdem sie sich durch ein Gebüsch den Weg gebahnt haben, stehen sie plötzlich auf einer Straße, die Ole vielleicht seit dreißig Jahren nicht gesehen hat und in die er früher zum Geigenunterricht ging. Diese Abkürzung ist ihm neu.

»Du hast Geige gespielt?«

»Bin eher zum Unterricht gegangen, gespielt hab ich kaum. Und du, auch ein Instrument gehabt?«

»Klavier.«

»Bist bestimmt gut gewesen.«

»Eigentlich ja. Ich wollte es sogar studieren.«

»So siehst du auch aus. Wie alle Frauen, die gut Klavier spielen. Wetten, dass du nie Schulverweis bekommen hast?«

»Nein. Ist das schlimm?«

»Und die Schule hat dir Spaß gemacht.«

»Bis auf Mathe schon.«

»Und warum hast du nicht Klavier studiert?«

»Ich hab schon Talent, aber nur ein bisschen. Es ist genauso wie beim Zeichnen oder Fotografieren. Von jedem ein bisschen, Endergebnis null. Etwas fehlt, und ich weiß nicht, was. Aber das Klavier steht immer noch bei meinen Eltern.«

Dann wirft Lena einen Blick in den Himmel und singt los:

Schwarz ist der Himmel
Schwarz sind meine Hände
Auf der Straße
Kann ich sie nicht sehen
Kaputte Häuser
Genervte Fressen
Wir sind die Letzten
Rattenmolotows

Mein Gott, denkt Ole, das ist doch nicht ihr Ernst.
»Anfangs fand ich's bisschen kindisch«, sagt Lena.
»Es ist kindisch. Wir waren siebzehn.«
»Aber wenn ich darüber nachdenke und mir diese Stadt ankucke, dann passt es immer noch.«
Die Musikschule ist ein niedriger Plattenbau, das ist Ole damals gar nicht aufgefallen. Sie steht verschlossen und leer geräumt, vor der Tür hängt eine dicke Kette, die Fenster sind ausgeschlagen. An den Wänden blühen Spraybilder und fette Parolen: *Antifa. Anti Antifa. Ausländer raus! Nazis raus!*
»Ich hab Geigenunterricht gehabt, Frank spielte Klarinette. Dort hinten hat er mir beigebracht, wie man Hitler macht.«
»Du meinst den Hitlergruß?«
»Nee, Hitler machen.«
»Wie ein Model?«
»Bist selber Model. Hast du ein Feuerzeug dabei?«
»Ja. Warum?«
»Weil wir es später brauchen werden.«
Ole zieht eine Schachtel Streichhölzer aus der Tasche und nimmt ein Streichholz raus, er zündet es an, hält die Schachtel weg vom Körper und nähert sie vorsichtig an die Flamme.

Die Schachtel lodert plötzlich auf, sie stinkt mächtig, Ole wirft sie auf den Boden und sagt:

»Hitler kaputt!«

»Aha. Sollte das witzig sein?«

»Das habe ich nicht gesagt.«

»Aber du hast so gekuckt. Damit habt ihr euch also die Zeit vertrieben, ja?«

»In der Grundschule sind wir damit ein ganzes Jahr ausgekommen.«

»Aha.«

»Ihr seid einfach eine andere Generation.«

»Na ja. Es stimmt schon, meine Freundinnen und ich haben keine Hitlers verbrannt.«

»Wahrscheinlich habt ihr kaum gespielt. Dafür werdet ihr wohl auch keine Zeit gehabt haben. Ihr habt schon gleich den Kapitalismus aufgebaut.«

»Wir haben ihn aufbauen müssen, weil ihr gespielt und den Sozialismus kaputt gemacht habt.«

»Ich hab nichts kaputt gemacht.«

»Wie kommst du darauf?«

»Alles ist von alleine zusammengebrochen.«

»Das ist nicht dein Ernst.«

»Ernst oder nicht Ernst, ist doch egal, wie es gekommen ist. Für mich persönlich spielt es keine Rolle, ob Gorbatschow und die Kommunisten den Sozialismus zum Einsturz gebracht haben oder die Opposition und der Westen. Es ist halt passiert und fertig.«

»Aber du gehörtest doch zur Opposition.«

»Bin mir nicht so sicher. Man hat uns zur Opposition gemacht, ausgesucht habe ich es mir nicht. Keine Ahnung, ob es heute noch zählt. Ich war einfach froh, als es vorbei war. Punkt.«

»Bist du jetzt glücklicher?«
»Was ist das für 'ne blöde Frage?«
»Es ist eine naheliegende Frage.«
»Glück gibt es nicht. Glück ist nur eine dumme Illusion. Mit sechzehn denkt man, dass man glücklich werden muss und dass es ein Rezept fürs Glücklichsein gibt. Man ist auch genauso felsenfest davon überzeugt, dass man nie den Löffel abgeben würde. Und dann kriegst du zum ersten Mal eine auf die Fresse, oder eine Frau lässt dich sitzen, oder du lässt eine sitzen und du kapierst: So klar und einfach, wie du es dir gedacht hast, wird es nicht sein.«

»Aber ich habe vor, glücklich zu sein.«
»Kannst du doch gerne machen.«
»Also gibt es Momente, wo auch du glücklich bist?«
»Es gibt Momente, wo es mir ziemlich gut geht.«

ABGEBLÄTTERTE ERINNERUNGEN

Ole zieht Zigaretten aus der Tasche, und Lena gibt ihm Feuer. Rauchend betrachten sie die abgeschlagenen Wände der Musikschule. Sie gehen einmal um das Haus herum, und Lena raucht ihre Zigarette nur zur Hälfte auf. Ole fährt mit den Fingern über den rauen und feuchten gelben Putz, der Mörtel bröckelt, rieselt auf den Boden und bringt eine nackte Mauer aus roten Ziegelsteinen zum Vorschein.

Plötzlich bricht alles aus ihm heraus. Seine ganze Punkgeschichte in Kurzfassung. Die Tschechoslowakei. *Die Toten Hosen*. Pilsen. Das Mädchen. Bier. Die Zugfahrt damals. Die Scheune an der Grenze. Die Grenzsoldaten und der Holzlaster. Ihre Augen. Verhöre. Die U-Haft. Der Rausschmiss aus der Schule. Verhöre. Die Brauerei. *Automat*. Rauschpilze. Verhöre. Bier, das in der Sonne explodiert. Untergrund. Malcolm. Connie. Ihre zwei Platten. Die kurze Ruhmphase. Die Fähre nach Turku. Seine Tochter. Seine Bemühungen. Die Scheidung. Helsinki.

Und Lena sagt: »Vielleicht solltest du versuchen, das Mädchen mit den blaugrünen Augen zu finden.«

Ole schweigt. Er sieht ihr in die Augen. Sie gehen weiter, und es fängt an zu schneien. Lena drückt ihre Zigarette in der Mitte aus und steckt für einen Moment die Hände in die Manteltaschen, damit sie sich nur ein paar Schritte weiter eine neue Zigarette anzünden kann.

»Auf jeden Fall ist das eine komische Zeit gewesen«, sagt sie.

»Eine verfickte Zeit.«

»Trotzdem hätte ich gerne damals gelebt. So, wie ich es sehe, hat es Spannungen gegeben, eine klar umrissene Gefahr. Und es gab auch Abenteuer. Du hättest emigrieren können.«

»Als ob es so einfach gewesen wäre.«

»Du hast wenigstens davon träumen können.«

Ole reckt sich und denkt, schon wieder diese Mädchenträume, die hören wohl nie auf.

»Du hast von etwas Echtem träumen können.«

»Was heißt hier echt?«

»Alles. Mit dem Kapitalismus war das Träumen vorbei. Der Kapitalismus ist harte Realität, da geht es nur um Leistung und Kampf. Damals hat es wenigstens Hoffnung gegeben, dass alles besser werden würde, dass sich etwas ändern würde.«

»Ach, Quatsch. Es war nur Scheiße. Und es war deprimierend.«

»Jetzt ist es auch deprimierend. Nach dem Kapitalismus kommt nichts mehr. Höchstens der kommunistische Kapitalismus made in China.«

Ole sagt nichts und raucht weiter.

»Ihr habt für etwas gekämpft.«

»Höchstens für uns selber. Das mache ich jetzt auch.«

»Jetzt bleibt alles, wie es ist. Den Menschen geht es relativ gut, aber in Wahrheit steht ihnen ein langsamer Untergang bevor. Es gibt keine Visionen. Keine Inseln, so, wie du sie gemalt hattest. Alles im Voraus geplant, vereint und auf EU-Standard gebracht, ansonsten auch nur lauter Scheiße, wie zum Beispiel die Tunnel unter der Stadt. Es wird sich nichts ändern. Wir brauchen Visionen und eine neue Revolution.«

»Mach du das doch.«

»Das wird kommen.«
»Ich halte mich da raus, okay?«
Von dem vielen Reden hat Ole leichte Kopfschmerzen bekommen.

FINGER IN DER NASE

Sie biegen in eine Arbeitersiedlung ab, lauter niedrige gleichförmige Miethäuser aus der Vorkriegszeit. Im Unterschied zur Innenstadt war es im Krieg für dieses Viertel glimpflich ausgegangen, und es ist von Bomben verschont worden. Obwohl, was heißt hier glimpflich: Auf den löchrigen Straßen gibt es kaum Verkehr, und die wenigen Autos, die dort parken, sind meist unfahrbare Wracks. Die Spielgeräte vor den Häusern sind rostig, die Verschläge für Mülltonnen fallen auseinander, in den Häusern selbst sind die Fenster ausgeschlagen, und jede zweite Eingangstür ist zugemauert oder mit Brettern zugenagelt.

»Hier hat es wohl schon eine Revolution gegeben«, sagt Lena.

Vor einem Haus kicken zwei Skins mit einer Bierflasche. Sie kullert geräuschvoll hin und her, einer der Skins schießt sie etwas heftiger zu dem anderen herüber, die Flasche fliegt gegen eine Bordsteinkante und zerschlägt sich.

»Was ge ge glotzt ihr so?«, sagt stotternd der Kleinere und Rundere von den beiden, dessen kahlrasierter Kopf wie ein abgetretener Lederball aussieht. Lena und Ole gehen wortlos weiter.

»Hab euch was ge ge gefragt?«

»Wir sehen uns an, wie toll ihr Fußball spielt«, sagt Lena.

»Dich kann man nämlich nur anglotzen«, dreht sich Ole zu

dem Kleinen um, aber der kahlrasierte Fußballschädel plustert sich auf: »Wa wa was sagst du da? Wa wa was soll der Sche Sche Scheiß? Und die Nutte von dir, wa wa was will die hier?« Er stottert nicht nur, sondern krächzt.

»Lass den Scheiß, Ronie«, sagt der mit den hängenden Schultern und spuckt auf den Boden.

Ole pflanzt sich vor dem Dicken auf, nimmt ihn in die Zange, steckt ihm die Finger in die Nase und zieht seinen kahlrasierten Lederballkopf hoch. Bald platzt dem Skin die Birne, Ole freut sich insgeheim, wie kräftig seine Arme noch sind. Er spürt die elektrische Energie, die von seinen Schultern durch jede Muskelfaser bis in seine Fingerspitzen hineinstrahlt, die in Lederballs Nase stecken. Sein buckliger Nazifreund ist so verwirrt, dass er sich nicht einmal rühren kann. Lederball wird immer röter, seine Augen treten hervor. Aus irgendeinem Grund fällt Ole dabei Malcolm ein. Und dann der Pferdekopf vom Rathaus. Das hätte er mit ihm machen sollen, genau das, denkt er. So, wie es ihm Major Menschik beigebracht hat.

»La la lass mich los. La la lass mich los, so so sonst...«, Lederball japst nach Luft.

»Was krähst du hier herum, du kahle Sängerin?«

Lederball schluchzt und Ole lässt ihn plötzlich fallen. Der Kahlschädel purzelt zum Boden und bleibt dort sitzen, beugt sich nach vorne und hält sich die Nase. Der Bucklige neigt sich zu ihm und sagt, er hätte ein Taschentuch dabei.

»Lass uns verschwinden«, Ole nimmt Lena an der Hand.

Sie gehen weiter. Nicht mehr Hand in Hand, das war nur für den Augenblick gedacht. Ole mag das Händchenhalten nicht besonders, aber er hat es immer gemacht, es gehört einfach dazu. Eine ganze Häuserzeile steht leer, man kann durch die Häuser hindurchsehen, als wären es Filmkulissen, die schon am nächsten Tag einstürzen würden. Der Himmel über ihnen wird immer schwerer. Schon wieder fällt der Schnee, aber sobald die Schneeflocken den Boden berühren, haben sie sich in Wasser verwandelt.

HELSINKI 2

Sie rennen über die dröhnende Autobahnzufahrt Richtung Norden. Hinter einer Tankstelle biegen sie in eine abschüssige, mit Kopfstein gepflasterte schmale Straße ab. Aus den Ritzen im Pflaster lugen Büschel vom toten Gras und dünne Baumstämme. Es ist rutschig. Danach müssen sie nur noch durch ein altes Eingangstor durch und sind endlich da. Ole zündet sich eine Zigarette an und sieht sich um.
»Was ist das, das hier?«
»Dreimal darfst du raten.«
»Eine Fabrik?«
»Nicht ganz.«
»Eine Lagerhalle?«
»Schon besser.«
»Mehrere Fabriklagerhallen?«
»Ein Seehafen.«
»Was?«
»Das hier ist ein Seehafen«, sagt Lena und schreit in die Stille: »Ahoi!«
Erst jetzt bemerkt Ole in der Ferne zwischen den riesigen rissigen Baracken einen Kai mit Schiffspollern. Sie schlendern dahin.
»Von hier bis zum Meer sind das mindestens vierhundert Kilometer.«

»In der damaligen Zeit sah man darin kein Problem. Man war doch gerade dabei, den Kanal zu bauen.«

»Ich weiß.«

»Aber hier kannst du das nicht.«

»Nein.«

»Keiner kann das.«

Ole beobachtet die riesigen, halb zerfallenen Lagerräume, Hallen und Speicher, die den Kai säumen. Auch ein verrosteter großer Schiffskran steht da. Nur kein Schiff weit und breit.

»Die Nazis haben es nicht geschafft, das Ding zu Ende zu bauen. Nicht weit von hier soll es ein Massengrab geben, für Leute aus ganz Europa, die hier während des Krieges als Sklaven gebuddelt haben.«

»Und das findest du schön, ja?«

»Auf Friedhöfen herrscht Ruhe. Eins der wenigen Dinge, auf die man sich verlassen kann.«

Eine menschenleere Gegend. Nur am gegenüberliegenden Ufer sitzt ein Angler mit dicken Fäustlingen, einer Mütze und zwei Mänteln an. Er hebt den Kopf und wirft ihnen einen langen Blick zu, sie stören seine Stille. Ein Stück weiter steht ein kleiner Wohnwagen, die man früher bei einer Reise nach Rügen oder zum Balaton häufig als Anhänger hinter einem Wartburg herzockeln sah. Aus dem kleinen Schornstein steigt Rauch.

»Oder anders formuliert: Dein Lieblingsort ist ein Nazibau.«

»Ein Nazibau, der nicht zu Ende gebaut wurde. Das mag ich hier am liebsten, man kann sich von der Phantasie leiten lassen und weiterbauen, die alten Pläne fertig machen, die bei den damaligen Ingenieuren als Entwurf auf dem Reißbrett geblieben sind, das war ja eine ähnliche Onanie wie deine Insel-Zeichnungen.«

»Mir hat es aber Spaß gemacht, die Inseln zu zeichnen. Und es hat mir Befriedigung verschafft.«

»Das eine schließt das andere nicht aus. Das Planen ist die Onanie. Solange das fertige Ding nicht steht, geht es nur um einen Versuch, um eine Idee. Erst wenn der Bau fertig ist und verwendet wird, erst dann kommt der Sex, ich meine das Einswerden mit dem Raum. Bei zweckentfremdeten Bauten handelt es sich natürlich um sexuelle Abweichungen. Zumindest so würde ich Architektur beschreiben.«

Mein Gott, schießt es Ole durch den Kopf, Einswerden mit dem Raum, was soll das schon wieder?

»Vielleicht ist das Leben auch so ein Versuch. Onanie. Was hat dich hierhergeführt?«

»Ich bin hierhergekommen, um Vögel zu beobachten. Du hast keine Ahnung, wie viele Arten hier leben. Reiher, Enten, Schwäne, kuck mal, da!«

Schon wieder diese Vögel, wann fliegen die denn endlich weg, denkt Ole, und erst dann bemerkt er zwei Schwäne, die über die dunkle, erschreckend ruhige Oberfläche des Hafens gleiten. Gleißend weiß leuchten sie auf dem Wasser. Der Angler am anderen Ufer steht auf, macht drei Kniebeugen und setzt sich wieder hin.

»Der Typ hat 'nen Knall«, sagt Ole.

»Der wohnt hier«, sagt Lena und ruft übers Wasser: »Wie läuft's denn heute, Herr Becker?«

Der Angler winkt nur ab.

»Ist Ihnen nicht kalt?«

Der Angler zieht eine Flasche Rum aus der Manteltasche, hebt sie hoch, winkt und nimmt einen Schluck.

»Ihr kennt euch?«

»Er ist so 'ne Art Wächter hier, aber er redet nicht viel.«

»Einsamkeit macht uns härter.«

»Wie?«

»Dass er bestimmt auch vorher nie viel geredet hat, in der Einsamkeit liegt die Freiheit.«

»Ist das von Nietzsche?«

»Nein. Nietzsche verweist darauf, aber die Einsamkeit, die einen härter macht, die ist der Grundgedanke des Kommunalismus. Deutscher Bauernkrieg. Die Einsamkeit macht dich härter, und das, was du tust, wird durch sie besser. Das war der Grundgedanke von unserer Band.«

»Mensch, und ich hab gedacht, ihr hättet euch an *Sex Pistols* orientiert.«

»Falsch gelegen.«

Ein Schwan klettert aufs Ufer und watschelt mit ausgebreiteten Flügeln auf den Angler zu, als würde er ihn verjagen wollen. Aber der Mann bleibt unbeeindruckt sitzen. Ole fällt auf, dass die Stille im Hafen doch nicht vollkommen ist. Kalter Wind rüttelt geräuschvoll an den gerupften Kronen hoher Bäume, und irgendwo hört man Wasser plätschern. Am anderen Ende des Hafens strömt es aus blauen und orangefarbenen Rohren heraus und peitscht die Wasseroberfläche auf.

»Aber der Kanal führt doch nirgendwohin«, sagt Ole. »Bleibt das Wasser also hier?«

»Kann sein. Vielleicht verschwindet es nach unten, sickert unter die Stadt und überflutet die Tunnel.«

»Ein geschlossener Zyklus, meinst du?«

»Ja. So was gibt es häufig. Aber ich glaube, der hier ist ziemlich lukrativ.«

»Der schönste Ort in der ganzen Stadt ... Ich hab mir die ganze Zeit gedacht, du würdest mir eine Parkbank zeigen, auf der du deinen ersten Kuss gekriegt hast, oder einen ähnlichen Kleinmädchenblödsinn.«

»Das stimmt auch. Hab ich hier ja gekriegt, dort oben, siehst du, da in der Baracke. Mit fünfzehn. Ganz oben im Giebel nisten Turmfalken. Früher hab ich dort gerne mit meiner Mädchenclique gechillt. Jetzt gehe ich alleine hin. Vögel fotografieren.«

»Tote Vögel.«

»Auch lebende. Einmal werde ich in dieser Halle eine Ausstellung machen. Vögel aus diesem Hafen auf Großformat, kannst du dir das vorstellen? Riesige Todesschatten über einem dunklen Ort, über einer Stadt, die von Großschaufelbaggern verschluckt werden sollte.«

Ein totaler Mädchenblödsinn, grummelt Ole, während Lena ihn begeistert in eine der leeren Hallen zerrt, so ein Blödsinn, und ich hab mich darauf eingelassen, denkt er.

»Das Blöde ist, dass es wie ein Startschuss in die falsche Richtung funktionieren könnte, Leute würden hierherziehen und ihre Lofts bauen und alles zerstören. Also mache ich es lieber nicht. Besser, wenn alles vor sich hin gammelt. Aber bevor es einstürzt, könnten wir es hier machen.«

»Die Ausstellung?«

»Nein, die Finnland-Party. Helsinki 2. Geld für deine neue Bar verdienen.«

»Hier?«

»Hier. Der Ort ist einmalig.«

»Es ist Winter.«

»Es reicht 'ne Menge Wodka und ein guter DJ, Tom würde das machen, ich hab schon mit ihm gesprochen. Er wird ein Special Set machen, dafür hat er sich sogar einen neuen Spitznamen besorgt, DJ Mannerheim, nach dem General, der Finnland vor den Russen gerettet hat.«

»Sein fürchterliches Gequietsche soll uns die Rettung bringen, ja?«

»Vielleicht verstehst du was von Punk, er versteht was von Electro. Das wird schon.«

»Lena, auch für so was braucht man Geld.«

»Ich kenn Leute, die uns helfen. Hab schon mit allen gesprochen.«

»Mit wem?«

»Du hast es doch selber gesagt: Kommune, oder? Also höchste Zeit, das Wort zu entstauben. Ramone ist ein passabler Grafiker und macht uns die Plakate und die Flyer. Torsten lässt sie in seinem Werbebüro drucken. Selbst-ist-der-Mann baut einen Bartresen, treibt Stühle und Tische auf und verlegt die Elektrik. Prager liefert Bier zum Freundespreis und auch die Becher. Ich, Ulrike und Cindy verteilen die Flyer in der Stadt und helfen dir später an der Bar. Gabi kocht einen Kessel Soljanka gegen die Kälte. Wasserleiche und Cantona passen an der Tür auf, dass nur anständige Leute reinkommen. Und an der Kasse sitzt Frank. Alles ist schon abgesprochen.«

»Frank ist doch neben der Spur.«

»Der freut sich darauf. Alle freuen sich. Alle wollen Helsinki wiederhaben, es ist die letzte normale Bar im Viertel gewesen. Du machst eine einzige Party und wirst eine Neueröffnung machen können, irgendwo anders, aber im alten Stil. Deine gute alte Spelunke. Dort hinten ist ein kleiner Raum, da könnte man die Filme zeigen. Wie im Kino.«

»Aber das ist nicht legal.«

»Willst du mich zum Weinen bringen? Jede Revolution ist illegal.«

Ole sieht sich in der leeren Betonhalle um, in die ein mattes Licht hereinfällt, begleitet von Kälte und Wind.

»Wo ist die Bar, die du mir versprochen hast?«

1987

Einen Kaffee haben sie an der Tankstelle bekommen. Er kam aus dem Automaten und war ohne Rum. Sie bestellten zwei Bratwürste und eine Flasche Rotwein, prosteten sich zu, und die Verkäuferin wollte wissen, was sie feiern würden. Ole sagte, das Ende der Welt.
»Ist schon irgendwie komisch. 1987 und wir beide. Du bist Punk geworden...«
»Nicht ganz freiwillig.«
»Und ich habe meinen Papa verloren. Auch nicht freiwillig.«
»Wie alt bist du damals gewesen?«
»Sieben.«
»Ich siebzehn. *Die Toten Hosen* sind zum ersten Mal als Gast bei einem osteuropäischen Festival aufgetreten.«
»Das Jahr war richtig abgefahren, oder?«
»Vielleicht nicht anders als die anderen.«
Später wurde noch eine Flasche geköpft, reihenweise Wörter gewechselt, aus dem Nachmittag wurde Abend, und dann kam die Nacht. Ole ist erst am nächsten Tag gegen Mittag verschlafen am Kreuz aufgetaucht.
Vladan lief dort schon wütend hin und her und schrie, das hier ist keine verfickte Nachtbar, sondern ein anständiger Kiosk, Ole hat um sieben zu öffnen, und wenn es ihm schwerfällt, dann kann er Leine ziehen. Und Ole sagte, okay,

super, und er drehte sich um und ging. Vladan schrie noch hinter ihm her, verfickt und zugenäht, ihr Deutschen seid so was von unzuverlässig, kein Wunder, dass ihr den Krieg verloren habt!

TELEFONE

Frank kehrte aus der Hauptstadt zurück. Der Manager im Büro der Spielzeugfirma hatte sich seinen halbstündigen Vortrag angehört, alle gedrechselten Fußballfiguren und die Geschichtshefte angekuckt. Eine Runde kicken wollte er aber nicht.

»Blödsinn«, sagte er schließlich.

»Blödsinn?«, fragte Frank, packte seinen Koffer zusammen und ging.

»Blödsinn?«, fragte Ole, als Frank es ihm erzählte. »Ist das alles, was er gesagt hat?«

»Ja. Bloß nicht den Kopf verlieren. Ich habe eine Liste von weiteren einhundertfünfundneunzig Spielzeugfirmen, da will ich mich gleich ranmachen.«

Und er machte sich ran, aber meistens war es schon in der Zentrale vorbei. Wenn er es weiter schaffte, hörte das Gespräch nach einer oder zwei Minuten auf, spätestens dann, wenn Frank Jesus im Tor sagte, Hitler als Stürmer oder Stalin auf der Reservebank. Klack, klack, klack.

Torsten bot an, ihn als Agent zu vertreten, er würde Franks »Geschichte der Welt als Tischfußball«, wie das Spiel schließlich hieß, selbst an den Mann bringen. Aber Frank lehnte ab. Er sagte, Torsten würde vielleicht was von Werbung und von Frauen und vom Geld verstehen, aber vom Fußball hätte er keine Ahnung und von Geschichte schon überhaupt nicht. Er ließ sich die Hoffnung nicht nehmen und versuchte es weiter.

HUSÁKS RACHE

Die Tatra hat Frank nicht weit vom Kiosk Am Kreuz mitgenommen. Vladan, der in dem Moment in seinem Laden einen Deal besprach, hat es gesehen und rief gleich bei Ole an.

»Ich hab ihm immer gesagt, er soll nicht mitten durch die Straße laufen, einmal würde er nicht mehr ausweichen können«, erzählte Ole dem blassen Vladan später und packte ihn am Nacken. Wie einen jüngeren Bruder presste er Ole an seine Brust und flüsterte: »Solltest du mal was zum Kiffen brauchen, sag Bescheid.« Ole hätte ihm am liebsten eine geknallt, aber er hielt sich zurück, wegen der Gaffer, die mit Einkaufstaschen in der Hand in der Nähe standen.

Der Verkehr stockte. Frank lag fest eingeklemmt unter dem schweren Körper von Husáks Rache, und die Schienenrille füllte sich mit aufgetautem Schnee und seinem Blut. Drum herum wimmelte es vor Bullen und Sanitätern. Frank, der seit Jahren nicht schlafen konnte, hat endlich den Schlaf gefunden. Auf dem Boden lagen kleine Fußballfiguren verstreut. Ole bückte sich und nahm zwei mit. Sid und Nancy.

ENDE DER GESCHICHTE

Die beiden Figuren stellte er zu Hause ins Fenster, so dass sie auf die Straße und auf die rauschenden Wasserrohre hinausschauten. Er machte es sich im Sessel bequem, schob die Tablette gegen den Tod ein, steckte sich eine Zigarette an und beobachtete die beiden am Fenster. Die Weltgeschichte. Ihre gemeinsame Geschichte. Anfang der Geschichte. Ende der Geschichte.

Er starrte auf die Fußballfiguren, zündete sich die nächste an, und auf einmal sah er vor seinen Augen ein Fußballspiel laufen. Er sah sich und Frank miteinander spielen. Er sah, wie sie vergeblich mit Namen nach dem Echo warfen. Wie sie von der Brücke auf Züge herunterspuckten. Wie sie bei Konzerten ins Publikum spuckten. Wie die Menge zurückspuckte und schrie und wie Frank und er Musik machten. *Automat* in voller Wucht. Er sah, wie Frank und er unterwegs nach Pilsen die Köpfe aus dem Zugfenster reckten. Er sah, wie sie bei *Die Toten Hosen* abgingen. Er sah das tschechische Mädchen mit dem Irokesenhaarschnitt als Stürmerin an seiner Seite. Bis heute wusste er nicht, ob Frank auch Interesse an ihr gehabt hätte, und jetzt konnte er ihn nicht mehr fragen. Er sah das Fußballspiel mit dem Namen »gemeinsames Leben«, und plötzlich war er kein Beobachter mehr, sondern er spielte mit. Er spürte die Anspannung in seinen Muskeln. Sein Herz raste. Der Schweiß rann ihm den Rücken herunter.

Er traf den Ball und eröffnete das Spiel. Er stürmte, er schoss aufs Tor, und im gleichen Zug verteidigte er es und fing den Ball ab. Er zog sich zurück, baute einen Schutzwall um den Torwart und stand selbst im Tor. Ole spielte allein auf seiner Seite, und gleichzeitig bediente er die gegnerische Mannschaft, und er wusste, dass es genau so auch im echten Leben ablief. Deswegen konnte man nie gewinnen, weil einem irgendwann einfach die Kraft ausging.

MY MY, HEY HEY

Zu Franks Beerdigung segelte die gesamte Crew des Helsinki an. Ganz vorne saßen Franks Eltern und Torsten mit Jule auf der Bank. Sie saßen so dicht nebeneinander, als bildeten sie einen einzigen Körper.

Auch Marta kam, sie hatte einen älteren bärtigen Hippie dabei, und Ole hätte um einen Hunderter gewettet, dass sie während der Zeremonie kurz eingenickt war. Sie trug ein geblümtes Kleid und einen roten Mantel, genauso wie ihr komischer Typ. Und als sie Franks Eltern das Beileid aussprach, sagte sie, das wäre völlig okay so, mit dem Tod sei nicht alles aus, sie selbst freue sich schon aufs Sterben. Ole hätte ihr am liebsten einen Arschtritt verpasst, aber für einen Moment wünschte er sich sogar, sie möchte recht haben und Frank würde noch irgendwo existieren.

Die Zeremonie floss ohne Worte und ohne Musik dahin. Frank löste sich in Stille auf, und Ole hätte sich gerne an einen Punk-Song erinnert. An etwas von *Automat*, die heute definitiv ausgespielt hatte. Aber es wollte ihm gar nichts einfallen. Lena hielt ihn an der Hand. Er hat es erst in dem Moment bemerkt, als ihm seine verschwitzte Handfläche auffiel. Nur die Zeile *my my, hey hey, my my* geisterte in seinem Kopf herum.

Als der Sarg in die schwarze Vertiefung sank und mit ihm auch Frank in Dunkelheit verschwand, drehte sich Ole um.

Ganz hinten an der Tür sah er eine Gestalt an eine Säule lehnen. Malcolm. Auf der Straße hätte er ihn nicht erkannt. Kahler Kopf, ganz ausgemergelt, ein durchsichtiger Schatten seines Schattens.

Als Malcolm später den Mund aufmachte, hatte er eine belegte Stimme. »Hauptsache, nicht in die Hosen scheißen«, flüsterte er.

Der wird es auch nicht einfach haben, dachte Ole. Sie reichten sich die Hand, Malcolm wollte etwas sagen, aber Ole wollte nichts hören. Zum Glück mussten sie den Raum verlassen, denn vor dem Krematorium kamen bereits Menschen für die nächste Zeremonie zusammen. Ole redete sich raus, er müsste gleich sein Kind treffen. Es stimmte zwar nicht, aber Malcolm hatte verstanden und ließ ihn in Ruhe.

Nachmittags rief Ole trotzdem bei seiner Tochter an. Sie hatte keine Lust zum Plaudern. Viel zu tun, sagte sie. Was machst du so, alles Mögliche, wie läuft's in der Schule, gut, wie geht es Mama, frag sie doch selbst, brauchst du etwas, Geld passt immer, möchtest du dich mal vielleicht auf einen Kaffee treffen, jetzt gerade nicht, melde dich doch, wenn's passt, klar, mach ich, na, dann mach's gut, du auch.

Ihre Stimme klang wie die von Connie. Beißend scharf und hoch. Eine Stimme, die genauso schnell über Wörter flog wie ein Hürdenläufer über Hindernisse.

schmucke leute
MANIFEST

fürs erste brauchst du pflanzen, die gibt's bei blume2000 zum schleuderpreis, und wenn du sie geschickt unter den hoodi steckst, kriegt es die blonde mit gepiercter oberlippe nicht mal mit, am besten machen sich tulpen oder narzissen, die leuchten so schön, egal ob morgens oder nachts, aber heide oder pfennigkraut tun's auch, auch sie sehen hübsch aus und anders als bei tulpen vergreift sich keine knalltüte an ihnen, das weißt du aber am anfang noch nicht, heute holst du dir ne schaufel aus dem geräteschuppen und buddelst hinterm haus etwas erde raus, sollte die alte schwerhörige nachbarin wissen wollen wofür, sagst du, für deine blümchen, das ist nicht mal gelogen und du machst ihr sogar freude mit, weil ihr balkon ist voll mit blumentöpfen, sie würde gerne noch über ihre lieblingspflanzen schwatzen, aber da sind endlich deine blauen ikea-taschen mit erde voll, sie sind praktisch und lassen sich gut tragen und du freust dich, auf der zubetonierten fläche vor der bank rechtzeitig die kameras gecheckt zu haben, von wegen was die alles erfassen, also kannst du heute abend gechillt rangehen, nicht, dass die chose gefährlich sein sollte, das nicht, aber du willst ruhe haben bei der arbeit, und dann ist es endlich abend und du sitzt zu hause, ein braves mädchen in freudiger erwartung, bloß super nervös, also rasch qualmst du eine fluppe und dann noch drei, ein moment noch und schon ziehst du mit deinen boys los, die sind alle ähnlich drauf wie du, einer hilft die erde tragen, ein anderer nimmt die blumen und der nächste schleppt die wasserflaschen, heute bist du MEISTER GÄRTNER und deine arme flüstern dir gleich, wie hart der job ist, auf die dauer wäre das nichts für dich, denkst du und schüttest die erde unter die eingangstreppe, die stelle hast du dir schon vorher rausgekuckt, du drückst sie zu einem riesenklumpen fest und pflanzt die blumen rein, langsam und liebevoll, die stadt schläft und du möchtest, dass deine beete gut aussehen, deine boys stehen schmiere für den fall aller fälle, du wässerst die blumen und entlässt sie ins leben, einen moment lang liebkost du dein werk mit dem blick und dann steckst du noch ein kleines schild in die erde, BLUMENFRONT steht drauf, und du knipst es mit dem handy und stellst es später ins netz, die blumenbeete sehen wie frische gräber aus, das findest du witzig und fühlst dich ziemlich high, jetzt ist abhotten dran, auf die arbeit folgt der spaß, so ist es doch, am besten irgendwo mit electro und danach vielleicht noch ne dönerbude, am nächsten morgen hockst du in der küche, schlürfst deinen kaffee und hast riesige ringe unter den augen, gestern nacht ist es spät geworden, jetzt kraulst du deinen hund und kuckst dir dabei den stadtplan neben dem kühlschrank an, mit grüner stecknadel machst du die stelle klar, wo du nachts mit deinen boys die blumen gepflanzt hast, und überlegst, wie lange sie es auf dem betonplatz aushalten, bis die straßenkehrer sie weggefegt haben werden, bis jetzt sind solche beete höchstens drei monate geblieben, das war dein rekord und du weißt, dass es leute gab, die deine blumenbeete gemocht haben und die blumen gegossen und mit der stadtreinigung diskutiert haben, ob sie doch nicht bleiben dürften, aber sie bleiben nie da, sind noch nie da geblieben, du hast ja schon vor dem hauptbahnhof gegärtnert, vor der post, vor dem rathaus, dort hast du mit nem spray den schild drangemacht EUER TUNNEL UNSER PROBLEM, du hast vor dem gericht gepflanzt, vor der redaktion der städtischen tageszeitung, in einer lücke zwischen zwei plattenbauten, vor deiner alten grundschule, vor der bullerei und vor zwei einkaufszentren, auf der hauptstraße hast du sogar acht mülleimer mit narzissen bepflanzt und sie dir drei tage lang von der straßenbahn aus, den hund auf dem schoß, angekuckt, aber dann hat man auch sie entfernt, das gestern ist deine zweite bank gewesen und die grünen stecknadeln auf dem stadplan geben dir ein gutes feeling und vor allem gute laune, irgendwie findest du's lustig, dass deine beete fotografiert werden, dass man sogar redet über sie, ein paar leute machen es dir nach, sie kopieren dich, weil über dich schon was in der zeitung gestanden hat und du in der glotze gewesen bist, wo ein soziologe deine arbeit auseinandergenommen hat, auch der polizeisprecher hat sich zu dir geäußert, du bist ein linker ökoterrorist, hat er gesagt, und das, obwohl du nicht terrorisierst, sondern nur gärtnerst, weil du die stadt grüner und netter haben willst, weil du dir wünschst, dass die ingenieure, die überall ihre betonwannen auskippen und die stadt mit tunnels unterwandern, endlich mal ihre beschissene hochnäsigkeit ablegen, und solltest du deine meinung etwas tiefgründiger formulieren wollen, was du gar nicht brauchst, würdest du sagen, die natur sitzt ohnehin am längeren hebel, und wenn die menschheit endlich abgekratzt ist, holt sie sich alles zurück, und das könnte schneller kommen, als man denkt, weil mittlerweile ist die ganze welt so was neben der spur, außerdem würdest du sagen, dass es dich ankotzt zu sehen, wie am stadtrand, wo es früher haufenweise schrebergärten gab, auf der letzten freien fläche zwischen häusern und feldern, wie dort immer mehr shopping malls, glaskästen mit büros und riesige hallen gebaut werden, in denen später nur gähnende leere herrscht, das weißt du so genau, weil du früher in diesen riesenhallen nachts gegen die wände geschrien und mit dem echo gespielt hast, heimlich, nur für dich, inzwischen ist dein zorn größer geworden und du teilst eines tages deinen boys mit, dass das gärtnern zwar spaß macht, aber kaum was bringt, härtere bandagen müssten ran, sagst du und der eine kriegt schiss, er sackt zusammen und fragt, was meinst du mit härter, auf einmal findest auch du deine stimme erschreckend grell, aber dann fasst du dich wieder und sagst, härter halt, schärfer, mehr chili und tobasco, schätzchen, wer jetzt schon die hose voll hat und sich lieber nur amüsieren will, der kann sich in die sandkiste verkrümeln, dort ist es ruhig, der typ wird voll sauer und zieht leine und du spürst, wie erleichtert du bist, weil du schon immer gewusst hast, dass es ihm nur ums posen ging, mit dem rest der clique folgst du dem link, ihr redet darüber, was machbar wäre, ihr schmiedet pläne und du gehst darin total auf, das thema reizt dich und brainstorming macht spaß, auf einmal begreifst du, wie viele möglichkeiten du hast, vorher müsst ihr aber klären, wer dein größter enemy ist, dein enemy number one, das muss man wissen, wenn man weiterkommen will, ist es die bank oder eher die bullen oder die politik, willst du den staat bekämpfen, die family oder die gute alte schule, du jonglierst mit argumenten und deine boys zeigen mit dem daumen nach oben oder nach unten, plötzlich kommt dir alles alt vor, verbraucht und sinnentleert, und dann sagst du schmucke leute, das rutscht dir so raus, du wolltest das gar nicht sagen, aber alle verstummen, von wegen du hast voll recht, ja, das ist es, goldrichtig und wegweisend, nickt ein naseweiser freund von dir, der zur uni geht, das globale im lokalen, sagt er und du musst es kurz verdauen und schlürfst deinen kaffee, kraulst deinen hund und erst dann sagst du ja, obwohl du nicht richtig verstehst, was dran global im lokalen sein soll, aber zumindest weißt du jetzt, wie sich dein enemy definiert, und die nächsten tage läufst du durch die straßen und hältst ausschau nach neuen schmucken häusern, die checkst du dann aus, kuckst, wo es kameras und neugierige fressen am fenster gibt, die aktivbürger, die mit ihrem handy den bullen was flüstern könnten, und danach gehst du los und kaufst farben und plastikbeutel, rot ist perfekt, rot spricht für sich, es ist schon immer die farbe vom widerstand gewesen, der visualisierte schmerz und das unnötig vergossene blut vom einfachen volk, du nimmst einen liter oder gleich zwei, und weil du schon wieder nicht flüssig bist, lässt du die farbe einfach mitgehen, zu hause füllst du sie in tüten um und passt gut auf, dass du dich nicht verschmierst, du machst die tüten vorsichtig mit gummiband zu, bevor du sie in der tasche stapelst, und dann wartest du, bis es abend wird und nacht, du bist a little bit nervös und excited, also rauchst du eine nach der anderen wie ein schlot, dann marschierst du raus und checkst sicherheitshalber nochmals die straße, ob auch wirklich alles, aber auch alles paletti ist, und du siehst, in der bullerei hat das sandmännchen schon schlafsand gestreut und auch die schmucken leute schlummern peacefull in ihren bettchen, also siehst du dich um, nimmst einen farbbeutel in die hand, holst aus, schleuderst ihn auf das haus und plötzlich bist du MEISTER MALER, deine boys machen es dir nach, wie eine komplette kunststudentenklasse geht ihr ans werk, die farbbeutel zerplatzen auf dem frischen putz und die farbe rinnt langsam herunter und dir geht es prima, du kostest den moment aus, dann holst du deine schwarze spraydose und sprühst auf die funkelnagelneue fassade des funkelnagelneuen hauses ZU VERMIETEN drauf und danach rennt ihr alle away, hinter der nächsten ecke bleibst du stehen, schnappst nach luft und ergötzt dich an dem bild, danach geht es ab in den dönerladen und du hast lust aufs abhotten, auf die arbeit folgt der spaß, so ist es doch, am besten irgendwo mit electro, und am nächsten morgen siehst du dir den stadtplan an und suchst die straße von gestern aus, das haus, eine rote stecknadel kommt da rein und die welt nimmt deutlichere formen an, du stellst dir die leute vor, die soeben dein kunstwerk entdecken und seine schönheit nicht zu schätzen wissen, du malst dir deren ärger aus, und das macht dir richtig spaß, denn die farbflecken haben ihr versautes schmuckes schmerzensfreies süßes verfickt bequemes, aber auch total leeres anstandsleben ein kleines bisschen verkompliziert, irgendwie unruhig und schmuddelig gemacht, und das alles dank dir, du kochst dir einen kaffee und kraulst deinen hund, den hast du im letzten winter im park gefunden, ausgehungert am baum angeleint, bestimmt war es einer von den schmucken leuten, der ihn dort festgebunden hat, und du fühlst, wie deine wut auf sie wächst, bis du voll wütend und ganz sauer bist, vielleicht schiebst du dir was zum essen rein, aber nicht viel, nach durchzechter nacht fühlt sich dein magen wie auf hoher see, also legst du dich lieber hin und nimmst vielleicht deinen laptop mit ins bett und liest im netz, oder du lädst dir einen film runter, auch wenn du weißt, dass du den nie bis zum ende kucken wirst, weil da lädst du schon den nächsten runter, vielleicht machst du musik an oder hörst zu, wie es im zimmer neben dir dein mitbewohner mit seiner liebsten treibt, aber weil du außer deinem hund keinen bei dir hast, steckst du den kopf unters kopfkissen, was dich noch frustrierter macht, oder du drehst die musik lauter, was den frust auch nicht verjagt, oder das zuhören macht dich feucht, also besorgst du es dir selber, schön im akkord mit denen auf der anderen seite der wand, aber vorher hast du natürlich den hund in die küche verpflanzt, in seiner gegenwart an dir rumzufummeln, das wäre zu krass, später am nachmittag spazierst du calm und entspannt raus, die sonne scheint und eine innere freude steigt in dir auf, an den haltestellen schnorrst du leute an, von wegen geld für ein bierchen und was zum essen für dich und deinen hund, den ganz neugierigen erklärst du, dass du moneten für ne rückfahrkarte brauchst oder geld für umweltprojekte sammelst, menschen laufen an dir vorbei, alte, junge, normale und auch schmucke, manchmal sind auch skins darunter, die schickst du gepflegt zum teufel, ab und an sondert ein schmucker typ oder ne schmucke tusse ne münze für dich ab, das findest du krass und legst dieses geld zur seite, für farbe für die nächste fassade, weil auch du hast deine prinzipien, sie schenken dir was und du schenkst ihnen was, so kommt keiner zu kurz und die welt bleibt im gleichgewicht, du siehst dir deren gesichter an und weißt, dass du dir dein enemy gut ausgesucht hast, es stimmt schon, dass du das alles machst, nur weil du die schmucken leute nicht ertragen kannst, alle um die dreißig, liiert, reich und parfümiert laufen sie hand in hand durch die gegend, als hätten sie angst, allein die straße zu überqueren, sie sehen gut aus und sind total bio, schon bei deren anblick dreht sich dir der magen um, ihr leben möchtest du nicht mal geschenkt bekommen und du schwörst, nie zu werden wie die, schon weil die selber mal punks oder alternativ-ökos gewesen waren, wie sie gerne über ihrem coffeinfreien kaffee erzählen, coffein gilt im moment nämlich als ungesund, sie schwelgen in erinnerungen an all die kiffabende und die beknackten uni-partys, an all die jungs und mädels, die sie mal flach gelegt hatten, sie erinnern sich und es kommen ihnen beinah die tränen vor lauter rührung, sie schwafeln über konzerte, die sie gehört haben, und sprechen von sich als der letzten punk-generation, von bands wie sex pistols beeinflusst, aber auch das findest du mega lächerlich, sex pistols sind keine ikone des antikapitalismus gewesen, wie es sich diese älteren herrschaften einreden wollen, sondern eine ausgeburt des kapitalismus, das tränduselige rühren in eigener vergangenheit kommt dir voll beknackt vor und richtig psycho, einmal hast du all die schlafpuppen in den läden im viertel um die bar von deinem alten herrn gesehen, das hat dir gereicht, da hast du schlagartig begriffen, dass wenn die schmucken leute wirklich mal punks gewesen sind, dann kann wirklich jeder ein punk gewesen sein, außerdem, falls punk keine bloße fashion heißt, sondern für dinge wie widerstand oder systemrevolte steht, dann setzt sich die letzte punk-generation nicht aus schmucken leuten zusammen, das nicht mal aus versehen, sondern du bist es, du bist die letzte punk-generation, also kuckst du sie an und weißt, dass ihre ideale, falls sie denn überhaupt mal welche gehabt haben, schon längst gepflegt auf einem friedhof ruhen, sie haben ja alle gute schulen absolviert, wie die, die du schwänzt, und sie haben knete, die du nicht hast, sie führen ein bequemes leben, das du nicht haben willst, sie hocken in büros von firmen, von denen sie diese beschissen eingleisige welt steuern, bloß du willst von niemandem gesteuert werden und schon überhaupt nicht von leuten wie denen, obwohl, manchmal hältst du inne und überlegst, falls die vielleicht wirklich mal punk und widerstand gewesen waren und trotzdem das geworden sind, was sie sind, dass du dann mega gut aufpassen müsstest, um nicht so zu enden wie die, außerdem weißt du ja, dass sie aus dem ganzem land und aus ganz europa hierherziehen, deine stadt im osten der republik ist auf einmal irre cool und schnieke geworden, ähnlich cool und schnieke wie der westen früher, damals haben die menschen ihr leben riskiert und sind über die grenze getürmt, um dahin zu kommen, das weißt du, obwohl du damals gar nicht auf der welt gewesen bist, aber du hast ne glotze zu hause und bist nicht doof, auch wenn du auf die schule pfeifst, daher weißt du auch, dass wenn die schmucken leute heute hierherwollen, müssen sie nur ihren arsch hoch kriegen und sich in ein umzugsauto setzen, es gibt keine grenzen und keinen stacheldraht mehr, alles ist irre billig und easy geworden, deswegen sind sie hier und es werden ihrer immer mehr, bis sie dir dein haus genommen haben, deine straße, dein viertel und deine stadt, klar, die stadt, das viertel, die straße und das haus gehören nicht dir, alles gehört allen, aber genau das vergessen die schmucken leute gern, sie nehmen es den anderen weg und richten sich nur für sich selbst ein, sie kaufen alte mietsbaracken und machen funkelnagelneue mietshäuser daraus, aus denen alte menschen und leute wie du verschwinden müssen, damit die schmucken leute unter sich bleiben, du könntest dir zum beispiel eine plattenbauwohnung nehmen, aber das ist scheiße, das willst du nicht, plötzlich tun dir deine leute, die onkels in ausgeleierten trainingshosen und die tanten in geplätteten hauskitteln total leid, dabei bist du nicht sentimental, das wirklich nicht, außerdem hast du auch dein fucking hell mit ihnen erlebt, denn die verstehen dich auch nicht, auch hier kann von big love keine rede sein, aber die schmucken leute tun nur, was sie wollen, klar, das willst du auch und das tust du auch, aber du weißt, dass es doch einen gewissen unterschied gibt, weil du würdest sie nämlich in ruhe lassen, wenn sie dich in ruhe lassen würden, aber genau das tun sie nicht, sie verlangen von dir, dass du von ihrer straße verschwindest, dass du nicht im wege stehst, damit sie es dort schön haben, nur für sich allein, und würdest du dort bleiben wollen, müsstest du dafür ne menge holz berappen und genauso werden wie sie, aber du willst nie so werden, weil dann würdest du eines morgens in den spiegel kucken und auf der stelle kotzen müssen, du willst nicht in ihren verglasten büros hocken, du willst kein verficktes kostüm tragen und nicht deren politkumpels wählen, diese beknackten hirnverbrannten idioten, die vielleicht auch mal lauter punk und widerstand gewesen sind, aber heute nur noch in die eigene tasche wirtschaften und leute wie dich bekämpfen, du willst nicht wissen, was eine hypothek bedeutet und wozu bausparverträge, lebensversicherungen, aktienfonds und dividenden gut sind, du willst nicht lügen, du willst kein falsches lächeln aufsetzen müssen, du brauchst keine gemütlichen caféhäuser mit gedämpftem licht und fahrstuhlmusik, es interessieren dich keine designerläden mit designertussen mit ausrasierten muschis hinterm ladentisch, die dir designerprodukte und sonstigen unnötigen kram andrehen wollen und sich dabei vom flachbrüstigen soulfunk beschallen lassen, du willst keine biomöhren, biobananen und biobrot aus überteuerten bioläden fressen, auch wenn sie das krebsrisiko minimieren und man danach nur duftende bioscheiße kackt, du kannst den gesunden lebensstil nicht ausstehen, das falsche möchtegernnette möchtegernaufmerksame möchtegernkluge lächeln, du kannst die auf hochglanz polierten handgemachten lederschuhe und die perfekt sitzenden teuren klamotten nicht ab, die aussehen, als wären sie seit jahren getragen, und dabei haben kinderhände irgendwo in china löcher in sie reingewoben, weil die schmucken magazine der meinung waren, die heutige mode kommt ohne löcher nicht aus, du kannst das leere gequatsche über meditationen nicht ertragen, das herumfaseln über familie, ökologie, toleranz und nachhaltige industrie, du findest die große aufregung über erdbebenkatastrophen zum kotzen, wo am anderen ende des planeten genau die kids hopsgehen, welche vorher die teuren klamotten genäht haben, in denen die schmucken leute angesichts der katastrophe ihre trauermiene aufsetzen, als täte ihnen das alles ganz, aber ganz furchtbar leid, dabei halten sie sich selbst für unsterblich und zum zeichen des mitgefühls zünden sie abends alle in der gleichen sekunde eine biokerze hinter ihren fenstern an, und wenn du nicht mitmachst, wenn du auf befehl der barbie moderatorin mit falschen titten keine tränchen zeigst, dann bist du komisch und irgendwie nicht gut, weil du kein mitleid hast, dabei widern sie dich an, weil wenn mal wieder die nazis aus all den j.w.ds und anderen nestern dieser gegend durch deine stadt marschieren, dann sind das nicht sie, die sich mit ihnen anlegen, sondern du, dir muss später im krankenhaus die geplatzte augenbraue zusammengenäht werden, die du übrigens nicht den nazis sondern den bullen zu verdanken hast, weil die halten ja über den nazis ihre schützende hand, dich macht das richtig stinkig, wenn du deine haut riskierst und die schmucken leute nicht, ihre linke einstellung und ihr antifa feeling demonstrieren die nur beim zeitungslesen, und wenn sie schon den arsch hochheben, dann nur zum friedlichen friedensprotest, als könnte man jemals mit den nazis frieden schließen, außerdem macht dich das ständige ausweichen kirre vor ihren überteuerten kinderwagen mit süßen babys, niedlichen sonnenschirmchen und ausgeklügelten bremssystemen, unentwegt rollen die über bürgersteige und durch die straßen, einer nach dem anderen, dich stört der organisierte babyboomterror, wo eine frau, die keine kinder haben will, gleich als komisch abgestempelt wird, dabei kannst du das sehr gut nachvollziehen, du möchtest auch keine kinder in diese fiese welt setzen und du kannst die permanent wie aus dem ei gepellten kinderwagenmuttis nicht ertragen, die sich am liebsten unten im park treffen, und wenn du dort mit deiner clique auf dem rasen ein bierchen zischst oder eine rauchst, wenn du dort quatschen und entspannen willst, dann glotzen dich diese schmucken, klugen, gebildeten und sensiblen biomutties im biomutterschutz so was von stumpf und aggressiv an, sie halten ihre duftenden biokindchen im arm und haben einen riesenbioschiss vor dir, so dass eine von ihnen immer die bullen anruft und du schon wieder abhauen musst, weil du kein bock auf bioprobleme hast, das alles kotzt dich global im lokalen an, nicht du nimmst den anderen ihren platz weg, sondern sie unterdrücken dich und drängen dich hinaus, du willst doch ganz normal leben können, aber sie lassen dich nicht und du weißt, wie gut es war, ihnen den krieg erklärt zu haben, du willst sie ja nicht töten oder angreifen, du willst sie weder jagen, noch ihre sprösslinge kidnappen, du willst sie nur schlicht und ergreifend aus ihrer satten ruhe bringen, ihnen die briefkästen zukleben, streichhölzer in die haustürschlüssel stecken und die türklingel besprühen, du willst die frischen fassaden ihrer neuen häuser rot färben und im hinterhof in die container mit getrenntem müll brandsätze werfen, denn es ist dir gut bekannt, dass die schmucken leute durch mülltrennung ihr schlechtes gewissen beruhigen, die sind dermaßen neben der spur, dass sie glauben, dadurch den planeten zu retten, dabei polieren sie damit nur ihr ego auf, sie schreien in die welt hinaus, wie toll sie sind, viel besser als du und andere normalsterbliche, denn sie würden bewusst, gerecht und naturschonend leben, dabei fliegen sie jeden winter nach thailand und fahren statt autos geländewagen, daher ziehst du dir manchmal gerne was sauberes an, um nicht gleich aufzufallen, und gehst in eins von den neuen parfümierten   sächsisch-thailändisch-französisch-argentinisch-vietnamesisch-italienisch-nepalesisch-griechisch-mexikanisch-russisch-spanisch-bajuvarischen restaurants, bestellst ein glas leitungswasser und sagst, du würdest noch einen freund erwarten, damit schaffst du dir die bedienung vom hals und kannst dich ungestört deiner aufgabe widmen, du reißt ein stück gaffer-tape ab und klebst ein stück gut gereiften harzer käse unter den tisch oder eine halb offene ampulle mit einem mix aus rohem ei und altem tomatenmark, so was macht spaß, jetzt bist du MEISTER KOCH und auf dem nachhauseweg malst du dir grinsend aus, wie die schmucke kundschaft tagelang einen großen bogen um den laden schlägt, bis man die quelle des furchtbaren gestanks geortet hat, das findest du ultrawitzig, darüber kannst du echt gut lachen, das macht spaß, aber solltest du mal deine gegner ordentlich reizen wollen und dich außerdem auch mega mutig fühlen, dann marschierst du wieder mal zur tanke, füllst benzin in eine plastikflasche ab und kaufst noch eine pulle motoröl dazu, die süße an der kasse kuckt ein bisschen schräg, aber du lässt dich nicht verunsichern, im schlimmsten fall sagst du, dein wagen wäre abgekackt, du hättest ihn drei minuten von hier entfernt stehen lassen müssen, dann kaufst du noch ein paar feuerzeuge und gehst nach hause, dort ziehst du deine guten alten gummihandschuhe an und schickst den typen, der deine aktion auf einmal heftig infrage stellt, zu seiner mama zurück, denn du stellst deinen weg seit langem nicht mehr infrage, du weißt, dass er der richtige ist, genauso, wie dein oller vater sich sicher gewesen war, dass er das richtige tat, als er dich und deine mutter verließ, die du später auch hast verlassen müssen, um von ihren ewigen psychonerven und ansprüchen ruhe zu kriegen, du kippst also das zeug vorsichtig in einen topf, aber nicht in den für spaghetti, weil den hättest du danach entsorgen müssen, du rührst darin und träufelst noch ein bisschen flüssige seife dazu, ganz vorsichtig bewegst du den kochlöffel in der brühe, damit sie dir nicht unter den fingern explodiert, jetzt heißt es, aufs rauchen zu verzichten, ein bisschen lüften wäre auch gut, aber nicht zu viel, damit die nachbarn nicht auf die idee kommen, zu checken, was du für eine merkwürdige david-copperfield-nummer veranstaltest, du rührst in dem zeug herum und denkst daran, wie du klein warst und deine mama aus dem schrank den kleinen chemiker holte, diesen baukasten aus der zeit, wo sie selbst klein gewesen war, und wie ihr dann alle damit auf dem küchentisch gespielt habt, heute kannst du darüber lachen, weil heute bist du MEISTER CHEMIKER, du spielst zwar auch, aber du trägst keinen niedlichen gesichtsschutz aus plexiglas auf dem kopf, du rührst einfach so in deinem sud herum, und wenn das zeug sämig wird wie honig, dann weißt du, dass du am ziel bist, dass du deinen eigenen remix vom molotowcocktail gefunden hast, den mitte des letzten jahrhunderts zum ersten mal die finnen im winterkrieg gegen die russen eingesetzt hatten, so stand es im netz, beim ersten mal hast du versucht, das zeug in die bier-, sirup- und wodkaflaschen abzufüllen, die unter der spüle standen, danach hast du die flaschen probeweise in einer ehemaligen fabrikhalle gegen die wand geschmissen, aber heute willst du was neues ausprobieren, diesmal soll was echtes kommen, du willst ein rezept aus dem netz ausprobieren, also holst du eine gurkenflasche, klebst einen dünnen streifen knete unter den deckel, damit er besser sitzt und nicht verrutscht, das glas wickelst du mit schwarzem gaffer-tape um und machst damit auch die drei fetten sturmstreichhölzer fest, die gar im dichtesten regen nicht versagen, du nimmst die feuerzeuge, fünf oder sechs stück, kratzt den metallscheiß von ihnen ab und schmeißt die nackten stifte ins glas, gießt deinen sud darüber und bist dir sicher, aus dieser kombi kommen verdammt scharfe gurken raus, du machst den deckel drauf und dichtest für alle fälle alles nochmals mit tape ab, und dann wartest du schon wieder auf den abend und dann noch auf die nacht, diesmal wartest du länger als bei deinen farbbeutelzügen, jetzt geht's ans eingemachte und du bist nervös und richtig excited, mehr als sonst, du ziehst dir eine fluppe nach der anderen rein und kannst kaum abwarten, bis man endlich loskann, draußen ist es kalt und total still, keine menschenseele weit und breit, du hast dir die tote zeit auf der kippe zwischen nacht und tag rausgesucht, dein herz schlägt techno, in deinen adern pumpt ne volle ladung adrenalin, du ziehst dir die kapuze ins gesicht und schon stehst du vor einem schlafenden schmucken haus, an beiden straßenenden passen deine boys auf, sogar in der mitte steht einer schmiere, so ne nummer lässt sich nicht im alleingang durchziehen, aus dem spaß ist ernst geworden, lieber alles zweimal checken, doppelt hält besser, und sollte es dort doch eine kamera geben, dann nimmst du den schwarzen spray und zielst ihr direkt zwischen die augen, aus der hüfte und von der seite, damit sie in letzter sekunde dein bild nicht erwischt und es nicht auf das harddisc aller bullereien der welt überspielt, erst wenn deine boys per handy reine luft bestätigen, erst dann suchst du dir ein feines auto aus, einen superneuen auf hochglanz polierten schlitten, kein olles wrack oder sonst ein abgekratztes ding, was dem normalvolk gehört, du weißt luxus zu schätzen, du suchst dir ein schickes auto aus, nimmst die flasche, zündest die streichhölzer an und stellst die gurken de luxe direkt unter den tank, jetzt bist du MEISTER HEIZER, ganz schnell und präzise, du stellst die flasche hin und haust ab, damit dir das zeug nicht in der hand kracht, es geht los, du rennst und spürst im rücken die aufsteigende hitze, du hörst deine chili-gurken knallen, peng peng peng peng, du wirfst einen kurzen blick zurück und siehst, wie das feuer die kiste stürmt, die flammen klettern von unten rein, tänzeln auf den sitzen und um das lenkrad herum, sie lecken am dach, für einen moment denkst du, auch du würdest brennen, es ist aber nur ein heißes gefühl, was dich überkommt, deine hände zittern und dein herz hämmert techno, du rennst weiter und erst am ende der straße, wenn du bei deinen boys bist, erst da drehst du dich um und kostest den augenblick aus, du siehst, wie das auto brennt und schließlich in die luft geht, der hintere teil hüpft hoch und landet seitlich versetzt auf dem boden, manchmal mehr nach rechts, manchmal mehr nach links, du weißt schon lange, das leben ist eine lotterie, du siehst dir die strahlenden flammen an, am anfang gibt es kaum rauch, und erst wenn die zeit reif ist, zückst du dein handy und nimmst dein werk auf, die schmucken wände des schmucken hauses färben sich dunkel mit ruß, die schmucken leute dahinter träumen ihre schmucken träume, du siehst zu, wie das feuer von einem auto auf ein anderes springt, mit bisschen glück geht noch eine karre in die luft, aber dann gerät alles in bewegung, in den wohnungen geht das licht an, schmucke leute starren aus ihren fenstern und schon hörst du das martinshorn, jetzt ist beeilung angesagt, jetzt müsst ihr los, kapuze ins gesicht und run run run, jetzt muss euch die gute alte fortuna die daumen drücken, deinen boys und dir, ein polizeiauto ist schon über die kreuzung gebrettert, bald kämmen die bullen alle straßen durch, ihr müsst euch trennen, jeder rennt im alleingang weiter und du hoffst, dass ihr am verabredeten ort alle zusammenkommt, ein zweites bullenauto rast mit kreischender sirene auf dich zu, du lässt dich direkt neben ein geparktes auto auf den bürgersteig fallen, du drückst deine nase gegen den reifen, atmest seinen geruch ein und würdest du beten können, dann würdest du sogar zu ihm beten, aber weil du das nicht kannst, klammerst du dich verkrampft an dein pfefferspray, für den fall, es würde zum schlimmsten kommen und sie würden dich festnehmen wollen, deine hüfte ist nass, du merkst, dass du in einer pfütze liegst, du fragst dich, wann die bullen endlich anhalten und sich auf dich stürzen werden, aber das auto fährt weiter und du weißt, du musst ganz, ganz schnell weg, am besten very fast, weil sie bald alles absperren und die straßen durchsieben werden, sie sind mittlerweile nämlich schon ein bisschen sauer und beunruhigt, das kannst du sogar nachvollziehen, aber auch heute hast du glück und kommst durch, du rennst die straße längs und durch den park, am kinderspielplatz vorbei, und als du dich umdrehst, um die luft zu checken, stößt du mit einem typen zusammen der gottweißwarum um vier uhr morgens mit seinem köter gassi geht, ihr bleibt auf dem boden liegen, du riechst seine fahne und die spraydose fällt dir aus der hand, du lässt sie liegen, springst auf und rennst weiter, du kletterst über die mauer vom schulhof, pest über den spielplatz auf die andere seite und dort das gleiche, auf die mauer hoch und dann wieder herunter, jetzt bist du bei der alten fabrik am kanal, langsam kannst du nicht mehr, aber du reißt dich zusammen und rennst am wasser entlang, unter der eisenbahnbrücke angekommen japst du nach luft, verdammt, echt schwein gehabt, mann, ihr habt alle richtig schwein gehabt, die ganze mannschaft ist da, ein joint geht herum, du spürst, wie du allmählich runterkommst, gegen die wand gelehnt rutschst du in die hocke und glotzt aufs wasser, dein herz ist noch techno, aber nicht mehr so heftig, jetzt ist alles easy, gemeinsam mit den anderen lässt du dir die aktion auf der zunge zergehen, deine hände zittern nicht mehr, nur deine finger stinken nach benzin, du wischst sie am gras sauber, über deinem kopf dröhnt ein langer güterzug mit kohle und es geht ab in die dönerbude und danach abhotten, auf die arbeit folgt der spaß, so heißt es doch, am besten irgendwo mit electro, und wenn du am nachmittag aufwachst, kriegst du keinen einzigen bissen herunter, dein magen fühlt sich wie beim seegang an, du nimmst dir den stadtplan vor und mit einer gelben stecknadel machst du die stelle fest, wo gestern das auto in die luft geflogen ist, und schon wieder ist die welt ein bisschen klarer geworden, beim kaffee streitest du dich mit deinen boys darüber, ob ein bmw besser feuer fängt als ein audi oder ein großer geländewagen, zum schluss punktest du mit dem satz, benzinautos würden besser knallen als die mit dieselantrieb, die anderen nicken anerkennend und dann hört ihr gemeinsam die nachrichten, im radio spricht man von dir, man versucht, mit deiner person dem anstandsbürgertum und den schmucken leuten angst einzujagen, auch im netz wird über dich geschrieben, man dichtet dir sogar aktionen zu, die du nie hättest machen können, du bist berühmt wie lady di und du kraulst deinen hund und freust dich, dass du es den schmucken leuten wieder mal gezeigt hast, bloß auf einmal überkommt dich eine müdigkeit, du gähnst und musst einen lazy day einlegen, da starrst du nur aus dem fenster und dein blick verfängt sich immer wieder in den wasserrohren, die sich durch deine straße schlängeln, durch das viertel und durch die ganze stadt, und auf einmal macht es bei dir irre laut klick und deine müdigkeit ist wie weggeblasen, denn jetzt hast du die idee für den richtig großen knall, und als du später den anderen davon erzählst, werden die leute am tisch starr, sie wollen dich nicht verstehen, vielleicht ist es für sie zu viel, zu viel chili und tabasco, auch ihnen steckt die müdigkeit in den knochen, und dir ist klar, diesmal kommt man als MEISTER CHEMIKER nicht durch, jetzt wird man mindestens einen DR.SUPER MEISTER brauchen, nicht mehr global im lokalen, sondern lokal im globalen, das ist heute die devise, sagst du und findest, das klingt klug, du weißt schon genau, dass nun die letzten reserven aufgebraucht werden, es geht nicht mehr ums blümchenpflanzen, wändebeschmieren oder um irgendwelchen lustigen autofeuerzauber, jetzt sind tabasco und sintflut dran, sogar du zauderst für einen moment und kraulst nervös deinen hund am kopf, du nippst am kaffee und rauchst eine nach der anderen, während du über belangloses zeug redest, musik und filme als themenwechsel, und du spürst, dass zwei von deinen boys zucken und einpacken wollen, und weil die beiden seit letztem mal ohnehin köttel unter den kotflügeln haben, hältst du sie nicht zurück und lässt sie die amme grüßen, die anderen zwei bleiben und du weißt, zu dritt läuft es sowieso am besten, in jeder guten punkband sind es immer drei, deswegen sind sex pistols auch keine gute band gewesen, der vierte ist immer einer zu viel, also alle unklarheiten beseitigt und take it easy und lets go, du läufst richtig heiß an, deine finger kribbeln, du hüpfst mit deinem laptop ins bett und diesmal interessiert dich nicht, was hinter der wand passiert, du hast keine lust aufs herumfummeln, schon so glühst du genug, außerdem geilst du dich im netz auf, als du nach der anleitung für den größten und geilsten knall deines kurzen lebens googelst

GESCHICHTE ALS PORNO

*I*rgendwo einzubrechen ist immer seltsam, noch seltsamer ist es aber, wenn man den Einbruch bei sich selbst begeht. Und genau das hat Ole gemacht, mit Unterstützung von Lena, Selbst-ist-der-Mann, Ramone, Gabi und Torsten, der sogar seinen Familienkombi zur Verfügung stellte.

Reingekommen sind sie durch den Hintereingang, und mitgenommen haben sie alles, was ins Auto passte: die rote Italienerin, den Kickertisch, die gesamten Alkoholvorräte, ein paar Lebensmittel aus der Küche, dann noch die Vorführungsmaschine und die alten Filme. Ole wog sie lange in der Hand und dachte, Frank hätte bestimmt etwas in dem Sinne gesagt, dass das Gewicht dieser Pornofilme dem Gewicht der Geschichte des letzten Jahrhunderts entspricht, denn alles hängt ja mit allem zusammen.

SIRENEN

Das ganze Zeug brachte man provisorisch bei Ole in der Wohnung unter. Danach fuhr Ole Lena nach Hause. Vor dem Eingang zündeten sie sich eine an, und Lena lud ihn auf einen Schnaps ein, wegen der Kälte. Was für ein alter Trick. Im Fenster brannte Licht, Ulrike war zu Hause und noch wach.
»Ich hab noch was vor.«
»Um vier Uhr morgens? Willst du noch irgendwo anders einbrechen?«
»Ich muss mir einen Plan machen, was als Nächstes drankommt.«
»Aber küssen könntest du mich schon, wo ich deinetwegen mit einem Bein im Gefängnis stehe.«
»Was wird hier schon wieder gespielt.«
»Na, dann tschüß.«
Sie küssten sich, und Ole spürte die unendliche Anspannung in seiner Hose. Lena musste das auch gemerkt haben. Er löste sich von ihr.
»Komm, lass uns hier aufhören. Gute Nacht.«
»Wie du meinst. Gute Nacht.«
»Tschüß.«
»Das hast du schon gesagt.«

Er wartet, bis hinter Lena die Tür zufällt. Dann zündet er sich eine neue Zigarette an und macht sich auf den Weg nach

Hause. Er geht durch den Park, an einem der neuen Kinderspielplätze vorbei, die für die neuen Bewohner und ihre Kinder gebaut wurden.

Ole marschiert durch die Dunkelheit. Er mag diese Stunde, die zwischen der Nacht und dem Morgen eingequetscht daherkommt, die Stunde, in der nichts passiert, in der die Stadt wie tot daliegt, entblößt und nur Träumen zugänglich. Ole raucht. Überall ist es still. Nur in seinem Ohr melden sich all die alten Rockkonzerte mit leisem Pfeifen zurück. Auf einmal hört er Polizeisirenen.

Am Parkausgang bemerkt er einen Mann mit Hund. Der Mann wankt leicht, dann bleibt er stehen. Plötzlich kommt jemand angerannt, Kapuze über dem Kopf, wie eine schwarze Kugel rast er heran. Dreht sich rasch um, als suchte er jemanden. Dann rennt er weiter, und als er noch einmal nach hinten blickt, stößt er mit dem Mann zusammen, fällt hin, springt aber sofort wieder auf die Füße und schießt Richtung Schulgelände, zum Spielplatz, auf dem Ole als kleiner Junge ein Tor nach dem anderen für sein Schulteam geschossen hat.

»Alles in Ordnung?«, Ole eilt zu dem Mann.

»Ja«, antwortet der Mann mit rauer Stimme. Er geht auf die sechzig zu und riecht nach Alkohol. Unter seiner langen Winterjacke kuckt ein Morgenmantel hervor.

»Ich kann nicht pennen, mein Köter auch nicht, also gehen wir spazieren«, sagt er und klopft imaginären Staub von sich, der Hund knurrt und kläfft dem schwarzen Läufer hinterher. »Verdammt noch mal… Halt mal die Klappe, Ole!«

Die überfressene Rolle auf vier Zeltheringen mit kurzem, erhobenem Schwanz verstummt.

»Ole? Heißt der Hund Ole?« Ole starrt den Hund an.

»Was ist dran so komisch?«

»Für einen Hund gewöhnungsbedürftig.«

»Hunde hören nur auf kurze Namen. Außerdem hat der hier keinen anderen Namen verdient. Den hat mir meine Alte zurückgelassen, als sie abgehauen war. Sie hat sich verpisst, und ich muss mich um ihn kümmern.«

Der Hund bellt ihn an.

»Gibt bald Fressi, ja, ja ... das Einzige, was ihn noch interessiert. Sein Fressen. Und die Tölen, natürlich.«

Der Mann und sein Tier torkeln gemeinsam nach Hause.

Auf dem Boden liegt etwas. Tränengas. Ole steckt die Spraydose ein. Er geht weiter, vor der Bäckerei an der nächsten Ecke hält er inne. Auf der Straße brennt mit stechend gelben Flammen ein Auto. Sogar auf die Entfernung spürt man die brodelnde Hitze. Ein dichter schwarzer Rauch steigt hoch, und zwei Bullen sehen ratlos mit Feuerlöschern in der Hand zu. Die Feuerwehr kommt und noch ein Polizeiauto.

»Kommen Sie her!«, hört Ole plötzlich jemanden schreien.

Er dreht sich um. Auf der anderen Straßenseite sieht er hinter einem Auto einen Bullen in Lederjacke stehen, einen von diesen übereifrigen Typen um die zwanzig herum. Ole wendet ihm den Rücken zu und entfernt sich schnell. Und plötzlich rennt er los, ohne zu wissen, warum, vermutlich ein alter Reflex.

»Stehen bleiben! Im Namen des Gesetzes, stehen bleiben!«, hört er hinter sich und läuft so schnell, wie er kann. Er hat einen guten Vorsprung, aber dann bekommt er Seitenstiche, seine Brust tut weh, und die Beine können nicht weiter. Blöde Zigaretten. Blöde Spaziergänge. Blöde vierzig, die sich wie ein schwerer Güterzug anfühlt, den er hinter sich herschleppen muss.

Er rennt weiter, aber er spürt, dass es nicht funktioniert, dass er eher laufen möchte, als dass er laufen würde. Sein Atem geht immer schneller, aber seine Beine werden langsamer, und all die Jahre, Frauen und Zigaretten, die er hinter sich hat, verwandeln sich in scharfe Messer, die in seinem Inneren wüten.

Auf der Kreuzung bei der Apotheke taucht von links eine andere Polizeikarre auf und schießt auf ihn zu. Ole bleibt mitten auf der Straße stehen. Sein Herz droht, jeden Moment zu platzen, er bekommt keine Luft, die Scheinwerfer brennen ihm Löcher in die Augen. Er beugt sich vor, stützt die Arme auf die Oberschenkel, hustet. Er spuckt und japst nach Luft. Er ist am Ende, verdammt noch mal, warum kann er bloß nicht mehr.

Das Auto hält knapp vor ihm an, nun ist er vollkommen geblendet. Er dreht sich um, er will nichts wie weg, weiß aber nicht, wohin.

Dann spürt er am Bauch und an seiner Wange die taufeuchte Vorderhaube, seine Arme werden ruckartig nach hinten gedreht. Ole wartet auf das Klicken der Handschellen, aber der Bulle bindet seine Handgelenke mit einem dünnen Plastikband zusammen. Er zieht Oles Beine auseinander, drückt ihm das Gesicht ganz fest gegen das Blech und durchsucht ihn, alles, was er in Oles Taschen findet, legt er aufs Autodach. Das Plastikband schneidet Ole ins Handgelenk. Er würde so verdammt gerne eine rauchen.

WEISS UND GRÜN

Der Raum ist vor Kurzem mit satter grüner Farbe gestrichen worden. Eine Wand besteht aus einem länglichen Spiegel, der haargenau so aussieht, wie man es aus den Fernsehkrimis kennt. Unter der Decke hängt eine winzige Kamera in runder Halterung, genauso gut könnte es sich aber auch um ein künstliches Wespennest handeln. In der Mitte des Raumes stehen ein Tisch und zwei Stühle, auf dem einen sitzt ein Zivilbulle, sein gestreiftes Hemd mit hochgekrempelten Ärmeln fällt ziemlich eng aus. Sein Kopf ist kahl rasiert und braun gebrannt. Entweder Sonnenstudio oder Thailand. Er hat den gleichen Stiernacken wie Vladan, und seine Arme erinnern an Elefantenrüssel.

Auf dem anderen Stuhl sitzt Ole. Seine Hände sind frei, er reibt die geröteten Handgelenke. Der dünne Plastikstreifen tut wahrscheinlich sogar mehr weh als Metallhandschellen. Der Polizist prüft Oles Personalausweis. Auf dem Tisch liegt in Reih und Glied alles, was Ole in den Taschen hatte: Schlüssel, zerknitterte Zigarettenschachtel, Feuerzeug, Tränengas.

»Herr Werner, das ist nicht Ihre erste Begegnung mit der Polizei, nicht wahr? Sie sind schon einmal festgenommen worden, stimmt's?«, fragt Stiernacken.

»Ja. 1987. Es war ein anderes Land, eine andere Polizei, und dieser Raum war noch weiß«, sagt Ole genervt und zeigt auf seine Zigaretten. »Darf ich eine rauchen?«

»Das ist ein Nichtraucherarbeitsplatz.«

»Damals durfte man hier rauchen.«

»Warum haben Sie damals flüchten wollen?«

»Weil mir danach war.«

»Wie bitte? Und warum haben Sie heute flüchten wollen?«

»Es findet sich immer einer, der Ihnen an den Kragen will. Da hat sich seitdem nicht viel geändert.«

»Noch einmal. Warum sind Sie heute weggerannt?!«

»Keine Ahnung. Alter Reflex vielleicht. Ich bin immer vor den Bullen weggerannt. Wie alt sind Sie?«

»Einunddreißig.«

»Dann sind Sie damals höchstens bei den Jungen Pionieren gewesen. Aber vielleicht haben auch Sie schon sehen können, dass etwas nicht in Ordnung war.«

»Ich bin in München großgeworden.«

»Dann werden Sie wohl nichts gesehen haben.«

»Man kann nichts dafür, wo man geboren wurde.«

»Das brauchen Sie mir nicht zu sagen. Ich meine einfach nur, dass es für Sie deswegen schwerer sein dürfte, zu verstehen, warum man 1987 vor den Bullen wegrannte.«

»Nochmal von vorne: Warum sind Sie heute nicht stehengeblieben? Hatten Sie einen Grund dazu?«

»Ein alter Reflex. Woher wissen Sie überhaupt, dass ich 1987 verhaftet wurde? Diese Verbrechen, die ja sowieso keine waren, sollten doch schon verjährt sein, oder? Ich habe sogar eine Entschädigung bekommen und einen Entschuldigungsbrief vom Ministerium.«

»Der Eintrag ist noch da.«

»Der hätte doch gelöscht werden müssen. Wieso ist das nicht passiert?«

»Keine Ahnung. Vermutlich aus Versehen.«

»Und aus dem Nebenzimmer kuckt uns jetzt die Stasi zu, ja?«

»Dort ist keiner.«
»Natürlich nicht.«
»Warum sind Sie weggerannt?«
»Weiß ich doch nicht.«
»Sie sind weggerannt. Hatten Sie einen Grund?«
»Nein.«
»Also sind Sie ohne Grund losgerannt.«
»Ja.«
»In der Straße wurde ein Auto in Brand gesetzt.«
»Das passiert hier in der Gegend häufig.«
»Genau. Und ausgerechnet dort begeben sie sich grundlos auf die Flucht mit einem Feuerzeug in der Tasche.«
»Sie sind Nichtraucher?«
»Ja.«
»Major Menschik war Raucher.«
»Außerdem hatten Sie Tränengas dabei.«
»Ich habe bereits Ihrem Kollegen im Auto gesagt, dass ich die Spraydose im Park gefunden habe, die hat dort jemand verloren.«
»Hat mein Kollege es Ihnen geglaubt?«
»Nein.«
»Es wäre auch ganz schön doof von ihm.«
»Ich habe damit keinen angesprüht. Ist es etwa verboten, ein Feuerzeug bei sich zu haben oder Tränengas, das man zufällig im Park gefunden hat?«
»Solche Zufälle sind merkwürdig, finden Sie nicht?«
Ole sagt nichts, und Stiernacken zieht eine dicke Mappe mit Fotos von ausgebrannten Autos hervor. Er reicht sie Ole.
»Alles nagelneue Modelle: Audi, BMW, Mercedes, Bentley… Wie fänden Sie es, wenn es Ihrem Wagen passieren würde?«
»Ich habe kein Auto.«
»Sie haben kein Auto?«

»Steht das nicht in meinen Papieren?«

Stiernacken blättert in seinen Unterlagen.

»Na, hier steht wirklich … dass Sie kein Auto besitzen.«

»Ich habe nie ein Auto gehabt.«

»Also haben Sie etwas gegen Autos.«

»Wie bitte?«

»Eine logische Schlussfolgerung. Sie haben kein Auto, also mögen Sie keine Autos.«

»Das ist Ihre Schlussfolgerung. Warum sollte ich Autos in Brand setzen? Nur weil ich selbst keins habe? Wie blöd ist das denn?«

»Ich weiß nicht, wer sie in Brand setzt, aber einer tut es. Angefangen hat es mit Blumen, die vor Banken und Ämtern gepflanzt wurden, haben Sie davon gehört? Danach tauchten Aufkleber auf öffentlichen Plätzen auf. Und Aufschriften – Zu Mieten, Euer Tunnel, unser Problem –, wussten Sie davon?«

»Ja, ich fand das ziemlich witzig.«

»Es folgte die Zerstörung von Hausfassaden, Brandsätze in Müllcontainern – und jetzt werden Autos in Brand gesetzt. Wer weiß, was danach kommt.«

»Woher wissen Sie, dass es dieselben Leute sind?«

»Wir suchen nach Zusammenhängen.«

»Egal, wer der Täter ist, ich kann schon nachvollziehen, warum er das macht.«

»Wollen Sie damit sagen, dass Sie es gutheißen?«

»Nein, ich finde es nicht gut, aber ich verstehe es.«

»Also heißen Sie es gut.«

»Was möchten Sie von mir hören?«

»Dass Sie es am liebsten auch tun würden.«

»Würde ich nicht. Aber die Leute scheinen darauf zu verweisen, dass alles nicht so perfekt ist, wie es Ihnen vorkommt. Für die Karren blecht ohnehin die Versicherung.«

»Aber es geht ums Prinzip. Wo sind Sie gewesen, bevor man Sie gestellt hatte?«

»Spazieren.«

»Mit wem?«

»01791225654.«

»Wie bitte?«

»Sie heißt Lena.«

REICHSADLER

Ole betrat die Küche. Sie war kleiner als seine. An der Kühlschranktür hingen ein paar Einkaufszettel und Nachrichten, außerdem ein kleines Farbfoto. Ein Reichsadler mitten im Gemüsegarten, hübsch zwischen Möhren, Petersilie und Salat untergebracht.

»Was soll das denn? Ein Gruß vom Obergärtner des Dritten Reiches?«

»Als Kind habe ich die Statue total geliebt«, sagte Lena.

Sie sprach gedehnt, hatte verschlafene, gerötete Augen und nur ein langes graues T-Shirt an.

»Der Adler war das Einzige, was meine Oma vom Opa behielt, der ist ja im Krieg im U-Boot ertrunken.«

Ole machte sich eine Zigarette an. Statt Aschenbecher stand eine Kompottschüssel auf dem Tisch. Er hätte gerne etwas gesagt, aber er war unglaublich müde.

»Im letzten Sommer bin ich mit Mutti zu Oma gefahren. Sie war ganz verzweifelt, dass Nachbars Tauben ihre Beete kaputt machen, weil die ständig daran picken und alles fressen. Und dann hat sie diese Idee bekommen. Sie hat mit Mutti den Adler aus dem Keller geholt und ihn in den Garten gestellt. Das hättest du sehen müssen. Meine großgewachsene deutsche Mutter neben meiner winzigen deutschen Oma und dazwischen der schwere Reichsadler, den sie beide an den Flügeln schleppten. Sie haben ihn mitten ins Gemüse reingesetzt, und es hat funktioniert. Ab dem Moment war im Garten der totale Frieden eingekehrt, die Tauben haben sich nicht mal zum Zaun getraut. Im Herbst bin ich wieder dort gewesen. Die Beete waren abgeerntet, die Tauben weißichwo weg, nur der schwarze Adler ragte aus der braunen Erde, leicht zur Seite geneigt, wie ein vergessener Grabstein, der mit Apfellaub zugeschüttet wurde. Sonst herrschte dort absolute Stille. Oma hat gesagt, im Frühjahr würde sie ihn neu streichen, damit die Tauben noch mehr Angst vor ihm haben. Sag mal, ist dir überhaupt aufgefallen, dass es hier in der Stadt immer weniger Tauben gibt?«

»Ja, gerade jetzt. Vielleicht sind sie zu deiner Oma geflogen, um vor Ort die verbrüderten Tauben zu unterstützen. Sie werden eurem Adler eine gemeinsame Kriegserklärung überreichen.«

»Du hast 'nen Knall.«

Ole streichelte ihr nacktes Bein.

Lena nahm seine Hand, legte sie zwischen ihre Schenkel und presste die Beine zusammen.

»Den größten Knall hat's vorhin gegeben, als der Bulle angerufen hat.«

Sie gingen in Lenas Zimmer und machten Liebe. Kopflos und erschöpft, mal oben und mal unten, manchmal trafen sie sich in der Mitte. Ole liebkoste Lenas Knöchel und untersuchte die zwei dunklen Flecken auf ihrem linken Fuß. »Das kommt von einem Baumstumpf. Meine erste und letzte Alpenwanderung«, sagte sie. »Deswegen trage ich keine Röcke und hasse die Berge.«

Dann stand sie auf, und er sah im Halbschlaf, wie sie ihm eine Tablette gegen den Tod und ein Glas Wasser brachte. Sie stellte beides neben das Bett. Nicht auf einen Nachttisch, so etwas gab es in ihrem Zimmer nicht, sondern auf den Stapel von Büchern, die sie gerne querbeet liest. Und nie zu Ende.

NATURSCHUTZGEBIET

Der Mittag war längst vorbei, und draußen flatterten Schneeflocken wie auseinandergepustete Daunenfedern.
 Na super, dachte Ole und sah sich in Lenas Zimmer um. Ein länglicher Kleiderständer mit Kleidern, eine Kommode, ein Sessel am Fenster, ein Tisch mit Laptop, ein Stuhl und eine große Matratze mit ihm darauf. Und Fotos von Vögeln. Schnäbel. Flügel. Krallen. Überall an jeder Wand. Mein Gott, dachte er, sie ist wirklich nicht normal! Er konnte sich die Fotos nicht lange ansehen.
 Automatisch wollte er eine Tablette gegen den Tod reinschieben, aber eigentlich brauchte er sie nicht und schlief nochmals ein.
 Es war ein unruhiger Schlaf. Sein Kopf knallte immer wieder gegen irgendwelche Klippen. Er stolperte über die Splitter der Vergangenheit, die Lenas Mutter in den Ellbogen bissen und die auch in seinem eigenen Körper steckten und besonders in seinen Träumen ganz stark auf der Lauer lagen. Er träumte von seiner Tochter. Sie stand am Ufer eines überquellenden Flusses, die Brücke wurde bereits von der Flut mitgenommen, und Ole, der auf der anderen Flussseite stand, konnte ihr nicht helfen, er konnte lediglich zusehen.
 Auf einmal wurde ihm richtig heiß, und er kickte die Decke weg. Eine Weile wusste er nicht, wo er sich befand. Draußen rieselte immer noch sanft der Schnee. Vögel kletterten die

Wände hoch, und Ole war froh, dass sie ihm nicht aufgefallen waren, als sie sich geliebt hatten. Auf einmal vernahm er zwei leise Stimmen. Lena und Ulrike in der Küche. Sie waren kaum zu hören, trotzdem bekam Ole die Anspannung mit, die jedes neue Wort aufblähte, bis es so groß wie ein Luftballon war. Sein Kopf tat weh. Er nahm die Tablette und spülte sie mit Wasser herunter. Und er hörte zu.

»Naturschutzgebiet.«

»Was soll das schon wieder heißen?«

»Dein altes Problem: Wer Schutz und Rettung braucht, der möchte sich bitte bei dir anstellen.«

»Brauchst du etwa keine schützenden Arme?«

»Du lässt dich nur von solchen Typen umarmen, die dich ausnutzen.«

»Blödsinn.«

»Diesmal ist es sogar schlimmer. Du hast ihm Geld geliehen.«

»Nur ein paar Hundert.«

»Ein paar Hundert, die du selber gut gebrauchen könntest. Du kannst nicht jeden retten. Du bist keine Lady Charity. Dir wird keiner helfen, wenn auch du mal in der Scheiße steckst. Falls es nicht schon längst der Fall ist.«

»Du hast keinen.«

»Aber ich kann damit leben.«

»Das merkt man, wo du mich so anpöbelst.«

»Wir sind doch Freundinnen, oder? Und die gehen ehrlich miteinander um.«

»Aber er steckt nicht in der Scheiße. Solche Probleme wie er haben in diesem Moment Millionen andere Leute auch.«

»Millionen andere Männer, wolltest du sagen. Die alle auf eine nette Frau wie dich warten, die ihnen heraushilft. Weil es Männer wie er nie schaffen, sich selbst zu helfen, sie verursachen ja ihre Probleme selbst, sie ziehen sie geradezu an. Hinter jedem Krieg, jedem Börsenkrach und jeder geschädigten Beziehung steht ein Typ. Jeder Mann ist selber schuld, wenn er Probleme hat.«

»Auch Frauen haben Probleme.«

»Ja, aber nur wegen der Männer. Im Gegensatz zu uns tun Männer immer so, als wären sie unbesiegbare Weltmeister, bis sie ein kleiner Schlag niederrafft und sie plötzlich am Ende sind.«

»Vielleicht finden die Männer, dass auch wir häufig unbesiegbare Weltmeisterinnen spielen. Bis uns ein kleiner Schlag niederrafft und wir plötzlich am Ende sind.«

»Such dir endlich einen Typen, der im Reinen ist mit sich selbst.«

»Wer ist denn mit sich selbst im Reinen, kennst du so jemanden? Wach doch endlich auf. Das ist eine Illusion. Bist du denn mit dir im Reinen? Wenn du okay wärst, dann wärst du mit jemandem zusammen, oder?«

»Aber ich will nicht mit jemandem zusammen sein, im Moment nicht, ich fühle mich gut so. Allein leben ist gut, ich bin total zufrieden und d'accord mit mir. Aber als ich gesehen habe, wie durcheinander du bist, musste ich es dir sagen.«

»Er ist okay, und er wird es schaffen.«

»Prima. Und weiter? Zahlst du seine Schulden, wo du selbst kein Geld hast? Übernimmst du vielleicht auch seine Alimente? Sorgst du dann für das Kind, das er dir macht, bevor er sich mit einer anderen verpieselt? Das ist doch zum Kotzen.«

»Was ist zum Kotzen?«

»Die Situation.«

»Lass uns aufhören.«

»Nur wenn du versprichst, dass du mit der Retterei aufhörst. Null Naturschutzgebiete mehr, ja?«

»Aber ich will keinen retten, verdammt. Er kann selbst für sich sorgen. Hör mal, du bist einfach eifersüchtig, du fühlst dich einsam, und das macht dich neidisch.«

»Du bist doch auch allein, ihr lauft nur zusammen durch die Stadt. Oder hat er dich denn etwa schon flachgelegt?«

»Ja.«

»Aah. Also genau zwei Jahre nach mir.«

»Er hat mit dir geschlafen?«

Eine Weile herrschte Stille.

Scheiß Gedächtnis, dachte Ole. Ich und Ulrike? Mein Gott.

»Tja. Ist aber nichts Besonderes gewesen, damals. Das nur unter uns.«

Warum immer ich, dachte Ole.

»Du bist blöd.«

In dem Moment stand bereits Ole angezogen in der Tür und sah beide an. Er zog seine Jacke zu und ging. Keine der Frauen sagte ein Wort. Lena drückte ihre Zigarette genau in der Mitte aus, stand auf und lief ihm hinterher. Sie holte ihn im Treppenhaus ein.

»Ole...«

»Ich bin okay.«

»Ich weiß.«

TAL DER HOHLKÖPFE
August

Helmut hat ein altes deutsches Fernglas mitgenommen und sagt, wenn unsere Insel Rügen ist und der Teich da die Ostsee, dann muss dort drüben Dänemark liegen und das dort sind Schweden und Finnland. Und so kuckt Helmut in sein Fernglas und sagt, die Klos auf dem Campingplatz sind Kopenhagen, die Duschen Stockholm und die Kneipe unser Helsinki, wir brauchen also gar nicht in die weite Welt zu ziehen, wo wir alles vor der Tür haben. Wir beobachten die Leute auf dem Campingplatz, was die so machen, und dann spielen wir Karten und trinken dabei. Typhus hat gefragt, wie wir uns umbringen würden, wenn wir uns umbringen wollen würden, und Helmut hat gesagt Rasierklinge und Haschkarla Tabletten, Typhus würde unter einen Zug springen und ich wohl ins Wasser.
Nur Funus hat nichts gesagt, da war er schon wieder von seinem Toluen ganz k.o.

Haschkarla hat eine Kassette so flott auf dem Bleistift zurückgespult, dass die auf einmal husch gemacht hat und Moskwa ist ins Wasser geflogen.

Heute haben wir alle nackig unsere Lederjacken angezogen und ich habe auf den Selbstauslöser gedrückt und die Kamera auf einen Baumstumpf gestellt und die gute alte Zenit hat uns geknipst.
Baden, Angeln, Gitarre und verbrannter Rücken.
Es lebe die erste Punkinsel der ČSSR!
Außerdem hab ich ständig Halsschmerzen, aber eine Erkältung ist es nicht, das ist klar, außer mir hat es ja keiner. Beim Rauchen sind die Halsschmerzen noch schlimmer, aber aufhören will ich nicht.

Am Ufer gegenüber hat ein Bullenauto gehalten und zwei Schnüffelnasen sind raus und haben mit ihrem Fernglas über das Meer zu uns geglotzt und wir haben sie von unserem Rügen auch mit dem Fernglas angeglotzt. Sie haben sich dann wieder ins Auto gesetzt und sind abgedampft und haben uns in Ruhe gelassen. Abends Gitarre. Punkmusik. Kiffen. Und Bier. Funus schmust mit Toluen und mir fällt auf, dass er in den letzten zwei Tagen kein einziges Wort gesagt hat. Auf einmal machen alle schlapp, ich stehe ganz allein am Wasser und sehe auf die andere Seite und immer wenn ich meinen Hals anfasse, tut er weh.

Plötzlich taucht auf dem gegenüberliegenden Ufer das große schwarze glänzende Tier auf. Wütend rennt es hin und her als würde es etwas suchen und seine Goldaugen leuchten alles durch, bis sie mich in der Dunkelheit auf der anderen Meeresseite finden und das Tier ins Wasser springt. Es schwimmt zu mir, nach einer Weile taucht es unter und seine Augen beleuchten die Welt unter der Wasseroberfläche und ich sehe, wie schlafende Fische wach werden und ganz schnell davonschwimmen. Direkt vor mir klettert das Tier heraus, schüttelt sich ab und ich spüre, wie kalt das Wasser gewesen ist, es starrt mich an und seine Augen leuchten dabei. In den Augen sehe ich mich selbst.

Rückkehr nach Freiwaldau. Diese Stadt besteht nur aus Plattenbauten, Langeweile und Tod, hier passiert rein gar nichts und alle werden wegen Tschernobyl abkratzen oder wegen dem, was hier noch in der Luft hängt.

Jetzt liege ich schon im Bett und glotze Doppelbruder an, der traurig ist, weil seine Süße aus Schönberg ihm nicht antwortet, also bespricht er das mit mir, und das ist zum ersten und vielleicht auch zum letzten Mal wo wir ganz normal miteinander reden und uns nicht anschreien und keine Faxen schneiden. Ich hab ihm geraten, er soll ihr die kalte Schulter zeigen.

Sonntag. Morgen wieder zur Arbeit. Depri. Bin bei Helmut.
Mutti hat aufgegeben und ich darf machen was ich will.

Zum ersten Mal nach dem Urlaub auf der Arbeit. Den nächsten Urlaub kann ich erst in einem Jahr beantragen. Ich schrubbe die Kutteln und werde sie wohl noch vierzig Jahre schrubben, bevor ich in Rente gehe, am liebsten würde ich schon morgen in Rente gehen. *Danke dir, ČSSR*, für diese Zukunft.

Typhus ist in Prag gewesen und hat Neuigkeiten mitgebracht, in einem Monat gibt es in Pilsen ein Festival, wo Punkbands auftreten werden, *Die Toten Hosen* und vielleicht auch *Sex Pistols*, ein großes Konzert zur Feier des Weltfriedens soll das sein, wo alle zusammenkommen.
Helmut meinte, dass er auf Polen gehört hatte, dass *Pistols* nur hinter Geld her gewesen waren und dass die Band von einem Typen namens Malcolm gemacht wurde, der Reibach mit ihnen machen wollte, aber vielleicht ist das nur ne üble Nachrede, von den Kommantschen in Umlauf gesetzt. In einer Sache hat Helmut aber recht und zwar wenn diese parfümierten Punks aus England das echte Punkleben in der ČSSR leben müssten, wo *no future* echt *no future* heißt, würden sie sich glatt in die Hosen scheißen. Das ändert aber nichts daran, dass wir alle hinfahren wollen, also lege ich jetzt pausenlos *Die Toten Hosen* auf und sieche vor mich hin, weil ich möchte, dass es endlich September ist. Bitte bitte bitte bitte. Vor allem aber – und das ist der Knaller – das Konzert findet am 15. September statt, da hab ich Geburtstag und werde 17, ein super super Geschenk also. *Danke* an alle jetzt schon.

Gestern Abend Tanzvergnügen auf dem Campingplatz am Bobrovník. Alle Heavy Metal Bands gehören verboten und alle Fans müssten zwangsverpflichtet werden, Wandzeitungen für junge

Pioniere zu machen, weil das Einzige, was die zustande bringen,
ist, ihre Jeansjacken mit Aufnähern und Buttons so vollzupacken,
dass die wie eine Wandzeitung aussehen.
Aber der Reihe nach:
Zuerst eine kleine Prügelei mit zwei speckigen Metalfans. Die
ging los, als wir über unsere Lieblingsbands geredet haben und
die damit angefangen haben darüber herzuziehen, dass die Punks
nicht ordentlich spielen sondern nur schreien würden, sie prahlten
damit dass die besten Gitarristen der Welt nur Heavy Metal spielen.
Später dann eine heftige Schlägerei mit ein paar russischen Saufköpfen, die anschließend im Fluss gelandet sind, weil sie der Haschkarla
an die Wäsche wollten. Sie sind am anderen Ufer raus und haben
etwas auf Russisch geschrien und mit den Fäusten gedroht. Ein
tschecho-russki Krieg steht an.

Drei Russen sind im Park auf Typhus gestoßen und haben ihn
hinter der Ehrentafel im Gebüsch, wo sie ihn hingeschleppt haben,
ganz schön zugerichtet. Sie haben ihm seine Sicherheitsnadel
rausgerissen, da kam gleich ein Stück Ohr mit, weil einer der Jungs
zu den Arschlöchern von gestern Abend gehörte. Verfickte Säcke.
Die Rache wird süß.

Zu Hause elendige Stimmung. Doppelbruder wird doch nicht auf
die Militärfliegerschule gehen, nicht wegen mir und Punk und
auch nicht weil er schlecht in der Schule gewesen wäre, nein,
wegen Tschernobyl, weil seine Schilddrüse angeschwollen ist wie
bei uns allen, bei ihm sogar noch mehr, obwohl er keine so dollen
Halsschmerzen hat wie ich. Er ist deswegen bei einer Riesenuntersuchung in Prag gewesen, mit Mutti, in einem Krankenhaus wo
sonst nur Parteibonzen verarztet werden, und sie haben sogar eine
Nacht im Hotel geschlafen. Mutti möchte, dass ich mich auch in
Prag untersuchen lasse.

Bruderherz weiß nun nicht, was er tun soll, ich habe ihm angeboten, mir nach dem Abi im Imbiss mit dem Geschirr zu helfen, hi hi.

Muttis Typ hat Radio Freies Europa gehört, dort haben sie gemeldet, wie lange uns schon die Russen okkupieren und was für ein Unrecht das wäre und so ein Zeug.
Auf der Arbeit echt gut. Heute durfte ich allein zwei Suppen kochen, Rinderbrühe und Gulaschsuppe, weil die eine Köchin Urlaub in Bulgarien am Meer macht. Der Chef hat beide lecker gefunden und mich vor allen gelobt.

Auf den Zaun der Russenkaserne hat nachts jemand mit weißer Farbe hingemalt RUSSEN SIND ARSCHLÖCHER und FICKT EUCH IM URAL DIE SEELE AUS DEM LEIB, der jemand sind Typhus und Helmut gewesen, ich weiß das aber sonst keiner. Nachmittags waren die Buchstaben bereits weiß übertüncht und jetzt schwirren die Bullen durch die Kneipen wie die Wespen und verhören das Volk, und wir in der Hütte haben Spaß daran und bauen uns einen anti-russki Joint.

Funus ist gestorben. Alles im Arsch. Haschkarla hat bei mir auf der Arbeit vorbeigeschaut und mir das erzählt. Er wurde morgens von einem Nachbarn im Keller unter der Treppe gefunden, mit einer Plastiktüte auf dem Kopf, unter der er sein mit Toluen getränktes Taschentuch stecken hatte. Wir sind alle außer uns, total am Boden, hätte man ihn früher gefunden, wie damals bei Helmut, wäre er noch am Leben. In Beseda haben wir ein paar Sarglack auf ihn weggekippt und haben alle stumm am Tisch gehockt und keiner wollte was sagen.
Heute Abend habe ich mir vorm Einschlafen unser Gruppenfoto von unserem Ostsee-Urlaub in Sörgsdorf angekuckt, Funus hat dort statt Augen nur schwarze Löcher, die in seinen Schädel

eingebrannt sind. Wenn ich mir die anderen Fotos anschaue, dann sieht er überall genauso aus und mir wird ganz fröstelig davon. Helmut treibt sich irgendwo herum und Mutti sagte, dass ich komische Freunde habe, lauter Kiffer. Ich weiß, dass Funus und ich ein paar Mal miteinander geschlafen haben, aber ich weiß nicht, wie oft, ich mache mir keine Striche.

Hab Doppelbruder meine westdeutschen Tabletten geschenkt, die ich von der Ärztin bekommen hab, auf einmal tut er mir richtig leid wie er so schlapp da sitzt, und auch weil Mutti so ne Riesenangst um ihn hat. Außerdem hat die Zicke echt Schluss mit ihm gemacht. Aber ich weiß nicht ob ihm die Tabletten was bringen, bei mir funktionieren die ja nicht.
Mein Hals tut weh, aber nach Prag ins Krankenhaus zu gehen hab ich echt Muffen. Doppelbruder ist richtig geknickt, er wollte ja schon als Erstklässler Pilot und Astronaut werden. Ich wollte auch damals schon bloß Rentnerin werden.

Die Bullen haben mich von der Arbeit abgeholt. Sie wollten wissen ob ich wusste dass Funus Toluen geschnüffelt hatte, also hab ich gesagt dass ich davon keine Ahnung hatte. Sie haben deswegen auch Helmut, Haschkarla und Typhus abgeholt. Aber heute keine Ohrfeigen, nur Warnungen, dass es mit uns ein böses Ende nehmen wird, dass auch wir krepieren werden, und Helmut hat gesagt, eines Tages werden wir sowieso alle krepieren, da hat er dann doch seine Ohrfeige gekriegt.
Sie wollten auch wissen, ob wir was von den antirussischen Parolen auf der Kaserne wissen, da habe ich gesagt, die Russen können mir gestohlen bleiben, die Kaserne wäre nicht so mein Bereich.
In der Küche denken alle, dass ich ein antistaatliches Element bin und auch der Chef wollte wissen, was ich verbrochen habe.

Ulknudel hat wegen Funus geheult und ich auch. Und dann hat sie mir ihre Wampe gezeigt und ich hab zum ersten Mal das Bein von dem Keimling gesehen, der in ihrem Bauch wütet und sich hin und her wirft und langsam rauswill. Irgendwie außerirdisch das Ganze.
Ulknudel ist total fertig mit den Nerven nicht nur wegen Funus, sondern auch wegen Chaos, sie hat Schiss, ob ihm nicht was zugestoßen ist, weil er bis jetzt nur zwei Mal geschrieben hatte, seine Haare sind ab und er wird von Dienstälteren schikaniert, die haben ihm schon drei Mal die Fresse poliert.

Die erste Punk-Beerdigung in Freiwaldau. Es sind viele Leute gekommen, um sich von Funus zu verabschieden. Zum Kotzen, das alles. Helmut hat mich nicht mal in den Arm genommen, als ich geheult hab.
Danach Kneipe, wo wir uns kollektiv an seine Streiche erinnert haben. Zum Beispiel daran, wie er einmal durch die Plattensiedlung rannte, ganz nackt und die Bullen liefen mit einer Decke hinter ihm her und er schrie aus vollem Hals Freiheit für Nelson Mandela.
Also hat man zum Schluss doch gelacht.
Funus: Sei gegrüßt von mir irgendwo da oben oder unten! Wo du halt gerade steckst.

Maruna hat erzählt, dass sie Helmut mit seiner Echse im Smetana Park beim Knutschen gesehen hatte. Scheiße!
Also hab ich's abends Helmut aufgetischt und er hat geschworen, dass es nicht stimmte und dass er mich liebte, und er wollte, dass ich es ihm mit dem Mund machte, weil das keine andere Frau auf der Welt so gut machen würde wie ich, das fand ich zwar gut, aber irgendwie wurde ich das nicht Gefühl los, nicht seine einzige Frau zu sein.
Also hab ich's ihm nicht gemacht und bin nach Hause schlafen

gegangen und ihm war es total egal, er hat gesagt, ich kann gerne gehen, wenn ich so blöd bin.
Arschloch.

Im Wald unterm Kreuzberg baumelte ein junger Russe am Baum. Der Tote hatte nichts mit dem tschecho-russki Krieg zu tun, sondern mit dem großen russen-russki Bürgerkrieg. Seine Hose hing ihm um die Knöchel, er hatte sich am eigenen Gürtel erhängt, aber Typhus meinte, besser, er hat es selbst gemacht bevor sie ihn gekriegt haben, weil sie hätten ihn furchtbar zugerichtet und trotzdem abgeknallt, im Dukla-Pass hätten die Russen auch ihre eigenen Soldaten erschossen, das hätte ihm sein Opa erzählt, der dort im Zweiten Weltkrieg gekämpft hatte. Der hat seit damals ein Ohr weniger und kann sowjetische Kriegsfilme nicht ab, da kriegt er gleich Ausschlag. Typhus hat mich in Beseda am Bein gestreichelt und mich wegen Helmut getröstet, er hat gesagt, ich bin die beste Frau der Welt und ich soll auf Helmut pfeifen, aber es hat mich nicht interessiert, weil ich mit ihm nicht ins Bett will. Er hat doch seine Haschkarla, oder.
Ansonsten Ende der Ferien, das geht mir aber am Arsch vorbei, weil ich bin ja schon lange aus der Schule raus.

FINNLAND

Die Finnland-Party im Hafen rückte näher. Jetzt musste man sie nur noch bekannt machen. Nach einer Beratung mit Torsten entschied sich Ole für eine Methode, die sie schon früher gerne benutzt hatten. Und die viel besser war als jede Propagandamaschine der Welt. Sie heißt Stille Post.

Tom lief in der Stadt mit Kopfhörern auf dem Kopf und einem Notizheft in der Tasche herum. Wenn er jemanden traf, grüßte er schnell und trollte sich gleich weiter. Als er Ole begegnete, sagte er bloß: »Ich arbeite dran, bin DJ Mannerheim und fürchte mich vor nichts«, und schon fuhr er fort, die Playlist für seinen Set zusammenzustellen. Im Gegensatz zu ihm fürchtete sich Ole schon ein wenig, weil Tom eine verlorene Seele war und stark neben der Spur.

Als aber das rhythmische Zirpen, Gluckern und Fiepen losging, das von DJ Mannerheim immer wieder von Disko-Hits unterlegt wurde, fing die Menge sofort an zu wogen. In dem Moment, in dem in Toms elektronischem Remix ein Song von *Automat* auftauchte, tanzte Ole zwar nicht mit, aber er war schon überrascht, wie glatt alles lief.

Schwarz ist das Herz
Schwarz der Automat
Schwarz ist das Herz
Schwarz der Automat

»Was habe ich gesagt? Der Typ ist toll«, Lena lachte.

Selbst-ist-der-Mann hatte eine Bar aus Bierkisten von Pragers Bier und ein paar Brettern gezimmert. Und Lena sagte, auch wenn Ole jetzt genug Geld für eine neue Bar zusammenbringen würde, würden sie damit nicht gleich aufhören, jeden Winter könnte sich der Hafen in Finnland verwandeln und jeden Sommer in Griechenland, wegen Ausgleich. Später könnten sie den Hafen sogar der Stadt abkaufen und ein unabhängiges Kulturzentrum eröffnen.

Ole war sich da nicht so sicher, aber er sagte nichts. Er sah zu, wie in der Halle die Wände wackelten, dass es nur so krachte. In dem hinteren Raum wurden seine alten Filme projiziert, und man tanzte in sie hinein. Und als es anfing zu schneien, hüpften alle raus und warfen sich mit Bierflasche in der Hand in den Neuschnee. Die Musik dröhnte, und ein paar Leute liefen auf dem zugefrorenen Hafen in Schlittschuhen herum.

»Das ist Punk, Mann«, schrie Torsten und hielt eine Studentin im Arm. »Richtig Punk!«

Der Lärm störte keinen, weil es drum herum keine Anwohner gab. Zum Schluss tanzte auch Ole mit, und unter der spiegelglatten Eisfläche sah er Frank mit dem Mädchen aus der Tschechoslowakei nebeneinanderschwimmen. Beide lachten, und die glühenden Augen des Mädchens brannten das Eis förmlich durch.

Aber vielleicht waren es nur die Sterne, die in der eisigen Nacht vom Himmel gefallen waren und auf der Erde zerschellten.

TATRA

Das Haus mit dem Alt-Helsinki blieb weiterhin gesperrt. Die Erde unter der Stadt erzitterte immer wieder, und das Wasser rauschte weiter in den Rohren. Aber Ole hatte das Geld für eine neue Bar beisammen und begab sich mit Lena auf eine Straßenbahntour, um passende Locations unter die Lupe zu nehmen.

Sie tuckerten den Boulevard längs, der um das historische Zentrum der Stadt eine Schleife band, und als sie an der Oper vorbeifuhren, hörte Ole in seinem Rücken eine vertraute Stimme.

»Guten Tag, Fahrkartenkontrolle. Danke. Ihre Fahrkarte, bitte. In Ordnung.«

Er wartete und drehte sich nicht um.

Der Kontrolleur kam zu Lena und bat sie um ihre Fahrkarte. Sie hatte keine, weil sie meistens mit dem Fahrrad unterwegs war.

»Hallo Papa ... Ey, hallo Mama ...«, sagte Ole zur Begrüßung. Die Mutter schlich hinterm Vater wie unsichtbarer Personenschutz. Sie war froh, dass er arbeitete, aber sie hatte Angst um ihn.

»Mein Vater. Meine Mutter. Und das ist Lena.«

»Guten Tag«, sagte Lena.

Ole spürte, wie die anderen Fahrgäste diese Szene auskosteten. Sein Vater spürte das noch stärker und wusste nicht, was er tun sollte. Schweiß rann ihm den Rücken herunter.

»Guten Tag. Also Ihre Fahrkarten, bitte schön.«
»Ich habe keine.«
»Na, dann müssen Sie mit mir aussteigen.«

Sie stiegen gleich an der nächsten Haltestelle am Hauptbahnhof aus. Mutter beobachtete neugierig Lena, die mit schadenfrohem Lächeln die Hände in die Taschen ihres roten Mantels steckte und ihr Kinn im Schal verbarg. Vater war rot im Gesicht, und verwirrt schrieb er Angaben aus Lenas Personalausweis in den Strafzettelblock ab. Als Ole ihm seinen Personalausweis reichte, sagte er nur: »Deine Adresse kenne ich.«

»Muss das sein, das mit dem Bußgeld?«, fragte Mutter.
»Sind die beiden schwarzgefahren? Sind sie.«
»Na ja, aber das ist doch unser Ole mit seinem Fräulein.«

Ole fing Lenas Blick auf. In diesem Jahrhundert konnte nur noch einer pensionierten Lehrerin das Wort Fräulein so leicht über die Lippen gehen.

»Was hättest du an meiner Stelle getan? Was meinst du, wie viele Leute uns zugesehen haben? Hast du eine Ahnung, wie ich mich fühle?«, Vater regte sich auf.

»Ich habe dir schon immer gesagt, du sollst mit dem Job aufhören.«

Die Eltern fingen an zu streiten.

Ole dachte darüber nach, was Lena eigentlich für ihn war.
»Ich bin nicht sein Fräulein. Ich bin …«
Die Eltern hörten auf, sich zu streiten.
»… eine Freundin.«
Aha, eine Freundin, dachte Ole für sich.
»Fräulein Freundin«, sagte etwas verwirrt seine Mutter, und Ole fiel ihr ins Wort, sie müssten ganz schnell los, sagte er,

nahm Lena an der Hand und verschwand in der Menge am Zebrastreifen. »Aber ihr könnt auch so mal zum Mittagessen kommen«, hörten sie Mutter noch rufen.

NEU-HELSINKI

Das Neu-Helsinki wurde schließlich gar nicht weit von dem Alt-Helsinki eröffnet. In einem ehemaligen Gemüseladen. Auch hier bebte jeden Mittag der Boden unter den Füßen, und auch hier tanzten die Gläser im Regal. Aber die Mauern hatten keine Risse. Zumindest noch nicht.

Alles lief wie geschmiert. Rasch lernten die Leute, Oles Bar aufzusuchen. Sie waren froh, dass es hier neben den vielen parfümierten Mischmaschläden endlich eine normale versiffte Bar gab, wo eine deftige Soljanka, Eier in Senfsoße und Rollmöpse serviert wurden und wo man rauchen durfte.

Und dann fing Fräulein Freundin an, mit Tom auszugehen.

»Ich wusste doch gleich, dass es kein gutes Ende nimmt«, sagte Ulrike zu Ole und setzte sich an die Bar, wo sie sonst nie saß. Sie lächelte ihn an, als wäre gar nichts passiert. Und Ole fiel auf, dass sie unter ihrem engen hellen T-Shirt einen schwarzen BH trug. Ihr wiederum fiel auf, dass er es bemerkt hat.

»Du bist einfach viel zu lieb.«

Mein Gott, ich will wirklich nur noch meine Ruhe haben, dachte Ole, zapfte ihr ein kleines Bier und stellte es an einen Ecktisch. Ulrike setzte sich sauer um. Und Ole dachte darüber nach, ob in jeder Feministin vielleicht auch eine Antifeministin steckt, wie es bei Cindy der Fall war, der er gerade vorhin einen doppelten Wodka brachte, weil ihr Türke sie verlassen hatte.

»Du lebst allein und bist total fertig, mein Freund«, sagte Torsten zu Ole. »Dein einziges Glück ist, dass du dafür diese verfickte verstaubte Stadt verantwortlich machen kannst.«

»Mir geht's gut«, sagte Ole und zapfte sich einen Schnitt.

Er beschloss zu seinem alten Modell zurückzukehren: nie wieder eine Frau. Von nun an bis in Ewigkeit, obwohl Torsten gleich um einen Liter Wodka wettete, dass es Ole nicht aushalten würde.

Die Bar lief. Eines Tages bekam Ole Lust, mit dem Rauchen aufzuhören und stattdessen jeden Morgen durch den Park zu joggen. Er hörte auf, die Tabletten gegen den Tod zu futtern und ausschließlich nur Krimis zu lesen. Manchmal holte er sogar sein Fahrrad aus dem Keller. Mit Lena kam er überein, dass sie an manchen Tagen die Schicht in der Bar übernehmen würde.

»Siehst du, du hast einen Knall«, sagte Torsten. »Am Ende schenkst du ihr die Bar.«

»Im Gegenteil. Mir geht's blendend.«

Das Neu-Helsinki strahlte in die Nacht hinein. Ole war glücklich, dass er allein lebte. Und dass alles so gekommen ist, wie es gekommen ist.

TELEFON

In der Nacht wurde Ole von einer Explosion geweckt, es gab einen Riesenknall, und die Sirenen heulten um die Wette. Irgendwo war etwas passiert. Polizeiautos fuhren durch die Straße. Aber nicht schnell. Sie fuhren Schritt, ganz langsam, wie verwirrt. Ole erinnerte sich an Frank, der im ähnlichen Tempo durch die Welt schlurfte. Er machte das Fenster auf und neigte sich hinaus.

Die Rohre mit Untergrundwasser waren an einer Stelle gebrochen und lagen auf zerbeulten Autos herum. Wasser sprudelte aus ihnen heraus und floss überallhin. Aus dem Nebenfenster neigte sich Prager heraus. Strömendes Wasser überflutete die Straße, und obwohl der Frühling im Anmarsch war, schien die Stadt festgefroren zu sein und bewegte sich nicht. Auch später, als Ole kurz vor Mittag zum Helsinki watete, regte sie sich nicht. Die Stadt war erstarrt und hat aufgehört zu existieren. Die Tunnelarbeiten wurden abgebrochen.

Dann klingelte Oles Telefon.
Connie.
Gefühlte hundert Jahre lang haben sie nicht miteinander gesprochen. Haben nicht miteinander sprechen wollen.

SCHLÄUCHE UND DRÄHTE

Der Raum ist größer, als er sich ihn vorgestellt hat. Drei Betten mindestens würden hier Platz finden, es steht aber nur eins da. Umgeben von kleinen Bildschirmen, auf denen hier und da wellige Linien schwimmen. Sie fallen nach unten und steigen wieder hoch, manche fliegen geradeaus, als würde sich ihr Ziel in der Unendlichkeit befinden. Aus den tickenden und blinkenden Geräten klettern Schläuche und Drähte heraus. Sie kriechen unter die Bettdecke. Suchen nach einem Körper.

Am Fenster sitzt ein Typ im Anzug, Beine übereinander, er liest Zeitung und wirft ihnen ab und an einen raschen Blick zu.

Er hat sie lange nicht gesehen. Und er hat sie nie so gesehen.

Eva.

Ihre Augen sind halb geschlossen, und ihr Kopf steckt im Verband, genauso wie ihr linker Arm.

Ole drückt ihr die Rechte, aber sie antwortet nicht, also drückt er sie noch stärker.

Er weint.

Leise, damit es keiner merkt. Weder sie noch der Typ am Fenster. Die Tränen fallen eher in ihn hinein als nach außen. Dann fragt er, ob es ganz doll wehtut und ob er etwas für sie tun kann, er entschuldigt sich, so lange nicht mit ihr gesprochen zu haben, sich so lange nicht gemeldet zu haben.

Eva schweigt, ihre Augen stehen nur ein kleines bisschen offen, und die Geräte piepen. Ein seltsames elektronisches Glockenspiel für viele Maschinen und einen einzigen Körper.

Ole holt tief Luft und redet los, er pfeift darauf, dass der Typ am Fenster seine Zeitung zusammengefaltet hat und zuhört. Er erzählt ihr, wie sie ihm gefehlt hat, wie es ihm leidtut, dass sie so lange nicht zusammen waren, und wie er ab jetzt bei ihr bleiben würde. Er rattert eine Menge Geschichten aus seinem Leben herunter und teilt ihr zum Schluss mit, dass alles wieder gut sein wird und dass er sie liebhat.

Stille.

Er hört, wie sie etwas flüstert.

»Papa, bitte, hau ab. Ich will schlafen.«

Connie wartet im Flur, die Hände im Schoß. Wenn sie sie auseinanderfaltet, sieht Ole, wie sie zittern. Neben ihr hockt ein Bulle in Zivil. Der gute alte Stiernacken.

»Ich weiß nicht, ich weiß einfach nicht…« Sie weint, und zu ihren Füßen sitzt ein Hund.

»Und Sie? Was haben Sie von Ihrer Tochter gewusst?«, dreht sich Stiernacken zu ihm um, und Ole würde ihm am liebsten die Finger in die Nase stecken.

BLAUBEERKUCHEN

*I*m Café setzen sie sich so, dass sie sich anschauen können. Der Hund liegt unter dem Tisch. Die Bedienung hat ihm eine Schüssel mit Wasser gebracht, aber der Hund rührt sich nicht.

»Sie kommt wieder raus.«

Sie sagt nichts. Vor ihr stehen eine Tasse Kaffee und ein Stück Blaubeerkuchen. Sie schiebt den Teller nach links. Dann wieder nach rechts. Und wieder nach links. Gegessen hat sie kaum etwas.

Connie. Ach, Connie Island. Sie sitzt ihm gegenüber, ihre Hände zittern noch und ihre schönen Lippen auch. Die Lippen, die sie nie geschminkt trug. Ihre Nase und ihre Augen sind gerötet, auf dem Tisch liegt ein Päckchen Taschentücher. Wie lange haben sie sich nicht gesehen? Sie sitzt ihm gegenüber in einem eleganten schwarzen Mantel, den sie nicht hat ausziehen wollen, weil es sie fröstelt. Darunter trägt sie nur einen dünnen roten Pullover.

Sie rief ihn an, als sie erfahren hatte, dass Eva verletzt war und gleichzeitig festgenommen wurde wegen Verdachts eines versuchten Anschlags auf Häuser, Autos und Rohre, die das Wasser aus den unterirdischen Bauten an den Stadtrand transportierten. Anschlags auf diese Stadt.

»Es muss sich um einen Irrtum handeln, das ist doch nicht möglich«, Connie weint.

Die Polizei hat Evas Wohnung durchsucht und alles gefunden, wonach sie suchte. Einen Stadtplan, auf dem alle Aktionen verzeichnet waren, und einen Computer mit Anleitung, wie man billig Molotow-Cocktails und Sprengstoffe baut.

»Sie wird rauskommen. Man braucht bloß einen guten Anwalt zu finden. Aber der kostet Geld.«

»Hast du welches?«

»Ein bisschen. Etwas habe ich. Den Rest treibe ich auf.«

Laut Polizei waren sie zu dritt an den Aktionen beteiligt. Sie und zwei Mitbewohner von ihr. Den Jungs war nichts passiert, die Kriminalpolizei hat schon den einen gefunden, und den anderen würde sie auch bald kriegen, so behauptete es Stiernacken zumindest. Der Erste, den sie schon in die Mangel haben nehmen können, hat den Bullen von weiteren zwei Cliquen berichtet, die dasselbe machten.

Bei der ersten Explosion war ein Rohr direkt auf Eva gefallen und hat sie gegen den Boden gedrückt. Noch bevor sie sich freimachen konnte, fing eine der weiteren Sprengladungen Feuer. Eigentlich hatte sie Glück. Sie bekam nur eine Gehirnerschütterung und ein paar Prellungen, das Gewicht der Rohre wurde zum Teil von einem Auto abgefangen.

»Das ist alles deine Schuld.«

Es ist immer alles seine Schuld gewesen. Damals und jetzt auch.

Connie steht auf und geht. Er sieht ihr aus dem Fenster nach, wie sie über den Platz läuft und immer kleiner wird.

Ole greift nach seinem Handy.

»Torsten?«

»Hi, Ole. Das ist Punk, was? Die Stadt ist total gelähmt.«

»Sag mal, willst du immer noch meine Filme haben?«

»Ist es dein Ernst?«

»Ja.«

TAL DER HOHLKÖPFE
September

Der erste Schultag, auf den Zebrastreifen haben sich die Bullen aufgepflanzt und passen auf die Lütten auf. Ich bin echt froh dass ich nicht zur Schule muss und dass ich jeden Morgen um fünf zur Arbeit aufstehe, ich weiß ja noch wie kotzscheußlich der erste Schultag ist. Wie alle damit angeben wo sie in den Ferien waren und was sie Neues zum Anziehen haben, dann reichen sie die Fotos herum und manche sind nach den Ferien keine Jungfrau mehr und auch das muss noch erzählt werden. Keine von ihnen ist aber mit den Punks an der Ostsee in Sörgsdorf gewesen und keine kann dem Helmut so gut wie ich einen blasen und keine ist so traurig wie ich, weil Helmut pfeift auf mich, es macht ihm wohl keinen Spaß mehr mit mir, was hab ich bloß falsch gemacht.

Ulknudels Keimling ist draußen. Ein Junge. Das erste Punkkind in Freiwaldau. Es hört auf den Namen Tomáš, was ja nicht gerade nach Punk klingt aber er heißt so nach dem Opa. Was wohl Chaos dazu sagt.

Heute Nachmittag auf der Arbeit hab ich hinterm Fenster Helmut gesehen und gedacht mich trifft der Schlag, er ist Seite an Seite mit seiner Echse herumspaziert und die beiden haben ihre kleine Zecke an der Hand geführt.
Also bin ich raus und direkt auf sie zu, um zu fragen wie es nun aussieht zwischen uns. Keine Ahnung woher es in mir gekommen ist, aber auf einmal hab ich angefangen Helmut aus vollem Hals zusammenzuscheißen, auch seine Olle hab ich angeschrien, das Kind hat geplärrt und Helmut war es offensichtlich peinlich, dass ich in der Öffentlichkeit laut geschrien hab, ich würde ihn glatt

umbringen, also hat er versucht mich zur Seite zu zerren, weg von den Gaffern, und ich hab ihn getreten und auf ihn eingeprügelt. Er hat mir irgendwas erklären wollen, aber ich wollte nichts hören. Hab ihm gesagt, dass er ein Arschloch ist, und bin zurück zu meinem Geschirr gegangen und hab dort ins Spülwasser geheult.

Helmut ist bei mir auf der Arbeit gewesen und wollte mir etwas erklären. Ich hab ihn zum Teufel geschickt.
So ein Scheiß aber auch.
Nachmittags habe ich Oma auf dem Marktplatz getroffen. Sie war total aufgerüscht, wie immer wenn sie in die Stadt geht. Ich bin mit ihr mit dem Bus nach Adolfsdorf gefahren und habe sie gefragt, ob ich ein paar Tage bei ihr wohnen könnte. Und sie hat ja gesagt und mir wieder ihre alten deutschen Fotos gezeigt und ich hab sie auf einmal um die Zeit beneidet, in der sie gelebt hatte als sie jung war, weil sie damals glücklich war, obwohl sie Krieg hatten.

Vor Slovan lümmelten drei griechische Travolta-Boys herum und klopften blöde Sprüche wegen meiner Klamotten und meiner Haare und ich bin total ausgeflippt und hab die ganz schön zusammengefaltet. Was glauben diese parfümierten Schwuchteln wer sie sind, diese griechischen Partisanenkinder, die sind doch selbst durch irgendeinen unerklärlichen Irrtum bei uns in den Sudeten gelandet.

Unsere Nachbarin wurde in die Klapse eingeliefert. Sie ist besoffen auf dem Marktplatz herumgelaufen, im Nachthemd und mit einer Pulle Wodka in der Hand, und hat ihren toten Gatten gesucht.

Ulknudels Kind gesehen, das sie mit Chaos gemacht hat, keine Ahnung wem von den beiden es ähnlich aussieht. Ulknudel ist total fertig wegen der ganzen Pflege um das Kind. Sie hat Ringe unter den Augen als wäre sie fünfzig und würde täglich hundert Kippen

wegqualmen, daran ist ja der Weichschädelwicht schuld, also bin
ich mir doch nicht sicher ob ich unbedingt ein Kind haben muss.
Sie hat gesagt, der Fratz würde ständig schreien. Aber eins ist klar,
wenn man Kinder kriegt, ist *no future* vielleicht nicht mehr total
no future.
Ulknudel streitet manchmal mit ihrer Mutter, die ihr seit sie das
Kind hat in alles reinreden will und sie vor allem beschimpft, wie
blöd sie gewesen war, sich von so einem Niemand wie Chaos ein
Kind machen zu lassen. Danach heult Ulknudel immer, weil sie
Chaos ja liebt. Sie ist außerdem sauer, dass sie nicht nach Pilsen
zu *Die Toten Hosen* fahren kann, und dass Chaos nicht mal ein
paar Tage Urlaub kriegt, damit er sich sein Kind ankucken kann.
Wir haben beide auf der Couch gehockt und Ulknudel hat wegen
Chaos und ich wegen Helmut geheult.

Ich war gespannt, ob Helmut vielleicht noch einmal vorbeikommt
und ich ihm vielleicht verzeihen würde, aber er ist nicht vorbeigekommen und nachmittags ist er nicht im Beseda gewesen und
Typhus hat blöde Witze gerissen, von wegen Helmut würde wieder
auf Familie machen. Und er ist weder im Staříč noch in einer
anderen Kneipe gewesen, die ich alle eine nach der anderen
abgeklappert hab.

Hab mich krankgemeldet weil ich keinen Urlaub mehr hab und
ich ganz groggy war nach der durchgeheulten Nacht, und das alles
wegen diesem Idioten, ohne den ich mich fühle wie wenn man
mir Beine Kopf und Arme auf einmal abgesägt hätte.
Mein Hals tut ständig weh, also habe ich nicht mal simulieren
müssen und die Frau Doktor hat mich zur Untersuchung in das
beste Krankenhaus von ganz Prag geschickt, wie Doppelbruder
damals auch, und ich werde es diesmal echt machen.
Helmut fährt nicht nach Pilsen, das ist schon mal klar.

Hosenscheißer.
Aber Haschkarla will blaumachen, statt zur Schicht fährt sie zum Konzert, Typhus kommt und noch ein paar andere Leute auch, wir werden dort meinen Geburtstag feiern. Funus würde bestimmt auch mitkommen, wenn er nicht tot wäre.
Es war halb vier morgens, als ich mich zum Zug aufgemacht hab, zu Hause hat es keiner mitgekriegt und draußen rannte das große schwarze Tier vor mir und leuchtete mir den Weg. Dann verschwand es und der Zug fuhr gleich los und ich saß ganz allein drin. Alle sind weich geworden. Verräter und Schisser.
Bahnhofskneipe in Hohenstadt. Der Schnellzug hat Verspätung. Das Einzige, was man dort früh morgens bekommen kann, ist Kuttelsuppe. *Danke*, kein Bock. Schließlich nehme ich doch Suppe und eine Kofola dazu, weil ich Hunger hab. Die Kutteln schiebe ich zur Seite. Auf die Umhängetasche schreibe ich mit nem Kuli in Druckbuchstaben *DIE TOTEN HOSEN*, wo ich schon hinfahre, und am liebsten würde ich *Tschernobyl* ausradieren wollen, weil es Helmuts Band ist, aber das geht nicht.

Prag.
Die Stadt muss ich echt nicht haben, alles ist so teuer hier und trotzdem genauso beschissen wie sonst überall im Land, vielleicht etwas besser durch die aufgerüschten Sehenswürdigkeiten auf dem Wenzelsplatz. Sonst genauso öde wie Freiwaldau. Ein Tal der Hohlköpfe.
Am Bahnhof in die Ausweiskontrolle hineingeraten, ich hab den Brief von meiner Ärztin aus der Tasche geholt, die mich nach Prag zur Untersuchung geschickt hatte, und die Bullen haben mir auf der Karte gezeigt, wie ich dahin komme. Der Arzt war jung und nett und hat mich etwa zwei Stunden lang untersucht und alle Papiere von meiner Ärztin studiert. Und dann hat er gesagt, das wäre alles ziemlich ernst und er würde meiner Mutter einen Brief

schreiben, weil ich für längere Zeit nach Prag ins Krankenhaus kommen muss. Ich habe ihn in der Straßenbahn gelesen. So viel habe ich schon verstanden, dass alles im Arsch ist und dass ich ab jetzt machen kann was ich will.
Dann hab ich auf dem Bahnhof zwei Jungs aus der DDR getroffen. Der eine nennt sich Sid und der andere Rotten, aber wie Punks sehen die beiden nicht aus, die tun eher als ob, also hab ich zu Sid gesagt, Super, ich bin die Nancy und wenn du der Sid bist und er der Rotten ist, dann sind wir drei die *Sex Pistols*, hi hi hi, die waren leicht schockiert, dass ich *so gut Deutsch* konnte, aber ich habe ihnen erklärt, dass ich doch nach meiner Mutti und meiner Oma ne Deutsche bin, auf jeden Fall viel mehr deutsch als das Arschloch Helmut, der nur tut als wäre er ein Deutscher und völlig breit in seiner Naziuniform durchs Haus marschiert. Der Sack.

Die Trabis haben's geschafft Bier zu organisieren und dann haben sie mir mitgeteilt, sie würden nach Pilsen zu *Die Toten Hosen* fahren und ich hab gesagt, ich auch. Der Zug ist uns direkt vor der Nase weggefahren, also mussten wir auf den nächsten warten.
Wir waren schnell beschwipst und sie wollten wissen, wie man auf Tschechisch Bier sagt und Würstchen und Kneipe und Tschüß und dann fragten sie nach dem unanständigsten tschechischen Schimpfwort und ich hab gesagt: *vajíčko*. Keine Ahnung warum, ich fand es einfach in dem Moment gut. Und sie sind dann vor dem Bahnhof durch den Park gerannt und haben besoffen »Waitschko, Waitschko, Waitschko!« geschrien und die Leute und die Eisenbahner haben sich auf die Stirn getippt. Seit wann lieben die Trabanten Eier?
Dann fuhren wir endlich los. Sid starrte mich an und ich ihn wohl auch, weil als sein Freund aufs Klo musste, lagen wir uns plötzlich in den Armen und knutschten wie wild und er wollte gleich nach

meinen Titten grabschen, was ich nicht wollte, weil in unserem Abteil außer uns noch eine alte Dame saß.
Ich habe den Dederonen meine Platte von *Die Toten Hosen* gezeigt, die ich in einer Plastiktüte mit dabeihatte, und sie haben sich die Augen aus dem Kopf glotzen können, weil sie sie nie im Original gesehen haben. Ich werde sie mir in Pilsen von Campino signieren lassen.
Nachts haben wir hinter einer Bushaltestelle am Stadtrand gepennt, nicht weit von der Stelle, wo morgen *Die Toten Hosen* ihr Konzert haben. Sid war anhänglich, aber ich hab ihn nicht rangelassen, weil ich die ganze Zeit an den Sack Helmut denken musste, ob er jetzt vielleicht gerade an seiner Alten herumfummelte und ihr dabei das gleiche Zeug ins Ohr flüsterte wie mir.

Heute hab ich Geburtstag und wünsche mir *alles Gute*. Die *Hosen* sind in Pilsen und ich auch, mit zwei Trabis aus der DDR. Es ist ganz früh am Morgen, wir sind gerade aufgewacht und mein Mund fühlt sich an wie ne Besserungsanstalt, außerdem hab ich Hunger, aber Sid hat nur ein Stück altes Brot dabei und Rotten eine Flasche Bier.
Jetzt ist schon Nachmittag und wir hocken in einem riesigen Freiluftkino oder was das ist. Außer *Hosen* spielen auch noch andere Deutsche, deren Namen aber nicht mal meine beiden Begleiter kennen. Es sind viele Punks hier, aber keiner, den ich kenne, und ich sehe mich immer wieder um, ob Helmut nicht vielleicht doch noch gekommen ist. Der soll mich echt mal. Ich will jemand anders lieben, ruhig auch den Sid, auch wenn er ein Trabi ist.
Wir trinken reingeschmuggeltes Bier und ich erzähle den beiden, dass ich heute 17 geworden bin und sie gratulieren mir und ganz kurz bin ich richtig glücklich.

War das ein Ding. Ganz schön heftig. Am liebsten hätte ich geheult. Bei dem Konzert, das als Friedenskonzert geplant war, hat es eine Menge Punks gegeben und zwei davon haben ein Transparent WEG MIT DEM ATOMKRIEG hochgehalten und haben sich darunter mit Pflaumenwein volllaufen lassen. Außer uns waren auch viele Diskoliebhaber und blondierte Tussen Arm in Arm mit ihren Stechern und Familien und Kids da, die alle Janda und Maikl Nonstoparschloch David haben hören wollen.
Jetzt mal der Reihe nach:
Die Toten Hosen haben gespielt und es war das beste Konzert der Welt das ich je gesehen hab. Vorne vor der Bühne sind alle aufgestanden und Pogo ging los. Egal ob Deutsche oder Tschechen, alle Punks haben gemeinsam Pogo getanzt, internationale Freundschaft halt. Campino hatte ein gestreiftes rotweißes Hemd an und hat uns mit Bier bespritzt und auf uns runter gespuckt und wir haben auf ihn hinauf gespuckt und der Gitarrist trug ein T-Shirt mit der Aufschrift *ficken bumsen blasen die toten hosen*, das will ich auch haben weil diese Dinge mach ich auch am liebsten. Meine beiden Dederonen waren auf einmal weg aber das hat mich nicht gekratzt, weil ich in Pilsen auf dem Weltfriedenskonzert von *Die Toten Hosen* abhottete, und es war ein Geburtstagskonzert und nur für mich. Ich bin sogar kurz mit ein paar anderen auf die Bühne geklettert und wir haben dort getanzt bis uns die ollen Ordner wieder heruntergescheucht haben. Aber *Die Toten Hosen* haben noch gespielt und es war das beste und lauteste Zeug, was ich je gehört hab.
Dann aber war Schluss und der Idiot Moderator hat Maikl Italodisco Nonstoparschloch David angekündigt, aber die Leute wollten weiter Die *Hosen* hören, ich meine Leute mit Iro wie ich. Nonstoparschloch ist aber trotzdem auf die Bühne gekommen und wurde ausgebuht, ich meine von uns unterm Podium. Sid, der inzwischen wieder aufgetaucht war, wollte wissen wer das ist und ich weihte

ihn ein: *verficktes arschloch, scheiße und ein kessel buntes und das größte waitschko auf der welt* hab ich auf Deutsch gesagt und er hat das gleich gepeilt. Jemand hat seinen Bierbecher mit Schotter gefüllt und mit dem Schotter das Keyboard beworfen, die Nonstoparschloch um den Hals hängen hatte, aber der wollte nicht aufgeben und wich nonstop aus, dann haben auch die Trabanten mit Schotter geschmissen, Waitschko, Waitschko, Waitschko, und weil sie jedes Mal getroffen haben, war damit sein Pilsner Auftritt zu Ende.

Steine, Schlamm und Becher sausten auf Nonstoparschloch runter und der rannte hinter die Bühne und ich sah wie sich an der Seite die Bullen formierten. Hab zu Sid gesagt wir müssen weg, aber wohin, wenn überall die Scheißbullen standen, die Moderatorenschwuchtel schlüpfte wieder auf die Bühne und schwafelte etwas von Toleranz unter Rockmusikliebhabern, er wollte uns ruhig kriegen und hatte dabei selber die Hose voll vor lauter Angst.

Die Bullen legten los und ich schnappte Sid an der Hand und hab ihn durch die Mittelreihe den Saal hinaufgezerrt, zwischen der Menge hindurch die ähnlich gebannt in den Tumult unterm Podium starrte wie meine Omi auf ihre heilige Jungfrau Maria, wir waren schnell und haben nur ein paar Schläge abgekriegt, dafür wurde Rotten ganz schön übel am Rücken zugerichtet, aber zum Schluss hat auch er zu uns gefunden, aus seiner geplatzten Augenbraue spritzte Blut und eine Frau schenkte ihm ein Taschentuch, also alles paletti.

Das ging alles schnell. Die Bullen haben ein paar Punks festgenommen und Nonstoparschloch hat nochmals losgelegt, den kratzte es gar nicht, als einer aus der Menge schrie, er soll sich lieber vor unschuldiger Jugend bei der Spartakiade produzieren.

Wir haben beschlossen backstage zu *Die Toten Hosen* zu gehen, um meine Platte signieren zu lassen.

Natürlich wollten uns die ollen Deppen mit Armbinden auf dem

Ärmel nicht reinlassen, aber dann tauchte Campino auf und wir riefen auf Deutsch, *Campino, wir sind da*! Er hat uns mit nach hinten geschleust, wo es frisches Zapfbier gab, was wir direkt in die Hand gedrückt bekommen haben, die ganze Band war da und auch ein tschechischer Journalist, der mit ihnen ein Gespräch führte, und ein Haufen deutsche Punks. Wir haben dann geplaudert, ganz normal, wie mit normalen Menschen, als wären sie keine berühmte Band. Campino hat meine Platte signiert, und ich hab ihm gesagt, dass ich heute 17 geworden bin und er hat geschrieben:
Für Nancy
Zum 17.
Drei Schnäpse aufs Glück!
Campino
Er fand es nicht mal komisch, dass ich die Platte dabeihatte, wahrscheinlich ist es normal, dass Leute ihre Platten zum Konzert mitbringen, dann haben auch die anderen aus der Band signiert und ich habe mich mit ihm fotografieren lassen und wir haben zusammen Bier getrunken, in dem Moment hätten Helmut und alle aus Freiwaldau mich richtig beneidet darum wo ich war und was ich erlebte. Sid fasste immer wieder nach meiner Hand und fing an zärtlich zu werden und wollte mich küssen und fingerte schon wieder an meinen Titten herum, obwohl ich flach wie ein Brett bin aber das schien ihm nichts auszumachen.
Plötzlich tauchte wieder einer von den Ordnern auf und predigte auf Tschechisch, wir hätten dort nichts zu suchen, dieser Raum wäre ausschließlich für die Konzertteilnehmer bestimmt, aber keiner hat ihn verstanden, weil dort nur Deutsche waren.
Also hab ich das übersetzt und ich glaube, erst in dem Moment hat mich Campino so richtig gesehen und da wurde ich rot und hab weiter übersetzt und hab für uns Partei ergriffen und die Band versuchte die Wogen zu glätten, das wäre alles doch wunderbar

so, wir sind ihre verehrten Gäste und Fans, wegen uns wären sie schließlich auch in die ČSSR gekommen, es ist doch das Friedensfestival von Olof Palme, den kannte ich zwar nicht, aber das Festival schon, also den Frieden meine ich. Aber der Typ hat statt Frieden die Bullen reingerufen und auf einmal gab es ne Prügelei und ich sah, wie der Schlagzeuger von *Die Hosen* einen Stuhl in die Hand genommen hat und damit einen der Bullen auf den Kopf geschlagen hat. Dem knickten glatt die Beine weg. Und dann ging die Schlägerei los, ich habe auch eine auf den Rücken abgekriegt. Die Bullen schoben uns raus und ich sah, wie *Die Hosen* und die andere deutsche Band in den Bus hineingepfercht und vermöbelt wurden, das kriegten die Leute mit und schon legten sich alle vor die Busse hin, damit sie nicht wegfahren konnten, ich, Sid und Rotten haben uns auch vor einen Bus gelegt, aber die Bullen schlugen auf uns ein und zerrten uns weg, sie fuhren uns auch mit ihrem fetten Wolga an und ließen die Hunde auf uns los. Die Leute unterm Bus schrien Freiheit Gestapo Frieden *Die Toten Hosen* Waitschko Waitschko Waitschko, und auf einmal hörte ich etwas unter mir knacken, und als ich nachgeschaut habe, sah ich, dass die Platte in der Tasche zerbrochen war und ich fing an zu heulen und bekam eine irrsinnige Wut auf alle Bullen der Welt und auf den verfickten Staat. Fuck off, ČSSR.
Wir sind in die Stadt gegangen und der ganze Körper, überall wo man uns geschlagen hatte, der Rücken und die Arme, tat weh. Wir haben uns Bier und eine Flasche Pflaumenwein gekauft und überlegt, was wir weiter machen. Sid wollte wissen, wo man die Bands hingefahren haben konnte, und ich sagte, einer in der Menge hätte erzählt, der Bus würde zur westdeutschen Grenze fahren, man würde sie aus der ČSSR hinausexpedieren, und Sid sagte, vielleicht sollten wir ihnen folgen. Aber ich hab ihm gleich gesagt, so was ist kein Spaziergang durch den Rosengarten. Morgens sind wir im Gebüsch in einem Park direkt vor einem alten

Hotel in der Innenstadt aufgewacht und sind in eine Milchbar frühstücken gegangen, Fleischsalat mit Rohlik, dann haben wir uns die Karte von Böhmerwald gekauft und sind nach Domažlice gefahren, wo ich jetzt auch alles aufschreibe.

Ich weiß, dass es überall Bullen gibt und dass es besser wäre, eine oder lieber gleich zwei Stationen früher auszusteigen, so hat es der Schwarze erzählt, als er meinte, er würde abhauen, weiter müsste man wohl zu Fuß. Für unser letztes Geld haben wir Rum, Wurst, Brot, Bier, Pflaumenwein und Fluppen gekauft und sind zum Bahnhof und haben uns über das Abenteuer gefreut und darüber, dass wir aus diesem verfickten Land rauskommen, das in Kuttelsuppe schwimmt. Ich meine, ich aus meinem und sie wiederum aus ihrem, das aber genauso verfickt ist und in einer ähnlichen Suppe schwimmt.

Jetzt sind wir irgendwo in der Gegend von Domažlice und folgen der Karte Richtung Grenze. Wir müssen tierisch aufpassen, das ist sonnenklar, aber wir haben auch was zu trinken und zu futtern und auch zu reden.

Sid möchte ständig Händchen halten, manchmal umarmt er mich, oder will, dass ich ihm auf den Rücken springe, er möchte mich tragen, also mache ich das. Er fasst mich auch am Hintern und an den Brüsten an, ich hab ihn natürlich gleich zusammengefaltet aber eigentlich ist es ganz angenehm, bloß muss ich ständig an Helmut denken. Zum Schluss lasse ich ihn doch machen, auch wenn ich mir nicht sicher bin, ob Rotten es nicht doof findet, aber der tut als wäre ihm alles egal.

Heute ist es ziemlich heiß für Mitte September.

Es ist Abend, ich schreibe weiter. Fast hätten uns die Grenzer erwischt, wir hatten aber Schwein und lagen gerade im Gebüsch, als sie in ihrem GAZ vorbeifuhren, um ein Haar hätten die uns sehen können. Im Wald hatte ich ein paar Mal das Gefühl, als würde uns jemand folgen, aber vielleicht ist nur das große

schwarze Tier mit den Goldaugen hinter mir her. Manchmal habe ich mich umgedreht und sah es im Gebüsch leuchten, aber bevor ich die anderen rufen konnte, war es wieder dunkel. Oder ich hatte es mir nur eingebildet.
Ansonsten ständig Halsschmerzen.

Sid hat gesagt dass er mich liebt, und ich wusste das schon, weil wir miteinander geschlafen haben. Vielleicht liebe ich ihn auch oder ich möchte es zumindest, um den Blödmann Helmut zu vergessen, der die Liebe meines Lebens hätte sein sollen und der es dann doch nicht geworden ist.
Nachts habe ich wieder von dem glänzenden schwarzen Tier geträumt. Es ist zu mir gekommen und ich habe mich in seinen Goldaugen gesehen. Eigentlich weiß ich nicht ob ich es geträumt oder wirklich erlebt habe, weil ich auf einmal allein draußen am Waldrand stand, das Tier sah mich an und ich zwickte mich in die Wange und spürte das auch, so erkennt man doch normalerweise, ob man wach ist oder nicht. Das schwarze Tier lief um mich herum und bleckte die Zähne und ich spürte, wie es mich irgendwohin wegzog, wie es mich durch den Wald schleppte, wie es wollte, dass ich ihm folgte, aber morgens beim Aufwachen lag ich in Sids Armen und war froh, dass er da war und schlug die Arme um ihn.
Sid hat gesagt, dass ich die erste Frau war, mit der er geschlafen hatte, und er wollte wahrscheinlich hören, dass er der Erste war, mit dem ich geschlafen hatte. Also sagte ich es, damit er nicht traurig sein musste. Er wusste noch nicht richtig, wie man es macht, aber er war lieb und hat mich viel gestreichelt.
Wir schlafen bei einem netten Paar in der Scheune, die haben auch ein Foto von uns gemacht, mit meiner Zenit, wir haben ihnen erzählt, dass wir einen Ausflug machen, dass wir bei einem Konzert waren und uns verlaufen haben, und sie meinten, hier würden sich

ständig Leute verlaufen. Wir wissen, dass die Grenze in der Nähe ist, aber wir haben nichts gesagt.
Und wir wissen auch, dass wenn wir da drüben sind, dann können wir uns so viele Konzerte von *Die Toten Hosen* ansehen wie wir wollen. Das wird toll. Bald sind wir im Reich, im echten Deutschland, Sid, Rotten und ich, eigentlich weiß ich nicht mal, wie die Hauptstadt von Westdeutschland heißt, wahrscheinlich West-Berlin.
Ich schwöre, dass ich Helmut und Mutti und ihrem Typen und Oma und meinem Bruder gleich eine Karte schicken werde, damit sie sich keine Sorgen machen müssen, und für Doppelbruder treibe ich irgendwo eine Zeitschrift über Flugzeuge und Astronauten auf, damit er was zum Andenken hat.
Also: *Aufwiedersehen* ČSSR.
Aufwiedersehen Tal der Hohlköpfe.
Morgen legen wir los.
Das wird mir nie einer glauben.

OLE IST WEG

Er ist verschwunden.
Er hat das Handtuch geschmissen.
Er ist fort.
Er hat sich aus dem Staub gemacht.
Irgendwo habe ich gelesen, wie schwer das ist, sich den ersten Satz eines Romans auszudenken. Aber der letzte Satz ist noch schwerer. Also suchen Sie sich von den Äußerungen da oben eine aus und setzen Sie den Namen Ole davor, denn ungefähr so könnte der letzte Satz von seiner Geschichte lauten, die ich nach seinen Erzählungen aufgezeichnet habe. Sicher ist nur eins: Ole ist weg. Vielleicht könnte gerade das den letzten Satz abgeben.
Das Ende also. Ja, so sollte es enden. Und so endet es auch. Jetzt muss nur noch ich besser in die Geschichte eingefügt werden, auch wenn ich das nicht unbedingt wollte.
Ich bin der Prager, obwohl ich nicht in Prag geboren wurde. Es ist wahr, dass ich gerne esse und Kochbücher aus der ganzen Welt sammle, heutzutage lassen sich kulturelle Unterschiede nämlich am besten an Rezepten festmachen. Ich bin derjenige, dem Ole ein Zimmer in seiner Wohnung untervermietet hat. Aber nicht, weil er nie wieder eine Frau reinlassen wollte, sondern, damit er sich nicht einsam fühlte. So sehe ich das zumindest. Denn nicht ich, sondern er war ständig am Quasseln. Nicht ich habe ihn zugetextet, sondern er

laberte mich und alle anderen mit irgendwelchen Geschichten voll. Es war nicht ich, sondern er, der nach Mitleid und Zuneigung gierte. Am Anfang ging es mir total auf die Nerven, und ich wäre am liebsten sofort wieder ausgezogen. Später fand ich es interessant. Ich ließ ihn reden, hörte ihm zu und zeigte ihm, wie man Schnitt zapfte.

Damals habe ich für eine deutsche Brauerei gearbeitet, und Bier war es auch, das mich und Ole zusammenbrachte. Das gleiche Bier, das Ole zum ersten Mal 1987 in Pilsen getrunken hatte, und das ich ihm zwanzig Jahre später hier angeboten habe. In seiner versifften und verrauchten Bar, die ich als Hygieniker sofort geschlossen hätte. Man brauchte sich dort nur das Klo anzusehen. Zuerst wollte er mich rausschmeißen, er besah sich dann aber das Etikett auf der Flasche, steckte sich eine Zigarette an und legte los mit dem Erzählen. Damit wir uns nicht missverstehen: Mit Punk habe ich nichts zu tun, Punk finde ich scheiße, aber um mich geht es hier auch gar nicht.

Das ist die Geschichte von Ole:

Ein paar Monate noch stromerte er durch die Stadt und tat nichts. Um das Helsinki kümmerten sich Lena, Gabi und immer häufiger auch ich. Ole verwandelte sich allmählich in Frank und sah immer mehr wie ein Geist aus. Er schlief kaum, aß und trank nicht, er hörte auf zu rauchen und wankte durch die Stadt, wobei er jedem erzählte, dass er von seiner Vergangenheit verfolgt wird und dass alles mit allem zusammenhing. Er sagte auch, dass alle seine Probleme inklusive dem mit seiner Tochter genau in dem Moment angefangen haben, als er irgendeiner Frau nicht geholfen hätte. Diese Frau würde ihn nun verfolgen. Er redete von ihren Augen, und davon, dass er sie finden musste. Eines Tages, der Sommer fing gerade an, war er einfach weg. Er ließ den Hund seiner Tochter da, obwohl er wusste, dass ich Hunde hasse.

Ich kann eigentlich verstehen, dass er sich aus dem Staub machen wollte. Frank war tot. Seine Tochter wollte ihn nicht sehen. Außerdem stand sie mit einem Bein im Knast. Lena ist mit Tom zusammengezogen. Und obwohl Ole schwor, er würde es ihr gönnen und es wäre absolut okay, wusste ich, dass es nicht stimmte.

Lange hat es von ihm keine Nachricht gegeben. Weder seine Ex-Frau noch seine Eltern wussten etwas. Niemand. Dann wurde seine Mutter panisch und reichte eine Vermisstenmeldung bei der Polizei ein. Die hatten aber keine Anhaltspunkte, sind bloß zu ihm in die Wohnung und kuckten sich alles an. Gefunden haben sie nichts. Auch ich nicht, als ich gleich am Anfang sorgfältig alles durchkämmt hatte.

Torsten erzählte, dass Ole ihm seine alten Pornomärchen verkloppt hätte. Den Preis wollte er nicht nennen, aber es dürfte ein Haufen Geld gewesen sein, weil Ole davon den Anwalt für seine Tochter bezahlt und bestimmt noch was für sich behalten haben muss.

Eines Tages kam eine Karte aus Helsinki, Finnland. Ole schrieb, es gehe ihm gut, er hätte alles erfahren, was er wissen wollte, und ein Tagebuch gefunden. Keine Ahnung, was er damit meinte, vielleicht ist er endgültig übergeschnappt. Aber ich bin froh, dass er am Leben ist. Er schrieb auch, er würde zurückkommen, und wollte wissen, wie seine Bar lief. Ich bin gespannt, was er zum Helsinki sagt, wenn er zurückkommt. Davor graust es mich manchmal.

Die Bar läuft gut. Meinen Brauerei-Job habe ich gekündigt und würde gerne den Betrieb hier optimieren. Ich habe Rollmöpse gestrichen und stattdessen auf Biozeug für die neuen Muttis gesetzt, heutzutage sind alle wie verrückt danach. Obwohl es sich dabei um den größten Betrug des Jahrhunderts handelt, so sehe ich das zumindest, und wenn die Leute das

»bio« mal richtig gecheckt haben, werden sie ihr Geld zurückhaben wollen. Aber bis dahin servieren wir Biostrudel, den Gabi genauso phantastisch hinbekommt wie ihre Biosoljanka, Biospaghetti und Biogulasch. Wir wollen unser Biosortiment noch erweitern, also wälze ich Kochbücher und streiche mir die besten Rezepte an. Vielleicht suche ich aus jedem EU-Land eins, und Gabi und ich machen später die perfekten Helsinki-Gerichte daraus. Ich würde hier gerne Rauchverbot verhängen, aber die Stammgäste meutern dagegen.

Einmal kam auch Oles Tochter vorbei. Sie hatte Dreadlocks, einen bandagierten Arm und wollte ihren Hund zurückhaben. Ich bin froh, dass sie mich von dem behaarten Monster befreit hat. Sie würde auf ihr Gerichtsverfahren warten, sagte sie. Vielleicht geht es glimpflich für sie aus. Sie ist minderjährig, und die Polizei kann ihr nicht alles nachweisen. Außerdem hat sie einen ziemlich guten Anwalt.

Wenn es im Helsinki mal nichts zu tun gibt, schreibe ich Oles Geschichte auf. Weil er bestimmt eines Tages wieder zurückkommen wird.

Ich sag's also laut: Das Buch ist für dich, Ole. Wenn wir uns nie wiedersehen sollten: Es war schön mit dir.

Wir sitzen auf der überdachten Veranda. Es wird langsam dunkel, vom Westen her zieht ein Gewitter auf. Die grauweißen Wolken über den Bergen schwellen an, der Wind legt sich langsam, die Vögel fliegen dicht über dem Wald und schnappen in steilen Bögen nach Mücken und Fliegen. Ich würde so gerne eine rauchen.

»Dort, wo die Vögel fliegen, dort fängt das Sumpfgebiet an«, sagt der Alte und stellt Brot, Speck und eine Flasche Bier auf den Tisch, wie damals. Er atmet schwer und langsam, als hätte er eine verstopfte Nase. Seine rechte Hand zittert, er hält sie unterm Tisch mit der Linken fest. Seine nachmittägliche Energie ist wie verflogen. Dann redet er los.

»Wir mussten jedes Mal Bescheid sagen, wenn jemand vorbeikam. Das hier war Grenzgebiet. Hätten wir es nicht gemacht, hätten die uns eingesperrt. Die meisten wurden gleich am Anfang, irgendwo in der Nähe des Bahnhofs, geschnappt. Die Grenze ist von hier aus nur noch drei Kilometer entfernt.«

Eine Gruppe gelbschwarzer Radfahrer mit Helmen saust die Straße entlang. Sie kommen von der Grenze zurück.

»Die fahren hier jeden Tag vorbei. Einmal Bayern und zurück. Im Krieg bin ich in Bayern eingesetzt worden, in einer Flugzeugmotorenfabrik. Dort hab ich Deutsch gelernt und meine Frau getroffen.«

Der Alte sieht den Radfahrern nach, als würde auf ihren glänzenden Rücken eine Nachricht von seiner Frau stehen, die sie vergessen haben, ihm zu übermitteln.

»Nach einem Bombenangriff sind wir abgehauen und zu Fuß bis nach Prag gelaufen. Immer nur nachts und durch den Wald. Mein ganzes Leben lang habe ich Geld verdient mit meinem Deutsch aus *dem Reich. Die Deutschen habe ich gehasst. Auch wenn das hier ein deutsches Haus ist. Jetzt lebe ich hier allein.«*

Er trinkt einen Schluck Bier und schneidet eine Scheibe Speck ab. Und ich bekomme plötzlich Lust, die Flasche zu nehmen und sie ihm auf den Kopf zu knallen. Er steht auf und geht ins Haus. Nach einer Weile kommt er wieder mit einer abgewetzten grünen Gasmaskentasche in der Hand, lauter Aufschriften stehen darauf, mit Kugelschreiber oder Filzstift hingekritzelt: Punk's Not Dead. Fuck Off. Tschernobyl. HNF. Sex Pistols. Die Toten Hosen.

»Das haben wir im Heu gefunden, dort, wo ihr geschlafen habt.«

Er reicht mir die Tasche, und ich öffne sie. Eine alte sowjetische Kamera, ein paar Sicherheitsnadeln, ein Schulheft, ein bunter Kugelschreiber, eine halb aufgerauchte Schachtel Filterlose, Streichhölzer, T-Shirt, Socken, Unterhosen, alte Geldscheine, Scherben von einer Schallplatte und zerrissenes Cover der Damenwahl von Die Toten Hosen mit Autogrammen.

»In der Kamera ist ein Film gewesen. Wir haben ihn entwickeln lassen. Eigentlich hätten wir alles der Grenzpolizei geben müssen«, sagt er.

Ich nehme das Schulheft in die Hand. Es ist dicht beschrieben. Viele Zeichnungen und aufgeklebte Fotos. Häuser, Gesichter, Punks, Namen von Bands und ein immer wieder unterschiedlich ausgeführtes Fuck Off.

Die Dämmerung breitet sich aus, der Wind kommt wieder und legt sich in die Johannisbeersträucher. Es fängt an zu regnen. Ich sehe mir die Abzüge an. Ich und Frank auf dem Hauptbahnhof von Prag. Ich und Frank im Zug. Die Toten Hosen auf dem Podium. Punks. Frank im Wald. Ich und Nancy, Arm in Arm im Gras. Sie war klein und dünn, viel dünner, als ich sie in Erinnerung hatte. Oder ihre Lederjacke war zu groß.

Ein Blitz saust den Himmel herunter, und fast unmittelbar danach kracht der Donner.

Der Alte beobachtet mich schweigend. Dann sagt er: »Sie können das behalten, alles. Dort oben ist ein Zimmer frei. Die Bettdecke finden Sie im Schrank. Sie müssen hier nur das Licht ausmachen.« Mühsam steht er auf, und ich spüre, wie sich in seinem Körper etwas spannt. Er geht ins Haus. Um die Lampe herum jagen sich zwei Hornissen.

Ich sitze immer noch draußen. Das Gewitter ist vorbei, es ist kühler geworden. Die Luft ist rein und scharf. Immer wieder betrachte ich die Fotos und sehe mir an, was ich mal gewesen bin. Was Frank gewesen ist. Was Nancy gewesen ist. Dann stecke ich die Bilder in den Umschlag zurück. Ich nehme eine Zigarette aus der gelben Schachtel. Der uralte ausgetrocknete Tabak bröselt und kratzt im Hals. Ich rauche. Spucke einen Tabakkrümel aus, er bleibt an meiner Lippe hängen. Die Hornissen über mir summen wild. Ich starre in den Wald hinein und spüre, wie mich das Nikotin beruhigt. Auf der Zigarettenschachtel prangt in Großbuchstaben das Wort START.

Die zitierten Texte im TAL DER HOHLKÖPFE stammen von der Punkband *Hrdinové nové fronty* (1985-1988).
Die zitierten Texte der Gruppe *Automat* stammen von der Punkband *Hausmüll* (1984-1988), der Songtext *My My, Hey Hey* (Out of the Blue) von Neil Young.

Poděkování/Danke an:
Kulturvermittlung Steiermark,
Internationales Haus der Autoren Graz, Österreich

Die Originalausgabe erschien 2010
unter dem Titel *Konec punku v Helsinkách* bei Labyrint, Prag.
Die deutschsprachige Ausgabe
wurde vom Autor überarbeitet und gekürzt.

Die Arbeit an dieser Übersetzung wurde
vom Deutschen Übersetzerfonds und dem Tschechischen
Kultusministerium gefördert.
Verlag und Übersetzerin danken für die freundliche
Unterstützung.

Der Verlag behält sich die Verwertung der urheberrechtlich
geschützten Inhalte dieses Werkes für Zwecke des Text- und
Data-Minings nach § 44 b UrhG ausdrücklich vor.
Jegliche unbefugte Nutzung ist hiermit ausgeschlossen.

Penguin Random House Verlagsgruppe FSC® N001967

4. Auflage
© 2010 by Labyrint
© 2014 der deutschsprachigen Ausgabe
by Luchterhand Literaturverlag, München,
in der Penguin Random House Verlagsgruppe GmbH,
Neumarkter Str. 28, 81673 München
Satz: Uhl + Massopust, Aalen
Druck und Bindung: GGP Media GmbH, Pößneck
Alle Rechte vorbehalten. Printed in Germany
ISBN 978-3-630-87431-9

www.luchterhand-literaturverlag.de
https://www.facebook.com/luchterhandverlag
https://twitter.com/luchterhandlit